亲爱的霸王龙先生

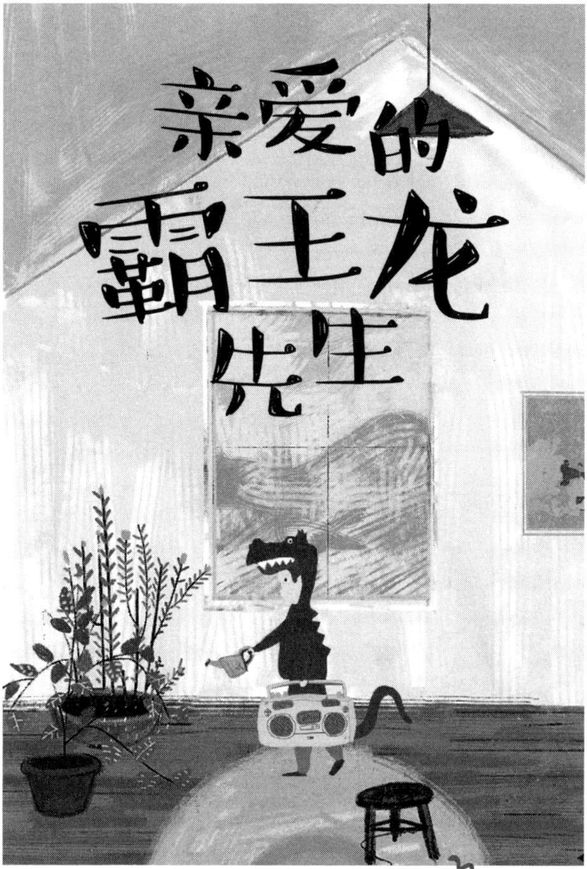

令狐小样 著

LING HU XIAO YANG

江苏凤凰文艺出版社

JIANGSU PHOENIX LITERATURE AND ART PUBLISHING, LTD

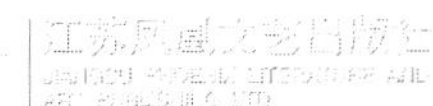

图书在版编目（CIP）数据

亲爱的霸王龙先生 / 令狐小样著. — 南京：江苏凤凰文艺出版社，2018.5

ISBN 978-7-5594-1795-4

Ⅰ. ①亲… Ⅱ. ①令… Ⅲ. ①长篇小说－中国－当代 Ⅳ. ①I247.5

中国版本图书馆CIP数据核字（2018）第056543号

书　　名　亲爱的霸王龙先生
作　　者　令狐小样
出 品 人　柯利明　吴　铭
特约监制　段雪坤
监　　制　郑心心
选题策划　郑心心
责任编辑　姚　丽
特约编辑　汪海英　徐建玲
出版发行　江苏凤凰文艺出版社
出版社地址　南京市中央路165号，邮编：210009
出版社网址　http://www.jswenyi.com
印　　刷　三河市文通印刷包装有限公司
开　　本　880×1230毫米　1/32
字　　数　304千字
印　　张　9
版　　次　2018年5月第1版，2018年5月第1次印刷
标准书号　ISBN 978-7-5594-1795-4
定　　价　39.80元

目　录

亲爱的霸王龙先生

Contents

“咔”一声，一道闪电撕裂了阴沉的夜空，暴雨紧跟着从天而至，注定这不是一个平凡的夜。

王希之站在大开的门前，穿着笑脸睡裙的她，趿拉着拖鞋，双手合十声泪俱下：“房东大人，再让我住一个月好不好？下个月我一定把房租补上，求求你，求求你！”

可一向都酷着脸的房东大人面无表情地将她的行李箱推了出来，然后是背包、挎包、手提包，还有，她的胖达……

王希之急啊，她不顾一切上前抓住了房东大人的胳膊，那一刻她好像在房东大人的眼神里看到嫌弃两个字，可她哪顾得上这些，她双手几乎是抱着房东大人的胳膊，然后狠狠地吸溜了一下鼻子：“我会做饭洗衣拖地擦玻璃，整个房间我都会给你打扫得一尘不染！”她的眼神瞥到房东大人脚边的伯爵，这是房东大人的爱犬，她急急道：“我很有爱心的，我能给狗狗洗澡，还能给它唱歌跳舞，陪它玩耍解闷，求求你，不要赶我走，求求你！”

她觉得她的样子一定非常凄惨，任何一个稍微有点同情心的人一定会答应她的请求，可她抬起头，对上的却是没有任何感情波动的眼神。

紧接着，她看到伯爵的爪子将她的一双球鞋推出了门外……

天啊，她从来没有像今天这般绝望，谁来救救她！

房东大人冷冷地甩开了她的双手，她泪如雨下，看着那扇门在眼前缓缓关上。

“等一等！”

这声音，希望的火苗“咻”地在王希之的心底蹿了老高，是裴思远，他一定会帮她说话的，他一定会想方设法留下她的，因为他是她的发小，她能住在这里还是裴思远牵的线，因为这个房东是裴思远的师兄。

充满希冀和感动的目光看着打开门的裴思远，帅气的脸庞亮起阳光般的笑容看着她：“希希，我的雨伞是不是在你那儿？”

轰的一声，王希之觉得天塌了下来，只是，只是来要雨伞的……

深夜，倾盆暴雨，穿着睡衣被赶出门的少女，拖着行李箱在公交车站牌下，冷风吹得她瑟瑟发抖，被雨水打湿的头发贴在面颊上。

多么像童话故事里开头落难的公主，按照剧情，接下来，应该是全身上下散发着光芒英俊勇敢的王子突然出现，拯救了公主，然后他们在城堡里幸福地生活在了一起。

远处突然射出光芒，王希之眯着眼看了过去，“哗”，无数水花从地上扑面而来，将她从头淋到脚，转过头，那辆车已经疾驰远去。

好可怜，她好可怜，她蹲了下来，双手紧紧地抱住自己，埋头在膝间，呜呜呜地闷哭起来，不知道哭了多久，王希之突然发现有一双脚停在自己面前，仰起头看清来人的瞬间，她几乎是尖叫着跳了起来，整个人贴在广告牌上。

来人穿着一身黑色的斗篷，扛着一把巨型的镰刀，那刀尖上还闪烁着锋利的寒光。

这这这，分明就是电影里死神的角色！可死神不都是外国人吗？

可这个时候哪能想那么多，她整个人哆哆嗦嗦地问：“你……你是来带我走的吗？”

死神没有说话，只是一步一步向她靠近，王希之感觉自己的小心脏已经被镰刀勾中了，恐惧扩散到了全身，更像掉入了冰窖一般的寒冷：“不要过来！我会功夫！中国功夫！”

直到死神近在咫尺的时候，王希之也跟着看清了斗篷下那张面无表情的脸庞，这张英俊冷酷的脸庞，王希之觉得自己这辈子都忘不掉，这个人竟然是：“房东大人！”

“总有一条蜿蜒在童话镇里七彩的河，沾染魔法的乖张气息，却又在爱里曲折……”

王希之猛然张开了双眼，她伸出手拿过手机，上面显示着裴思远三个字，扫了一眼时间，凌晨五点，原来刚才只是个梦。

王希之不自觉吐了口气，然而看到昨天晚上因为牛奶爆炸的笔记本电脑，一颗心又跌到了谷底，手机铃声还在继续，不知道这个时候裴思远打电话做什么。

“喂？”

“希希，你醒了，我半夜起来拉肚子，那个，厕所没纸了。”

送完纸给裴思远后，王希之了无睡意，梦境映射现实啊，现实就是她没钱了！怨念一般看向了报废的笔记本电脑，一杯两块钱的牛奶干的好事！当初倾家荡产买笔记本电脑的时候就是打算一展所长，写网络小说赚钱，可现实却是……

啊啊啊！整个人在床上翻了几个来回，双脚扑腾了一会儿，又狠狠地咬住被子，这才冷静了下来。

想到梦里最后出现的死神身影竟然是房东庄景那张冷酷的脸，她不自觉地打了个哆嗦，不行，她必须行动起来，绝对不能坐以待毙，她要以实力取胜！

梦境告诉她，装可怜是没有用的，只有让房东大人看到她生存的价值，才有拖欠房租继续住下去的可能！

七点整，庄景穿戴整齐站在二楼的楼梯口，伯爵撒欢一般地跑了上来，庄景揉了揉伯爵的大脑袋，这才看向光脚踩在沙发上、正哼哧哼哧卖力擦落地窗的二号房客——王希之。

王希之一见庄景，反应特别迅速，她利落地跳下沙发穿上拖鞋，笑得如同朝阳般灿烂地冲到庄景面前：“房东大人，早饭已经做好了，桌子、地板也已经被我擦得一尘不染，保证一点浮灰都没有，请检阅！”

庄景微微蹙眉，眼前这个女孩是一个月前住进来的，他并不熟悉，平日也很少碰面，虽然不知道她今日为何如此，但他还是冲她点了下头，然后带着伯爵去了餐厅。

呼，吓死她了，冷酷的房东大人一言不发，只是轻蔑地点了点头，并没有表示对她的认可，但也未曾看见有半分的厌恶，嗯，有希望，王希之，继续加油！

王希之快步跟在庄景后面来到餐厅，餐桌上已然摆放整齐好了饭菜，她脸上依然保持着最标准的微笑，一副要拿出最优质服务的模样轻声细语介绍道：“今天的早餐，煮的是板栗红枣粥，配的是水煮白蛋，菜色不多，两荤两素，两凉拌两清炒，都是时下鲜蔬，我还蒸了一笼小包子。”她赶紧掀开笼盖，露出热气腾腾的四只小笼包，竟然还捏成了小猪的模样。

然后，这家伙将筷子、汤勺摆在庄景面前，依然保持着微笑：“请您开始愉快地用餐。”

庄景望着眼前这顿丰盛的早餐，若有所思啊，他当初为什么会收留眼前这个怪异的女孩来着?

嗯，对，王希之一定不知道她今天的表现在庄景心中定为了怪异……

他记得一个月前的休息日，公司的小编过来给他送文件，他在楼下等待的时候，一旁的长椅上就坐着一个垂头丧气的女孩，行李箱和背包都放在一旁，垂着头，一只手捏着手机像在等谁的电话，另一只手拿着三片普通的吐司面包。

“咕——噜噜噜”

这个响声有点大啊，庄景看了一眼旁边的女孩，就见她耳根红红的，揉着肚子，窸窸窣窣地拆开塑料纸准备吃掉一片吐司。

此时，在她长椅下面却钻出来一只脏兮兮的小狗，那只小狗直勾勾地看着她手中的吐司，盯得她都不好意思吃了。

他就听到她与那小狗说道：“我已经两天没吃饭了，所以，这个不能分给你。”

小狗不言不语，就盯着她看。

于是她妥协了：“好吧，同是天涯沦落人，分你一片。”

她将吐司递给了小狗一片，小狗叼了起来，却依然看着她。

这下她不愿意了：“喂，我只剩下两片了，做狗不能贪心的。”

她还把剩下的两片吐司扬起来给眼前这只小狗看，哪知道，后面突然又蹿出来一只小狗，稳准狠地咬住这两片吐司，从她手中夺掉吐司后，与眼前这只小狗会合，两只狗迅速地蹿到街角，消失不见。

庄景有点想笑，还有点于心不忍，因为眼前这个女孩肯定当场傻眼了，根本没反应过来，以至于站在那儿愣了半天，才愤愤不平道：“可恶，聪明一世，被狗套路了！”

后来，他接了文件回到了家中，就见裴思远露出了一贯死皮赖脸的笑容：“师兄，有件事情不知道当讲不当讲。”

他翻着文件都没空看裴思远，直接回绝道：“那就不要讲。”

裴思远却像没听到一样，嘻嘻笑着，说道：“师兄，你这个复式楼有点豪华，有点大，有时候会不会感觉空空的，跟少了点什么似的。”

“不会。”

裴思远依然耳旁过风：“还有装修上过于阳光，加上我们这里住的是两个大男人，从风水学上讲，就是阳刚之气太盛，于事业不顺，需要一些柔和的气息来缓冲一下，也就是所谓的阴阳调和。”

“一分钟。”他抬头看着裴思远。

裴思远立马正色，连珠炮一般道：“我有个发小，女，23 岁，单身，本科毕业，为人善良，性格单纯，长相甜美，做事认真，是个积极向上努力奋斗的新时代好青年，哪知屋漏偏逢连夜雨，破船又遭打头风……”

“30 秒。”他看了眼腕表，不客气地说道。

裴思远脸色一变，双手合十，哀嚎着：“求收留啊，师兄，她在新公司被揩油，炒了老板鱿鱼，又被房东赶了出来，已经流浪街头三天三夜，一个这么可爱的女孩子，你叫我于心何忍啊，求师兄收留，求求师兄了！”

不知道怎么的，当时他的脑海里浮现出来的就是长椅上被狗夺食的那个女孩，也是鬼使神差，他点头了。

果然是那个女孩，低着头，被裴思远按着脑袋一齐冲着他弯腰：“谢谢房东大人。”

回过神，庄景看了一眼努力保持着微笑的王希之，这姑娘见他半天不动筷子，又看见了自己的眼神，竟然一个箭步过来，拿起另一双筷子，抄了凉拌黄瓜放在他面前的盘子里，礼数十分周到的样子：“请品尝。”

就在此刻，裴思远顶着鸡窝头走了过来，一眼看到桌上的饭菜，大惊道：“哇！今天是什么日子，这么丰盛！”

伸手就去捏土豆丝，被眼明手快的王希之“啪”地打掉。

王希之吧，自觉有点原形毕露的不好意思，用眼神瞪着裴思远，脸上依然在微笑，声音一样很甜美，咬牙切齿道：“你早上起来还没洗脸刷牙吧。”

裴思远多聪明呢，瞬间就明白了王希之的意图，他嘿嘿笑着：“师兄，我今天跟着你算是享口福了，我家希希那可是家传绝学，她家老爷子当过酒店的大厨，咱们希之是尽得真传。”说着，也赶紧抄起包子来放在庄景面前：“尝尝。”

好像是很久没有坐在这里安安稳稳地吃早餐了，平日都是一杯咖啡搞定的早餐突然变得如此丰盛，庄景有些许的不习惯，虽然每盘菜上都写着阴谋两个字，他依然选择在这两个肚子里有鬼的房客的注目下，开始愉快地用餐。

王希之觉得在看庄景吃第一口的瞬间根本就是屏气凝神的，看到房东大人面无表情地开始进餐，她背过去偷偷吐了口气，连忙用双手揉揉脸蛋，妈呀，笑得她苹果肌都快抽筋了。

用餐气氛果然很愉快，只要房东大人吃得开心，大家都很开心，哈哈哈，当然，王希之也不会忘记伯爵，除了定量的狗粮，王希之还给伯爵加了几块苹果，嗯哼，梦境告诉她，收买狗心也很重要。

眼看着用餐就要结束了，王希之还是不知道该怎么开口，看着只顾埋头大吃，还不停地说着不错不错的裴思远，她就恨恨在桌子下面踢了裴思远一脚。

裴思远差点一脸栽到粥碗里，不过，不愧是演员啊，虽然是个跑了三年龙套的，但裴思远也一直以最严格的演员标准要求自己，他立马若无其事对庄景道："师兄，今天的饭菜吃着不错吧，早饭丰盛一天好心情，我觉着吧，今后每天都让希希做饭，生活如此不易，咱要对得起自己的胃是吧。"

庄景呢，慢条斯理地擦嘴，而后对裴思远道："是你的生活不易。"

裴思远当场噎住，咳了半天。

哇，房东大人暴击啊，王希之感觉自己已经看到裴思远心脏喷血的场景了，看来自己的事情还得自己做啊，她深吸一口气，笑道："房东大人，这个月的房租，我还没钱交。"

都不敢看庄景的眼神，却是像个小学生一样，将自己的存折规规矩矩摊开在庄景面前。

庄景扫了一眼，存折金额三块八……

王希之觉得自己开始紧张了，像小时候在课堂上答一道心里没底的题，手心里都攒着汗："我有在努力找工作，上个月也打了几份零工，简历也都投出去了，应该很快就有回音，我就是暂时没有钱，但我在这里绝对不白吃白住。"她双手跟着晃："一日三餐打扫卫生照顾伯爵的事情全部交给我，一点问题都没有，如果满分是十分，我一定会做到十二分！"

庄景看了下时间，他站了起来，走到门口，王希之一路跟着在他身后嘚吧嘚吧自我推销，庄景换鞋拿上外套，临出门前对王希之说："一个月。"

王希之没反应过来。

庄景加了一句："试用期一个月。"

王希之惊喜交加，等庄景一离开，整个人蹦了三尺高："yes！"

"搞定了房东大人，心情愉悦吧？"裴思远在一旁笑道。

王希之捶了一下裴思远的肩膀："谢了！"

"自己人，客气，等会儿帮我录个视频。"

"这次是哪个剧组啊？"

"《归来的神枪手》！"

"《归来的神枪手》剧组的导演、编剧、工作人员们大家好，我叫裴思远，今年 26 岁，上海戏剧学院 11 级表演系毕业，参演过《战火中的春天》《抗日英雄谱》等优秀的抗日题材剧，有着丰富的表演经验……"

没错，裴思远是个演员，是个奔波在各个剧组积极努力向上跑龙套的演员。

"那个裴什么你过来，你在《战火中的春天》饰演了什么角色？"

"被刺刀钉死在墙上的思想觉悟极高的普通老百姓。"

"哦，那这次演个被大刀劈成两半的怎么样？"

"导演放心，经验丰富，一遍过。"

"那个人，哎对，就是那个个儿高的过来，形象不错，演过死人吗？"

"导演好，死人，经常演，我至少会一百种死法。"

"夸张。不过，形象够正面，行，今天你就演个混在老百姓队伍里的汉奸，被发现后活活烧死，有问题吗？"

"没问题，我这人内心戏十足，汉奸死前的痛苦恐惧悔恨交加保证万无一失。"

那，这就是一个会一百种死法，永远的跑龙套，裴思远！

"跑龙套辛苦吗？"王希之录好视频给裴思远看。

"都是职业有什么辛苦不辛苦的，就是观摩学习积累的过程，量变引起质变，说不定哪天咱裴小爷就起飞了。"裴思远将视频发送到剧组，一扬笑脸："今儿个是夜场戏，走，这会儿带你买菜去。"

王希之觉得庄景没说错，是他们的生活不易，一个要负责一日三餐打扫卫生伺候主子（伯爵），一个要付水电煤暖物业生活费。

准备出发的两人打开门却发现走廊上堆满了纸箱，原来他们多了一个邻居。

这个女人，银色细长的高跟鞋，火一般艳红的裙子，精致的妆容深色的墨镜配着栗色大波浪的长发，说是光芒四射都不足为过。

唐休原本正在指挥搬家公司，转眼看到了王希之和裴思远，她勾起红唇微微一笑，那是个精致礼貌让人感觉到并不怎么好亲近的笑容，但是她却率先伸出手："两位好，我叫唐休，你们的新邻居。"

王希之双手握了上去："你好，唐姐，我叫王希之。"

等到裴思远准备去握手自我介绍时，唐休已经若无其事收回手，并且微笑礼貌道："今天比较忙，实在不方便，有时间一起聚聚，增加一下邻里感情。"说完，继续指挥搬家公司去了。

逛超市的时候，王希之分析唐休的气场简直如同当红明星，倒是裴思远不以为然："这位唐姐啊，心理建设太强。"学着唐休的语气："有时间一起聚聚，像这种话，你敢信？"

"那她与庄景比呢？孰强孰弱？都是这么酷到没朋友。"王希之的脑海里立马浮现出庄景那冷淡的模样，她立刻得出结论："算了，房东大人气场稳如泰山。"

"是吧，师兄一出，谁与争锋！这要在远古时代，我们都是两只食草的小恐龙，唐休应该就是迅猛龙，而师兄，那一定是食物链顶端的霸王龙，吼！"

"阿嚏！"庄景皱眉，莫名其妙打了个喷嚏，这让整个文学部的职员全部抬头看向了他，只不过在他扫视了一圈后，整个文学部空前忙碌了起来，键盘、电话的声响不断。

等到庄景进到办公室，文学部安静了一下，紧接着就是无处不在的窃窃私语。

"哇，看见没有，主编大人刚才打了个喷嚏。"

"没想到主编大人也会打喷嚏。"

"难道主编大人也会像我等凡人一样得流行性感冒？"

"爱情就像感冒一不小心还会发烧。"

"爱情还像龙卷风呢。"

"不要在背后议论庄主编。"

发话的是副主编肖静静，一个穿着职业装三十出头的短发女人，她盯着电脑冷飕飕地吐出这么一句来，文学部瞬间又恢复到了忙碌的状态中去鸟。

而她，看向庄景的办公室，公司里公认的混世魔王又来骚扰庄主编了，虽然是常态，常态到大家都习以为常，可依然觉得头疼啊。

庄景一进办公室就看见自己的位置上背对他坐着个人，不用想就知道是岳卿成，洛神集团总裁的外甥，集团旗下青葵小说网的主编，门边还有他的固定跟班，黑西装领带墨镜，很有电影里黑社会的感觉。

“啪啪啪”岳卿成鼓着掌自以为邪魅地笑着，转了椅子过来面对庄景，从这个角度看，庄景就像他的下属一般，这让他很有成就感：“九点整，庄主编就是这么准时，庄主编对待工作的严谨和认真，我十分钦佩。”他把玩着庄景桌子上的小飞镖，眼角精光一闪，“咻”的一声飞镖被他掷了出去。

“啪”，额，没扎到靶子上，掉了。

掉了……

岳卿成自个儿都有点傻眼，不过这种事情也不是一两回，跟班几乎是下意识反应，捡起飞镖对着靶子的红心就摁了上去。

庄景全程冷漠脸看着来自岳卿成的表演，看着岳卿成走了过来站在自己面前脸上挂着不屑的笑：“这次总编竞争，你我都是候选人，但你恐怕没希望了，哦不，应该是绝望。我知道你一直把我当成你最大的对手，这种望尘莫及的感觉很痛苦吧。”

岳卿成一手拍在了庄景的肩膀上，不过当他对上庄景冷漠的眼神时，几乎是下意识地迅速抽回，为了掩饰尴尬，还咳了两声，双手插裤兜，扬起下巴道：“我可以给你一个公平竞争的机会，集团的少女刊《萌爱》濒临停刊，要是你能让《萌爱》在三个月内月销量达到一百万册，总编就是你的了，怎么样？”

岳卿成等着庄景回应自己的挑衅，哪里知道，庄景完全无视掉岳卿成，自顾自开电脑冲咖啡。

紧接着扣门声响，庄景的声音略显低沉：“请进。”

“蹬蹬蹬。”肖静静踩着高跟鞋走了进来，无视掉岳卿成等人直接对庄景汇报工作：“主编，有几份文件需要你签字。”

没人理会的尴尬，谁能懂。

岳卿成却能化尴尬为自信，还异常邪魅一笑，潇洒转身：“庄景，可别让我失望啊。”

说完，带着他的两个跟班在众职员面前大步而去。

“这逗比又来挑衅咱们主编什么？”

“还不是集团内部放出风声说要提总编。”

“那肯定是咱们主编的啊，难不成还能是那个逗比？”

“皇家特权嘛，大家都懂的，哦？”

要是真让那逗比当总编，那可真是苍天被屎糊了眼！

第二章 平凡少女奇遇记

王希之可勤奋，为了幸福美好的生活，谁不是这么卖力，她不仅哼哧哼哧把一楼打扫得窗明几净，还将二楼，东大人专区小心翼翼尽自己最大努力打扫得干干净净！

虽说房东大人整个人一天到晚好似千年冰山亘古不变，但这套复式楼却是以暖色调为主，一楼三室两厅是原木简洁温暖风，二楼三室一厅则是以中国风的红木家具为主，因此，王希之断定，房东大人骨子里应该是个很传统的人。

而当王希之打开书房的落地玻璃门时，整个人就惊呆了，哇塞塞，住了一个月她都不知道楼上竟然还有这样的世界，这个玻璃平台，简直就像童话世界里的花房一样，假山流水郁郁葱葱的藤蔓植物，争奇斗艳的鲜花，还有各式各样的盆景，她感觉自己就像落入仙境的爱丽丝！

于是，她从围裙里拿出小本本，第一页还画了一只简易版的霸王龙，她刷刷写道：这是一个童话的世界，这里住着一只极会享受人生的霸王龙。

话说，物似主人型，王希之给伯爵洗澡的时候，这只阿拉斯加就异常享受地摊开了四条腿，王希之还特卖力：“嘿嘿，舒服吧，舒服就在你主人面前多美言几句。”

一天就这么匆匆忙忙过去了，晚饭王希之做得少而精致，裴思远夜场戏，据说要拍到凌晨两三点，一个死人竟然要演到两三点。

晚上八点，庄景还没回来。

王希之看着客厅的超大屏幕，裴思远说，这是一台电脑，用之前最好征求一下房东大人的意思，她当然没放弃自己写作的梦想，房东大人到这会儿还没回来，她写书的情绪高涨，手痒地不要不要的，不行，灵感是思想的火花，她必须第一时间抓住！

王希之盘腿坐在客厅的茶几前，哇，这巨型屏幕打开之后，让她有种身处科幻世界的赶脚，再加上周围蔚蓝的灯光，她感觉自己像在梦的海洋中前行！

放在键盘上的手都颤抖了，不要辜负如此美景啊，王希之！

稳稳心神，王希之迅速地敲下了键盘，巨大的屏幕上显示出了一行行字来：

名称：《平凡少女奇遇记》

简介：这是一部科幻言情小说，小说的主角名叫谢恩，普通的女高中生一名，不普通的是，她拥有着神秘的超能力……

第一章　那年那月亮那男孩

谢恩今年十五岁，是一名超能力患者，是的，没错，超！能！力！

不同于瞪碎电灯泡，手煎荷包蛋这种低级的被神化的气功绝学，谢恩的能力能瞬间毁灭地球，当然，下一秒，她还能将地球恢复完好如初。

在她意识到自己拥有超能力的时候只有五岁，抱着紧张害怕又想炫耀的心情，她向邻居家的小哥哥分享了自己的小秘密。

当时谢恩拉着小哥哥热乎乎的小手，“咻”地瞬移到了月亮上，因为从这里看过去，地球就像个蓝汪汪的玻璃弹珠，谢恩热情地看着小哥哥得意道：“好看吧？”

小哥哥的反应也很直接，他看着玻璃弹珠，张大了嘴巴，鼻孔翕动，然后直挺挺地昏倒在了坑坑洼洼的地面上……

再然后，小哥哥就再没找谢恩玩过。

谢恩兀自伤心了很久，发誓不再把自己的秘密告诉任何人，只是随着年龄的增长，她渐渐意识到自己与周围人的不同，她努力像平凡人一样生活，她的理想就是安安稳稳过完这一生，虽然她是一名超能力患者，并且地球仅此一例……

庄景回来就看到这样的场景，王希之趴在键盘上呼噜噜香喷喷睡着，脸上的笑代表她正在做着美梦，或许是食物，或许是钱。

单纯的家伙。

庄景原本不打算管这个拖欠房租用劳力抵债的房客，但转眼却看见蓬松干净的伯爵冲着他傻笑，餐桌上还有精致的晚餐，哦，他没有她电话，也没想到要通知她，他晚上不回来吃饭。

犹豫了一下，原本准备上楼的庄景走向了客厅，居高临下看着王希之："醒醒。"

没反应。

拿脚轻轻碰了王希之一下："醒醒。"

依然没反应。

庄景微微蹙眉，犹豫了一下后，还是弯腰将王希之抱了起来，王希之这家伙昨天一晚上担惊受怕没睡好，又哼哧哼哧忙碌了一天，这会儿真的睡得跟猪一样。

庄景将王希之放在沙发上，就准备去关电脑，哪知道扫了一眼屏幕上的小说，《平凡少女奇遇记》，在他看来这是个寡淡至极的题目。

这是刚刚发表在青葵小说网的小说，一旁的评论像弹幕一样飘过：

都超能力了，平凡多没意思啊。

女主弱鸡。

科幻文吗？女主超能力堪比哥斯拉，性格弱受。

虽然只收到三个评论，也够打击王希之，幸好这家伙睡着了没看见。

基于职业习惯，庄景打开王希之的小说认真看了下去，这越看，眉头皱得越深。转身看了一眼搂着抱枕呼呼大睡的王希之，自言自语道："平淡到将自己写睡着。"

"如果不修改开头，那么接下来应该这么写。"

庄景，庄大主编，竟然顺着王希之的思路继续写了下去：

第二章　天生克星登场

谢恩想要平凡的生活是因为她清楚地认识到自己的超能力会伤害到普通人，幼年的她因此而变得敏感，小小的她，为了合群，不得不让自己看起来那么普通。

当然，随着年龄的增长，尤其是成为初中生时，强烈的自我意识开始觉醒，心底压抑许久的阴暗面让她开始有了各种各样的利用超能力成为世界霸主，甚至宇宙霸主的想法。

毕竟，她是如此的特殊，像上天选中的宠儿。

尤其是当她站在太空中看地球的时候，没错，与小时候的想法一样，地球就是个玻璃珠，脆弱得可怜，生活在地球上的人类就更加渺小了。

谁也不知道，这个外表看起来善良乖如小兔的女孩，内心竟然是如此疯狂黑暗，她孤独地成长，像一匹西北高原上的草原狼。

这样疯长下去，也许有一天谢恩真的会像暴走的哥斯拉一般出现在众人面前，可哪里知道，上了高中的第一学期末，她遇到了自己的命中克星。

从此疲于应付，哪还有精力思索称霸七大洲八大洋的事情。

“大家好，我叫皇甫上，来自枫叶高中的转校生，我的名字很好记，大家也可以简称我为皇上。”

全班同学阵阵惊呼，如同明星般光芒四射的大男孩，举手投足间一看就受过良好的礼节教育，难怪在皇甫上还没来之前，就有消息疯传：班里要转来一名贵族，王子风范的贵族。

当然，听完皇甫上自称皇上后，班里所有人看着谢恩哄笑了。

偏偏皇上还被老师安排成为了谢恩的同桌。

一个叫皇上，一个叫谢恩，皇上，谢恩，皇上，谢恩。

好像天生就来压她一头。

谢恩狠狠瞪了皇上一眼。

像小兽一样的眼神，让皇上心惊。

……

拍夜戏要等的时间特长，因为主演时间宝贵，戏份要紧着主演来，就是今儿个这主演不在状态，一而再再而三地卡卡卡，听说B组都收工了。

裴思远看了一眼腕表，凌晨三点。

好不容易，主演进入状态把这条给过了。

那边导演直接叫收工了，裴思远连忙向副导演追了过去：“导演，下面不拍了？”

“你是不是有病啊，现在都几点了还拍，没看大家都累了一天了吗？

不拍了不拍了，这么简单的戏份明天再说吧。”

“嘿，什么态度。”一同等的几个人中，也有有脾气的，让裴思远这边给拦住了。

“行，明天再说。”裴思远答应得特痛快，人也勤快地去帮剧组收拾东西去了。

还是那位脾气大的爷，看见裴思远这副模样就忍不住啐一口：“跟狗一样。”

这边的影视基地倒是距离庄景所在的碧空阁不到一个小时的车程，虽然没拍戏，这熬夜等也是极端累人，他现在只有一个想法，那就是扑倒在柔软的大床上。

哪知道，刚下车就看见一身艳红裙子的女人醉醺醺地拿个手机对着出租车司机拍照。

“小姐啊，我是让你扫一扫付账，不是让你给我拍照啊！”司机带点广东口音，一脸无奈的模样。

哇，喝得可够多的。

裴思远一脸嫌弃地看着唐休，他最讨厌女人喝酒，那浑身的臭味，简直，咦，想想都觉得浑身发毛，就是没想到这个新邻居喝到凌晨快五点竟然还知道回来。

“师傅多少钱，我帮她付。”裴思远一出声，那边醉醺醺的唐休就不愿意了，她醉眼蒙眬地看着裴思远，却一脸警戒：“你，你是谁？我警告你，我家，就在楼上，我已经给我哥哥打过电话了，他马上就下来。”

我靠，竟然当他是色狼啊！

裴思远懒得搭理唐休，转而看向司机：“师傅，一百块够不够啊？”

“这位小伙子，这么年轻，不要干坏事啦，欺负女孩子不算本事的。”司机不仅不收钱，还开口教训起他来了。

另一边，唐休凑到他脸边上，疑惑了一下转而恍然大悟：“哦哦哦，我，我想起来了，你是我邻居，跟你一起的那个女孩长得挺可爱的，叫什么来着，王献之？”

这边司机估计也看出来唐休真跟裴思远认识，他边找钱打票边说道：“既然你们都是朋友，你要告诉她，一个女孩子晚上不要一个人出来喝酒，很危险的，哪天在外面醒来，失身都不算什么，少个肾都有可能哒。”

裴思远扶着东倒西歪的唐休，听着司机的话点着头，这边唐休还在努力思索王希之的名字，总觉着王羲之不是书法家吗？她怎么老往那儿想？

兰亭序？

这不正想着，忽然觉得胃里翻涌的难受，眼泪飞出来的瞬间，她“呕”的一声吐了，对着的，是裴思远的胸口。

“哎哟窝巢！”裴思远拉着唐休，看着胸口发出酸臭的不明物，阵阵反胃。

“呕！”

裴思远跟唐休对着脸一块吐了，跟拜堂似的……

王希之严肃地看着大屏幕，评论在上面飘过：

期待女主黑化。

男主棒棒，求宠文甜文。

希望女主称霸宇宙，将男主纳入后宫。

看开头以为女主是傻白甜，后续好像很精彩，推荐票给你了。

看着无端多出来的第二章，一肚子阴暗思想的女主，还有莫名其妙多出来的男主，虽然明显第二章评论是第一章的好几倍，但她还是觉得，生气！

是谁，动了她的小说！

王希之看向餐厅，眼角寒光一闪，杀无赦，凸(艹皿艹)！

“我看了你的小说。”

王希之刚坐下来，对面的房东大人就冷漠地开口，嗯，口气十分冷淡，毫无感情地陈述一件让她暴走的事实！

“你写小说了？”裴思远瞪大眼看向王希之。

“题材新颖有可塑性，文笔尚可，但剧情没有冲突，人设不够立体，要改进的地方很多。”庄景如同在公司办公一般。

王希之是忍了又忍，一大早听到的全是批判，庄景这个人太可恶了，太自我了，太没道理了，真当自己是远古时代的霸主了吗？

“我不喜欢别人擅自改动我的小说。”王希之认真严肃地对庄景说道。

庄景闻言看向王希之，眼前这姑娘一副气急了要哭的模样，眼眶红红地盯着他，他认真想了一下，这里不是办公室，不是松果文学部，眼前这姑娘也不是他的属下，只是个毫无关系的房客，嗯，他点点头：“抱歉，你可以删掉。”

“噗嗤”一声，裴思远在一旁喷饭。

王希之用肘关节狠狠地击向了一旁抖动着双肩憋笑的裴思远，裴思远忍住笑："不好意思在这么严肃的场合里我笑场了，不过希希，师兄可是松果文学的主编，他的话肯定没错。"

王希之霍然起身："是主编，也不能随意改动我的小说！"说完，跑回自己屋里去了。

裴思远撞上庄景若有所思的眼神，连忙解释道："师兄，希希就好写些东西，那时候大家都夸她写得好，这不刚毕业还没怎么经历社会的残酷，心灵上还有点脆弱，还有就是，改别人写好的东西是不是有点。"眼看着庄景眉毛缓缓挑高，他连忙改口："能得到师兄的指点，根本就是广大作者梦寐以求的事情，这希希也太不懂事了，一会儿我再说说她，小孩子脾气，一会儿就好，没事的，师兄，来，吃饭。"

饭菜香甜可口，庄景觉得王希之在做菜上很认真，每盘菜都很讲究颜色搭配，粥熬得十分软糯，火候把握极佳，看得出来，她在做饭上很用心。

脑海里一直是王希之眼圈红红坚定的模样：我不喜欢别人动我的小说。

一直到坐在办公室也不得安宁，庄景甩出一根飞镖，正中靶心。

"主编，这是雨沐春风新出的小说。"肖静静将小说大纲放在了庄景面前。

一般作者是不用庄景过目的，这个雨沐春风是近期红到发紫的网络小说作者，自然需要主编大人亲自过目。

庄景仔细看了之后，问道："这篇大纲改的第几回？"

"三回，变动不大，主要是丰富一些人物的形象，情节上修改得更加紧凑。"

"身为作者是不是很烦别人对她的作品指手画脚甚至是插手更改呢？"

庄景的突然发问让肖静静有点大跌眼镜，明明是在说雨沐春风新出的小说大纲，什么时候主编需要关心作者的情绪问题了，那都是责编们应尽的义务。

这么人情味的话竟然是从主编的嘴里说出来的，看见庄景在看她，肖静静立马正色道："作品的诞生就像作者的亲生孩子一样，很少有作者能忍受别人的指手画脚，不是还有当红作者因为评论不佳，导致丧失了写作热情直接封笔的吗？我们松果文学的责编们十分注重沟通这一块，请主编放心，我们对作者的作品的修改都是建立在沟通的基础上。"

"是吗？那每次我修改的那些文章？"

揣摩圣意失败了！

肖静静连忙接过话头："主编亲自更改的小说是难得的机会，旗下很多有名气的作者都希望能得到主编的亲自修改和指点，这一点上，恐怕只有新晋的作者才会不能接受修改和改编设定，当然，他们也没机会接触到主编，那些新晋的作者很少有责编去特别指点他们写作，需要他们自己摸滚打爬懂得一些写作技巧后，才好沟通。”

“是这样的吗？”庄景问道。

“是，强行修改肯定会适得其反。”肖静静说完隔着镜片暗中观察庄景的神色。

哪知道庄景只是略一点头表示知道了。

主编很反常啊，肖静静觉着，难道是主编插手了谁的作品改编被嫌弃了？不会吧！

看来，是他的错，难道这样会打击到王希之的写作热情？从而使王希之放弃写作吗？

庄景想多了，王希之是谁？

她自己委屈得要死，小说被庄景动过倒成了其次，关键是她觉得自己这会儿有一大堆的话可以说，但在餐桌前却憋了半天就那一句话，面对恶势力，她竟然更像一个没理的人！

裴思远在门口安抚她：“希希，师兄那可是主编啊，哪怕是当红作者的小说，也有可能被他改得面目全非，我约莫他没恶意，你也别生气哈。”

刷，门开了。

王希之瞪大了杏眼，对上裴思远的熊猫眼：“主编很厉害吗？”

“哎哟我的希希，你真单纯得跟……”裴思远握紧了下拳头，愣没想出来形容词：“松果文学知不知道？”

“知道，最有名气的文学网，流量很大，作家富豪排行榜前十有一半都是他们家的。”

“这你倒是清楚，那你知道松果文学的头儿是谁？”

难道是庄景？王希之看着裴思远，瞳孔慢慢放大，嘴巴也不自觉张开：“不会吧。”

“哎哟，你呀，真是单蠢啊！”裴思远捏了下王希之的脸。

“那他更不应该了，堂堂一个主编竟然插手乱改文。”王希之愤愤不平。

“职业习惯，难免的，再说了，你想好下面的剧情了？”裴思远一副很了解王希之的模样问道。

“额，没有。”王希之惭愧地低下头：“每天跟着写就行了，还要提前想好吗？”

扶额“想写网络小说赚钱你得先熟悉这里面的规则啊，每天更新多少字，什么时候能签约，什么时候上推荐，推荐期间怎么更新，怎样能得到责编的青睐，读者的包养，你怎么还没我懂得多呢？”

“怎么办？”仰着小脸，苦瓜相一般，除了满腔热血，她好像真的什么都不知道。

“当然是和师兄搞好关系了！近水楼台先得月懂不懂？多少当红作家想跟咱们家房东大人搞好关系都苦无门路呢，机会就在眼前，你要学会抓住！”裴思远空抓了一下。

“抓？”王希之也跟着抓了一下。

“行了我补个觉，修行大道，你自个儿领悟去吧。”

“学会抓住庄景？”王希之想到庄景那张冷漠脸，连道歉都面无表情的模样，哇，这比写小说难多了！

她早上那副模样，哎呀，丑了丑了！

也不知道庄景会怎么看她，怎么办怎么办？

要不，从晚饭做起？

王希之拿着手机，她存有庄景的电话，现在打个电话过去问问庄景想吃什么？这样会不会显得她太势力了，哦，知道人家是大公司的主编，就这么狗腿，吃相会不会太难看了点？

平心而论，庄景接续的情节，网上的评论反响还挺好，可早上的事情会让庄景怎么看她？玻璃心，圣母婊，矫情的小公举？

低下头，伯爵正在看她，犹豫什么啊，打出去！

“喂，你好，哪位？”略显低沉的声音。

那个，紧张感又来了，跟房东大人对话，就是很有压迫感，可能是常年身居高位的人独有的压力！

“是我，王希之。”

“嗯？”

“没事，就是问你晚上想吃什么？”

“哦，今天晚上有饭局。”

“哦。”

沉默三秒。

“还有事？”

“没，没有了……再见！”

这个电话打得毫无气势，甚至是有些失败的，她觉得，心情郁闷地摸着伯爵：“主子，你主子比你难伺候多了。”

“汪。”

这个回答简洁的就是个“是”字，连狗狗都认同她的说法，对于庄景，要怎么抓才好呢?

第三章

霸王龙先生是抖M？

庄景晚上的确有个饭局，是集团老总，西餐厅里，这位年过六旬的老总精神健硕，看起来要比实际年龄小很多，帅气成熟，自带一股迷人的风范，因为单身，导致公司很多女性遐想连篇，脑补了不少霸道总裁爱上我的戏码。

两人点餐之后，汪总率先笑着开口：“最近小成没少给你添麻烦吧。”

“还好，习惯了。”庄景淡然道。

他一向如此，汪总倒是不以为意，笑呵呵继续说道：“小成的能力我心里清楚，总编之争根本不存在，我心里只有你一个人选，相信公司员工也是一样。”

庄景淡然一笑，端起咖啡喝了一口，说道：“汪叔叔特地约我出来，应该不是为了岳主编的赌约吧。”

“什么赌约，那是什么东西，汪叔叔约你出来就是想和你一起吃个饭，叙叙旧。”

汪总当然懂庄景的神情，生意场上的人他见多了，像庄景这样最难对付，就像在赌场上，还没开牌，对方就已经猜到了你的底牌。

“最近有没有跟家里联系，你父亲每次给我打电话都是说有了新作，要吟诗给我听，其实，哪里是要吟诗给我听啊，每次挂电话前都会提一句，小景最近怎么样？”

“嗯，过段时间打算休年假回去看看。”庄景道。

汪总的眼神里闪过一丝羡慕：“小景，父母都在，是该多回去看看，我呢，就是想也不可能了。”

“汪叔叔。”庄景知道汪总的事情。

汪总摆摆手，眼神闪过哀伤，人却是微笑着说：“年纪大的人更容易多愁善感，何况，过几天就是你张阿姨和萱萱的忌日了。”

张阿姨和萱萱是汪叔叔的妻子和女儿，十年前车祸过世了，庄景神色微动：“汪叔叔，过几日，我陪你去吧。”

“好啊，不瞒你说，昨晚我梦见萱萱了，她就像，就像天使一样，穿着洁白的连衣裙，戴着白色花环，身后有一对非常可爱的小翅膀。”汪总比画着，眼神竟然微微闪光。

“她原本就是无忧无虑的天使。”庄景道。

“你说得对，你看……”汪总拿出一本保存完好的杂志，递给庄景。

果然啊，汪叔叔这次约他还是为了这本杂志，虽然一早就猜到了，但没想到汪叔叔这次打出的是一副感情牌。

“《萌爱》杂志的创刊号。”庄景看着封面，20 世纪 90 年代的封面上，一个洋娃娃般的女孩捧着白色的捧花，阳光下像天使一般地笑着，正是萱萱。

“你不知道，这本杂志，是你张阿姨创办的，对我来说，意义非凡啊，小景。”

庄景当然明白汪叔叔的意思，但他有松果文学要管理，也没兴趣做少女杂志，而且，每一本杂志也是有寿命的，“优胜劣汰，物竞天择”，市场已经给出了正确的选择，这样一本濒临停刊的杂志，原本就没有存在下去的必要，何必再浪费人力物力。

就听汪总继续说道：“《萌爱》的现状，相信你也有耳闻，只是在我有生之年，真的不想看到它会有停刊的一天。”他低头喝了一口咖啡：“我特意聘请了国外专业做少女杂志的林主编，只是他在签约之前突然反悔，他去了《STAR》。”

“《STAR》这本少女杂志这几年风头日盛，去年 9 月发行纪念刊突破了五百万册。”

“对，我不求《萌爱》翻身成为畅销杂志，但小景，现在有能力改变它命运的人，只有你了。”

庄景闻言，刚想拒绝，却被汪总伸手阻止：“我希望你不要这么快拒绝，这本杂志，你可以好好看看，或许能改变你的想法。”

庄景看向汪总，那双淡淡的笑眼中饱含了无限的期许。他犹豫了一下，便将杂志收了起来。

这一分犹豫，使得汪总眼旁的鱼尾纹加深了几许，庄景看似冷酷，内心还是很温暖的，他看人，很准的。

适逢服务员上餐，一时无言，汪总端起了咖啡杯，这家西餐厅在顶楼，这样居高临下看着窗外的霓虹灯下的车水马龙，有些出世之感，而他本人，似有些出神，又有些怀念。

倒是不经意间看见对面马路上一个穿着白色衬衣、黑色西装裤，踩着细高跟高挑靓丽的身影，这不是集团公关部经理唐休吗？

看来公关部又有饭局，唐休这个姑娘也算他一手培养起来的，因为生意上的缘故，已故的妻子与唐休的母亲关系还不错。只不过唐休那个父亲，早早抛弃了她们母女，是他亲眼看着那个手拿洋娃娃的小姑娘改握酒杯，没有了父母的庇佑，她逼迫自己快速成长，在这个弱肉强食的大环境中厮杀，终于站在了公关界圈子的食物链顶端。

唐休可不知道顶头上司在对面看到了她，她笑脸迎人，熟练地招呼着几位名导演、金牌编剧以及投资商往醉月楼花开富贵里进，今天的客不是唐休请的，只不过她到了此地，这些人倒是特习惯将她当主人家。

“今天到这儿的都是自家人，没别的事儿，纯粹想跟大家聚一聚，不谈工作，只谈感情。”这是主家，一个房地产老板举着酒杯说。

“只要有咱们唐姑娘在，走哪都像到自个儿家一样。”姓路的导演四十来岁，胖胖的，笑起来没眼睛，看着唐休，还没喝酒呢，就一副醉醺醺的样子。

“我跟唐姑娘可是多年的老朋友了，一会儿咱们可得好好喝一杯。”姓董的编剧说道。

“董哥，你这话说得见外了，一杯怎么够，一会儿得上茅台，咱们得好好喝两瓶。”唐休笑靥如花地说着。

“哈哈哈，怕了你了。”董编剧哈哈大笑。

裴思远看着唐休，没想到在这儿能碰见她！

昨晚上吐他一身的余味还在，吐完了，她倒是清醒了几分，指着他说让他离远点，至少保持一米距离，忘恩负义的女人！

他担心她，看着她输房门密码，她倒是一副防贼的样子，警戒万分地回头看了他几回，他娘的，他招谁惹谁了！

今天原本要补戏的，谁知道经纪人给他打了个电话，没错，他还有个整日不见踪影的经纪人，因为忙着带那些稍微有点名气的，他就只能靠自己混了，经纪人经常挂嘴边的话就是，这人想出头，得靠自己混，别总想着天下能掉馅饼。

哪想今天还能接到经纪人的电话，说给他安排了个了不起的饭局，都是大人物，去了一定要陪好！

他这不是匆匆来了吗？来作陪的人也不止他一个，竟然还有几个二三线的明星，明星名导名编剧，这绝对是一场高逼格的饭局呀。

没想到竟然还有他的邻居唐休，还跟这些人都十分熟稔的样子。

“这女的什么来头啊？”裴思远低声问旁边一个来陪玩的漂亮女孩。

“唐休啊，你不认识吗？公关界的神话哎！”女孩不可置信地看着裴思远，混这个圈子的竟然连唐休都不认识。

有这么厉害吗？裴思远大跌眼镜，没想到这位新邻居竟然大有来头。

饭局很热闹，有唐休在，气氛很是活跃，有导演在那儿讲自己的亲身经历：“有一次在京城的饭局，一个朋友邀请的，去了才知道是个煤老板想捧自己的小三，哎哟，那个俗啊，上的菜全是金条，我是屁股都没坐热直接走人了。”

“现在圈子里就是这，有钱都是大爷，看见我们这些导演编剧，二话不说直接拿钱砸，有没有演技只管往剧组里塞，一点名都是女一号男一号，唉，简直不能提。”

“要不说你们这些当导演编剧的都是高危行业。”唐休边给众人满酒边笑着说：“一不小心就让人家给潜了。”

“就是说啊，上回那谁大半夜敲我的门，弄得我一晚上都没睡好。”路导在那儿说着：“哎呀，现在的年轻人可真是厉害啊，防不胜防，你要真上钩了，回头说不定自己买通稿炒作自己被潜了，夺眼球的招数是什么都敢用。”

“这些，咱们唐姑娘肯定是见多了，人生在世谁没点难事啊，唐姑娘帮起忙来，干净利落不着痕迹，这一点，我老董一直都是心服口服，不行，得喝一杯，哎来来来。”

唐休在那边喝着酒，这边上门又开了，一个五十多岁的中年人口中喊着我来晚了我来晚了，一堆人喊着罚酒罚酒，而他身后还跟着两名装扮得极为性感的姑娘。

裴思远看着其中一个，整个人惊在了当场，那是他从大学就开始谈的

女朋友 ——夏乙晨，这段时间每次联系她，回答他的都是，我好累啊，没时间，剧组不让出来什么的，没想到竟然在这里碰见了，而且她穿的是整个饭局中最暴露的！

他心里跟打翻了五味瓶一般，拎不清是什么滋味，倒是端起酒杯一仰而尽，火辣辣的白酒让他双眼越发红了起来。

夏乙辰原本甜美地笑着看向众人，扫视间看到了在场的裴思远，顿时心中有些不自在，可那又怎样，她不可能把前途押在一个永远在跑龙套的人身上。

这是早就下定决心的事情，想到这里，她直奔了自己目标，今天的主家，那位大腹便便的房地产商，听说这个人没少投资女星，女人，就是要利用自己先天的优势，来获得自己应有的成功。

早在饭局一开始，唐休就看到裴思远了，昨天的事情她记得，没来得及给裴思远道谢，酒桌上，裴思远有些拘谨，不怎么说话，菜吃得不多，倒是有很认真地听几个导演闲聊，看样子倒是参加饭局的新手，很多新手在饭局上都急巴巴地希望哪个名导能记住自己那张脸，效果也有，只是看能做到哪一步了。

在她看来，裴思远，应该就是个酒桌上捉襟见肘的小演员吧。

倒是新来的这位姑娘，整个人几乎趴到廖总身上了，廖总这个人公认的出手大方，对朋友讲义气，对女人讲金钱，不管做廖总的朋友还是女人，总归不会吃亏。

来者不拒，是廖总的风范，女孩子劝酒劝得勤快，大家也都心照不宣，有时候就是这样，俗得彻底，想要什么，一目了然。

裴思远真看不下去了，他感觉自己的一颗心像放在火上烤，火辣辣的疼痛让他煎熬万分，眼睛红得都要滴血了一般看着廖总怀里的夏乙辰。

那个学校里坐在他自行车后座上笑得一脸灿烂嘟着嘴说，我就喜欢坐在你自行车后座上哈哈大笑！

那女孩，和眼前这个人，是同一个人吗？

裴思远没有掩饰情绪，酒桌上都是人精，谁看不来，没人说破罢了。

饭局结束的时候，廖总也没像往常一样，向他中意的女孩子兜里塞张房卡，倒是跟着唐休他们出来，将众人一一送走。

“你过来！”裴思远死死地拽着夏乙辰的手腕，将她拉到酒店一旁路上的拐角处。

“放开我，裴思远，你是不是有病啊！”

“我有病！是你有病才对吧，你看你穿的都是什么？你知道你自己在做什么吗？”

夏乙辰拉了下肩膀上下滑的吊带：“我当然知道我在做什么，我在为自己的前途努力，倒是你裴思远，你知道你在做什么吗？”

“夏乙辰！就算是为前途努力，你需要做到刚才那一步吗？做人要有底线！”

“底线，呵！”夏乙辰讽刺一笑：“裴思远，毕业三年了，你怎么还这么天真，我求求你现实一点吧，演了三年的死人还不清醒吗？”

裴思远还想说什么，直接被夏乙辰打断：“还有，我劝你，今后我的事情你少管。”说完转身离去。

这两个人吵架的声音不小，唐休站在街角听得一清二楚，看见夏乙辰冲着她这边走了过来，就正好对上了裴思远的目光。

裴思远呢，有些伤心，有些迷茫，还有被唐休看见的尴尬。

倒是唐休，假装眯着眼看了会儿裴思远，低下头对着没解锁的手机按号码：“我，我得叫个车。”

裴思远见状无语了，走上前去拉住她：“唐姐，你又喝多了。”

回去的路上，裴思远听着唐休嘟囔着乱七八糟的醉酒之言：“我这辈子最佩服的人就是苏秦。”

“苏秦这人最大的优点就是蛰伏，他那些亲朋好友目光短浅。”

“苏秦后来身披六国相印，把其他人的脸都打肿了！哈！”

“苏秦后来怎么了？”“哦，死了。”“哎，人生自古谁无死。”

到后来，光听唐休在那儿背唐诗三百首了。

歪歪扭扭输密码的时候还在那儿背鹅鹅鹅，背着背着进门的密码忘了。

一旁的裴思远哭笑不得。

“叮”一声，电梯门开了，唐休与裴思远同回头。

唐休微眯了双眼：“庄景？”

“唐休？”庄景微微蹙眉。

“你们，认识？”裴思远指着两人，熟人？

就见唐休挺直了身子，好像干练的女强人一般：“集团最出名的主编。”

“集团公关部的经理。”

这两个人互相为裴思远介绍了一番，倒是裴思远忽然反应过来：“唐姐，你清醒了？”

“请让一下。”庄景说着，从裴思远和唐休面前走了过去，直接输密码开门。

“他也在这里住？”唐休问道。

裴思远呵呵笑道：“他是房东，我们是房客。”

“喔，应该是个不错的房东。”唐休说完按开了房门，对裴思远笑道：“谢谢你了，哦对了，还不知道你叫什么名字。”

搞了半天竟然都不知道他的名字，这事儿，为什么对方如此理直气壮，反而是他觉得有点小尴尬：“裴思远，裴怀古的裴，思念的思，远方的远。”

唐休默念了一遍后，笑道：“我记住了，谢谢你了，小思远。”

小思远！

这称呼，听得他头顶都麻了一片！

倒是被唐休这一闹腾，原本的气愤伤心反而没那么强烈了，只不过刚进门裴思远心脏再次受到了冲击，我靠，他看见了什么，他竟然看见庄景抱着王希之！天打五雷轰，让他再清醒一些证明他没有看错！

庄景看了眼震惊到舌头打结说不出话来的裴思远，进门看见王希之又趴在键盘上睡着，屏幕上除了大纲两个字，其他的一片空白。

几乎想都没想就将这家伙抱了起来，正准备往沙发上放，裴思远就进来了。

庄景很自然地将王希之往沙发上一放，还找了个毯子给她盖上，然后才去关电脑。

裴思远呢，竟然还不敢置信地揉揉眼！

哇，希之，你一定不知道在你睡着期间发生了什么，其实我也不敢相信，可是，这真的不是一场梦，我们那个不近人情的霸王龙先生，竟然会温柔地将你抱起，难道师兄会是M属性？有人正面挑战，反而他更有兴趣？

庄景可不知道裴思远那过山车般的情绪，他很自然地做完这些，直接上二楼了。

就剩下裴思远在那儿捂着胸口，哇，他没看错，肯定没看错……

早上的时候王希之一如既往在厨房奋斗着，听到庄景的脚步声，立马喊道：“就剩下煎蛋了，马上就好！”

很快，白色的骨瓷小碟盛放着嫩出水的煎蛋放在了庄景面前，她十分自满地在一旁解说了一下：“煎蛋的时候稍微加一点水，就能煎出最完美的蛋！”

这个煎蛋确实很漂亮，水晶一般，于是，庄景点了下头。

哇，点头了哎，yes，yes！

她心里美得唧个唧个的，坐在了庄景的对面，笑眯眯地盯着庄景吃早饭，当庄景的眼神不经意看了一眼靠近她的那盘素炒茄子时，她眼明手快地将菜端起来，放在了庄景的左手边，还冲着庄景“嘿嘿”地憨笑了下。

对于王希之情绪变化这么大的表现，庄景没有半分感觉，因为他是房东，仅这一点，就够了。

不过，王希之呢，这么屁股一抬，反而是看见了庄景手边放的那本杂志，她不禁哎地叫了出来：“那本杂志是《萌爱》吗？”她还用手指着：“那个，我能看一下吗？”

庄景再次用点头代替出声。

王希之拿过杂志，惊叫：“哇，《萌爱》杂志的创刊号啊！”

见王希之饶有兴趣地翻了起来，庄景问道：“你看过这本杂志？”

王希之都不顾看庄景了，兴致盎然地翻着杂志回道：“当然，高中到大学，我可是期期都买的。”

闻言，庄景倒是不忙着吃早饭了，反而有点兴趣地问道：“这种少女杂志种类应该很多。”

“是啊，是很多，不过《萌爱》可与外面那些妖艳贱货不一样。”说完，她自觉说话粗鲁，连忙抬头看向庄景。

哪知庄景并不看她，反而用餐刀切起了荷包蛋，问道：“怎么不一样？”

一说起这个，王希之还有点来劲，她眼神一亮，就开始吧啦吧啦：“我高中那会儿鸭梨山大，身边都有同学抑郁了，其他杂志吧，除了博眼球的明星，就是写一些让人看着都没希望的文艺小文，就是那种我左手握着爱情，右手握着哀伤，一言不合，就堕胎！只有《萌爱》，特阳光特温暖还特励志，你从这封面就能看出来……我记得有期主题是做大学的，高考的时候，上面还收集了来自全国66所高校学长学姐的寄语，看完都热血沸腾，还超级向往……”

庄景就看着王希之在那儿神采飞扬地嘚吧嘚吧，好像从她身上能看到那群埋头苦学的孩子们，还有大学静谧的校园……

“把这几年《萌爱》杂志的资料准备一下给我，哦，还有《STAR》的。”

肖静静闻言惊愕地看着庄景，主，主编真的要接逗比岳的挑衅，去接手少女杂志《萌爱》！

“还有什么问题吗？”看着一动不动站在那儿的肖静静，庄景问。

“呃，没，没有，我现在就去准备。”

主编大人真的会去接少女刊？

不会吧！

第四章 主编大人求赐教

两天后，《萌爱》杂志社

“新主编谁呀？”

“哼，管他是谁，我就不信，能力在我之上，不管是谁来，我都与他势不两立！”

庄景还没到，杂志社内部已然沸沸扬扬，原主编杨连是个喜欢穿花衬衫、有点娘娘腔的男人，有新主编到来，也就意味着他必须让位，这让他心中着实不爽，《萌爱》杂志销量低在他来之前就是如此了，难道要因此降他的职吗？

当然，除了他，整个杂志社都是一堆三十岁左右的女人，大家拍着杨连的肩膀，同仇敌忾一般：“杨姐放心，我们永远跟你统一战线。”

话刚说完，就听到低沉的声音响起：“这里是《萌爱》杂志社？”

所有人看向来人，不约而同都张大了嘴，喂喂喂，有没有看错啊，新来的头头竟然是编辑界男神庄主编！

庄景的双眼很有神，比他的英俊面容更加夺人心神，还有他肩宽窄臀的身材，虽然是穿着职业黑色西服，但也能显现出他身材的修长，这这这，简直就是时尚界的宠儿啊！

上天对待庄景，实在太厚爱了！

包括杨连在内，都不敢相信，庄景可是整个集团内部他最欣赏的男人了！

“庄主编，这里就是《萌爱》杂志社。”杨连跷着兰花指笑眯眯接的特别快。

庄景嘴角微动，算是笑了吧，他看着众人道：“你们好，我是庄景。”

不知道为什么，他的到来，感觉就像给打了一针强心剂，众人竟然都很兴奋！

“还有，大家准备一下十分钟后开会。”这雷厉风行的态度，让众人一下子紧张了起来。

会上，众人一一介绍了自己在杂志社的职责，有策划编辑、美术编辑、造型师、摄影师、助理等等。

杨连不知道该怎么自我介绍，他这个原主编，不会真的就此降为副主编了吧？

庄景看向杨连道：“情况特殊，杨主编职务不变动，杨主编，你来介绍一下杂志的现状。”

杨连打开电脑，幕布上出现了2016年全年《萌爱》杂志的销量数据。

杨连简单做了现状比对后，接着道：“还有哦，现在请一些在青少年群中形象正面时尚知名的偶像是很难的啦，毕竟我们杂志人气下滑的厉害呦，价格高也谈不拢。”

庄景点点头：“我来说下我的想法，这是我准备的资料。”

庄景的数据分析图一出现在幕布上，众人都忍不住坐直了腰身。

“这个是？”杨连有些惊愕。

“这个是2013年、2014年及2015年《萌爱》杂志的数据分析图，从而得出短期以及长期的一个数据分析，这里面的数据中包含了销量、影响度、板块广告、封面、图片模块以及文字模块的增长减少。”

“《萌爱》杂志的定位群体在18岁左右，也就是高中到大学毕业的阶段，2013年，杂志平均月销量为一百万册，其中广告包括了四个品牌服装、三个化妆品、精品首饰一家，内容篇幅最大的是服装搭配，最少的是文学模块。”

“2014年，杂志平均月销量下滑至20万册，广告减了五成，服装模块减少，增加了美食教程、化妆课程，从数据中可以看出，2014年杂志做了相当多的变动，结果无一例外失败。”

“2014年的一系列失败尝试直接导致2015年杂志销量下滑到不足十万册。”

庄景的话，让杨连如坐针毡，她是从时尚杂志过来当主编的，2014 年的尝试都是她精心准备的，但结果却太不尽如人意了。

“我们再来看一组数据。”

众人看到直线上升的红线销量数据，一个个目瞪口呆，庄景道：“你们现在看到的是《STAR》杂志的数据，同样是少女杂志，他们着重点在与偶像明星的合作上，写真服装品牌亲笔签名，等等。”

“我们集团内部也有影视公司，我也去接洽过，不过旗下明星没人来拍就是了。”杨连撇嘴，所有人好像都在等着《萌爱》停刊，这让她真的有心无力。

“偶像不是杂志的灵魂。”庄景严厉道，“数据比对分析后，我也没有想过要用《STAR》的方式来经营《萌爱》，《萌爱》有它的优势，而这优势需要你们大家去做最详尽的市场调查。”

庄景抬手看了眼时间：“现在是上午十点十二分，我给你们每人放两天假，你们每人要提出至少十个问题，然后出去做我们杂志对象的市场调查，每人至少一千份，后天十点十二分，我要在这里收到你们的信息回馈，汇总你们的数据形成书面报告。”

“那个。”杨连想说后天是周日，还是个情人节，他还有个约会。

不过在庄景看向她时，她立刻笑着道：“庄主编要不要跟大家一起吃个饭？”

一说起吃饭，庄景第一时间想到的竟然是，王希之！

“不了，做完市场调查后，我请大家吃个饭，你们现在就可以想在哪吃，费用无上限，好了，散会。”

“哇，杨姐，你好心机啊，竟然想跟庄主编一起吃饭。”美术编辑莎莎冲着杨连挤眉弄眼。

“哎哟，吃个饭而已，大家沾光，听说松果文学部都没人跟庄主编一起吃过饭呢。”杨连得意地笑着。

“杨姐，不是说要与新主编势不两立吗？”元聪明是去年进的杂志社，小姑娘长得倒是伶俐可爱，实际上却不是那么回事，性子温吞，脑袋有点死板，就是做事情一板一眼还算让人放心。

杨主编的宣言还在她耳边回荡，怎么转眼好像不是那么回事了？

几个前辈姐姐在一旁笑得花枝乱颤，倒是杨主编，兰花指跷起，屁股那么一扭：“庄主编那么 man 的人，我喜欢都来不及呢，怎么会势不两立呢！笨！”还戳了一下元聪明的脑门。

众人哄笑。

看着这样的场景，美术编辑莎莎突然感慨道："说真的，庄主编一来，我感觉自己浑身上下都是干劲，就好像当初刚进杂志社的时候一样。"

"是啊，感觉自己现在都想冲到街头上做调查，哈哈，前段时间还以为自己会被炒鱿鱼，没想到，来我们杂志社的竟然是庄主编！"

"看来，大家要一起加油了！"

"加油！""加油！"

两天的时间过得很快，庄景每天晚上准时回来吃饭，这让王希之更加卖力做饭，不过裴思远不在，庄景又惜字如金，她那个抓，还不知从何抓起。

因为小说大纲一直写不出来，导致网上发了两章再也没更新，都有人在评论中关心地问道：作者是不是死了？

唉，她不应该叫拾人牙慧这个笔名，不够响亮，寓意也不好，她要换个笔名，叫主人是伯爵？霸王龙改吃素？童话里的爱丽丝？复式楼的灰姑娘？啊啊啊，她一定是被压榨的时间太长了，导致灵感都有被虐倾向了！

周日的早上，她拎着自制寿司坐了辆公车晃晃荡荡到影视拍摄基地看望一下两日未归的裴思远。

在《春光明媚》的民国剧组里，她看到男女主演坐在老爷车里，车子没动，倒是周围有一圈人举着一棵棵小树围绕着车子转圈。

额，这样拍摄也行嘛？为了省油咩？

一旁有工作人员发现她长相可爱，王希之眼睛特别大，算是标准的杏眼，脸上有肉，笑起来两个梨涡，加上她人单纯，整个气质就是可爱挂。

所以，还挺招人喜欢，俗称人缘吧。

"你是谁家的粉丝吗？"那人问道。

王希之赶紧回答："裴思远，我是裴思远的粉丝！"

"裴思远？谁啊？"工作人员一头雾水，人还挺好心："一会拍摄完毕我帮你叫，说不定不是这个剧组的。"

王希之也在想自己是不是走错剧组了，怎么没看见裴思远，哪知道随着导演一声卡，这边也跟着叫上了："裴思远，有人找！"

立马，一棵小树就向她奔了过来。

"希希，你怎么来了？"裴思远放下手中的小树。

王希之沉默了一下，顿时一脸心疼："改演树了呀，下次会不会就演石头了？阿姨要是知道你从人变成树，肯定超心疼，肯定把你拖回家去考公务员。”

“得了吧，演树也是需要演技的，你带的什么？戏开得早，我到现在还没吃饭呢。”

“树的戏份还多么？难道演树就不给盒饭吗？”王希之一脸痛心，其实裴思远真的很努力，经常一个人在屋子里观摩演技，琢磨演技，从表情到肢体语言都严格控制，还要对着镜子一遍遍念台词，只不过，没有人给裴思远一个机会。

她还问过，天天练这些有用么？

裴思远嘻嘻笑着说：现在不是没机会么，万一机会来了，咱没准备好，抓不住怎么办？

“寿司做得不错，下次有空再给我送。”裴思远一口一个。

王希之给他递水，然后问道：“我该怎么抓？”

裴思远刚喝一口水差点没喷出来：“希希，你还在想这个问题？”

对了，上次庄景很自然把她抱上沙发的事情，他都没来得及讲就进组了，他觉得这个抓，已经可以是无形之抓了，庄景这个人，从小生活条件优渥，有种不懂民间疾苦的不近人情，对待女生尤甚。

反正庄景对希之肯定不讨厌，否则也不会碰希之的。

“这样吧，我觉得现在困扰你的其实还是小说，师兄的身份仅次，是不是上次因为师兄续写你小说剧情，你大发脾气的事情，到现在都不好意思面对师兄。”

“嗯嗯。”此刻的王希之就像一只萌萌的小狗，双眼闪闪地看着裴思远，等待扔球！

“这件事情你没错，是他错了，你不用纠结，唉，生活对他而言太容易了，导致他很少为别人多想一下下，哪有不提前打招呼就改人家小说的，就是天皇老子干的，也对不起来。”

“就是！”王希之也愤愤：“那接下来呢？”

“不过平心而论，师兄改过你的小说之后，是不是更好看了？”

王希之深思之后点了点头：“是。”

“所以，跟师兄搞好关系，得到他的指点很重要，你现在就去书店，买几本专业级的书来，什么《说话技巧》《沟通艺术》等，没钱哥给你转红包，你去看看就知道怎么做了。”

“好，多谢少侠指点迷津，大恩大德回头再报。”

王希之站在书柜前，有些震惊愣神惭愧啊，《文字的运用分析》作者：

庄景,《写好小说的必要技巧》作者：庄景,《网络文学的发展方向》作者：庄景……

原来，庄景不仅是她的房东，松果文学的主编，还是位实实在在的大神！王希之水润润的眼睛里闪烁出了崇拜的光辉！

嗯，一定要搞好与庄大神的关系！

抱着这样的心情，王希之打开了第一本人际关系学，扉页上写着四句话：守时原则要遵守，言而有信交朋友，礼物大家都喜欢，体谅人人都要有。

她每天准时准点做早餐算不算守时？嗯，沾边吧。

那她坦白自己很穷然后尽心尽力打扫卫生伺候主子算不算言而有信？好像有那么一点！

哈哈，两条了！

礼物大家都喜欢，是让她送礼吗？对了！对了！今天是情人节哎！Yes！她一定要送出一份极为诚心的礼物！哈哈！

庄景并没有意识到今天是情人节，不过每年这个节日集团内部会有很多热心人提醒他。

是的，当他看到办公桌上琳琅满目各色各样的巧克力盒子时，他就知道，一年一度的情人节又

到了。

虽然庄景这个人酷得让人退避三舍，但依然有无数女中豪杰前仆后继在追逐庄景的大道上。

杂志社的会议室，庄景依然面无表情："杨主编一会儿安排人去打扫一下我的办公桌，好了，我们先来开会，让我听听你们这几天做调查的结果。"

闻言杨连看向了元聪明，庄景自然而然也看向了她，元聪明见状紧张啊，推了下眼镜哗啦啦翻出自己的调查结果，低下头看着说道："是这样的，我这几日主要针对的是高中生做的调查，问的是他们比较感兴趣的话题，二次元、早恋。"

"说结果。"庄景打断。

元聪明见状更加紧张："就是，大家，嗯，对大学最感兴趣，二次元次之，哦，对小说也比较感兴趣，高中对电视剧电影接触比较少，所以，只对比较潮的明星兴趣比较大。"

庄景看向莎莎，莎莎见状立刻正襟危坐，十分专业道："我调查的学

生群在18岁到25岁，调查结果显示，美食旅行排行第一，社会就业排在第二，小说动漫排在第三，交友恋爱排在第四，名人明星排在第五。”

庄景点头，看向了造型师赵照，赵照28岁，她的回答同样简练，调查结果倒是与莎莎相差无几。

等到众人一一说完自己的调查结果，杨连做了一个简单的汇总后，庄景才开口：“这两天我也做了个简单的调查，对其他同种类杂志做了研究，《萌爱》杂志现在最缺乏的，是对自身的定位，还有就是长期的规划。《萌爱》杂志的读者群是15岁到25岁，这个年龄阶段本身就处在心理成长期和人生规划期，杂志作为实体存在的传播媒介，应该正确地引导我们的读者。你们的调查结果也印证了这件事情，大部分学生关心的话题并非都在明星上，在信息爆炸的时代里，我们更要清醒地认识自己要做出的是怎样的杂志，要传递给读者怎样的信息。”庄景停顿了一下，看向众人，“你们也都做了调查，你们认为，我们的定位应该是什么样子？”

“阳光！”杨连接得很快，他竖着兰花指，眼神坚定：“一定要阳光。”

“健康！”策划编辑王迈瑞举手：“价值观形成很重要，一定要健康向上。”

庄景的话，让杂志社的众人感觉到自己好似肩负使命一般，以前做杂志倒是没想那么多，怎么做卖钱怎么来喽，可庄主编的话，让他们突然感觉到，他们做的是一件非常有意义的事情！

在这一点上，大家发言都很积极，会议的氛围突然就热闹了起来，大家的热情真是前所未有的高涨，做什么样的内容什么样的版面，从图片到文字，从旅行到毕业，几乎无所不及。

这一讨论，竟然一直到了晚上八点，连午饭都是叫的外卖。

到了这个时间点，众人竟然意犹未尽，还是庄景叫了停：“经过今天的会议，相信大家心中都有了定论，杨主编汇总一下，后天我们把版面定下来做试刊，好了，时间不早了，大家散会！”

才上任几天就要开始做试刊，庄主编的雷厉风行众人算是见识到了，可，真的是很兴奋很期待呢！

这一天过得很充实，可下班的时候大家就意识到了，情人节啊！

几乎是瞬间，众人就作鸟兽散了。

唯有庄景，嘴角微动，端着咖啡杯推开了自己的办公室门，映入眼帘的，是那一桌早上就存在的五彩缤纷的巧克力……

“啦啦啦啦，啦啦啦啦。”王希之满心欢喜地戴着手套小心地取出自己精心制作的巧克力，她记得庄景喝咖啡不放糖，所以，她做的是黑巧克力哦！不会太甜，庄景一定会喜欢！

礼物嘛，用心做的肯定是最好的！

一共八块巧克力，王希之还用不同颜色的糖果笔在上面写上了：主编大人请赐教！

字好像有些丑，不过，有点小可爱哦！

她还给伯爵看："快看，不错吧！"

"汪！"

"嘿嘿，不过狗狗不能吃巧克力，一会儿我给你切苹果哈！"

她小心翼翼地将巧克力包装在可爱的盒子里，轻手轻脚地放在了庄景的书房，本来想继续研究那本人际关系学，可是静不下心呢，不停地看时间，既期待又担心，啊，情绪这种东西好复杂。

晚上九点，王希之听到了按密码的声音，整个人几乎是从沙发上弹起来的，瞬间就和伯爵一同到达了门口，迎接房东大人的归来。

庄景进门就看到王希之特大号的笑脸，还有亲切地问候："您回来了，辛苦了！"

庄景面对王希之时而夸张的表现好似习以为常，嗯了一声，将一个大号的纸袋递了过去。

王希之好奇地抱了过来，好大的纸袋啊，倒是有点惊奇："给我的？什么东西啊？"

"巧克力。"

"为什么给我？"

"不爱吃。"

"哦。"

原来都是些巧克力啊！

等等，什么！巧克力！

王希之张大了嘴，低头看向纸袋里的巧克力，不是吧！这么多！这也太夸张了！

不仅多，这里面的巧克力包装也好高档，好像还有小卡片。

巧克力是很高档，基本全是进口巧克力，王希之就算是不认识，看包装也知道，是有小卡片，还很多，上面写着：主编大人么么哒！主编大人求交往！主编大人我爱你！

王希之看完脸都绿了！我的天啊！她怎么没想到庄景本来就会收到巧

克力！那她的巧克力！还有那么丑的字！

啊啊啊啊！

眼看着庄景已经上了楼，她内心崩溃火箭一般跟着冲了上去！

她要，拿！回！来！

刚进庄景的书房就听见他问："有什么事吗？"

"呃，没，没有。"眼睛却看向了桌上粉色可爱的巧克力盒子。

她打算以迅雷不及掩耳的速度冲过去拿起盒子时，谁晓得扑了个空。

庄景先她一步将盒子拿了起来："这是什么？"

"没什么，我忘在这里的！"她蹦了起来，想夺回盒子。

哪知道，身高啊！

庄景只是轻松地举了一下就躲开了她的爪子，然后，庄景就打开了。

打打打，打开了！

王希之崩溃了！

"主编大人求赐教。"

啊啊啊啊！听到庄景念出这几个字，王希之突然觉得无比羞耻！就像先前的类比，主编大人么么哒！主编大人求交往！主编大人我爱你！

好像，没什么区别一样！

庄景呢，却捏了一块扔到了嘴巴里，眉头一皱："真难吃！"

王希之闻言恼羞成怒："难吃你还吃！还给我！"

"难吃也是我的。"庄景竟然收进了抽屉。

王希之只觉得难堪极了，她辛辛苦苦做了一下午的巧克力。

越想越气，越想越难堪，根本一秒都无法在庄景面前待下去了！

她转身就走，可背后却传来庄景淡淡的声音："不让赐教了？"

王希之闻言一顿，简直不敢相信自己的耳朵，身体却比她脑袋反应快，迅速转身快速响亮地回答："让！"

庄景的眼中划过一丝笑意，是的，他突然发现这个女孩很有趣，却是翻看着一本书，声音不咸不淡地唔了一声："去倒杯咖啡，现磨的。"

王希之立刻精神抖擞去磨咖啡去了。

很快，一杯香浓的纯咖啡放在了庄景办公桌上，此刻庄景背对着王希之正在书柜里翻资料，听见声音回道："嗯，我会考虑赐教的。"

只是考虑？

王希之闻言对着庄景的背后又是挥舞拳头又是龇牙咧嘴，她哪知道自己的表现都被映在书柜的玻璃上，庄景猛然回头："还有事？"

她的表情差点没收回来，善解人意的笑容就挤出来了：“看您还有什么吩咐。”

庄景只觉好笑，却是淡淡道：“没有了，你下去吧。”

“哦。”王希之答应了一声，下去的时候突然感觉这对话，怎么特像封建社会少爷与丫鬟的对话，我了个去，她回头看了一眼楼上，她不会在不知不觉中连性格都被压制了吧？

不会吧？

第五章 草根成神靠养成

早餐依然是丰盛的，为了让庄景松口，为了那个抓，王希之殷勤万分，把好吃的都往庄景面前推。

裴思远拉了一盘菜回来都被她打开，裴思远幽怨地看着王希之，很明显不管用，他只好一脸幽怨地看向了庄景。

于是，在王希之满怀期待以及裴思远深宫怨妇一般的凝视下，庄景愉快地用完了早餐，擦嘴的时候道：“我同意教导你写作。”

王希之惊喜万分！

庄景站了起来：“我希望你尽快步入正轨，因为我不想看到你因为付不起房租而被我扫地出门。”

王希之大怒，可怒又怎样，庄景都要出门了。

于是她愤愤不平地收拾起了饭菜，餐桌前的裴思远震惊道：“希希啊，我还没吃呢！”

“不许吃了！”

全收走了！

裴思远哀嚎了一声，举着双手：“苍天啊！为什么要对我这么残忍！为什么！”

庄景刚进洛神集团的大堂，邱卿成带着固定墨镜二人组就迎面向他走来。

其实邱卿成就在这儿专门等着呢，一见庄景立马率领人马走了过来边伸手边道："恭喜你啊，庄主编，有勇气接受我的挑战。"

哪知道庄景像没看到他一样直接绕开向电梯走去。

墨镜 A 见状，为避免邱卿成尴尬，连忙伸手握了上去，邱卿成立马嫌恶一般甩开，还上去打了墨镜 A 两下："我的手也是你能握的！"

眼看着庄景上了电梯，他边在西装上擦手，边追了过去。

"叮"电梯门在邱卿成面前关上了。

杂志社那边布置了任务，庄景今天去的是松果文学部，有主编坐镇，整个松果文学部都异常繁忙，很快一天过去了，下午五点整，肖静静吃了两块饼干，主编常常因为工作忘了时间，所以准点下班的事情是绝对不会发生在主编身上的，因此，这个时间点，大家多少都会先吃点东西垫着，以防临时加班。

哪知道，肖静静的饼干还没咽下去，那边职员刚拆了盒牛奶，这边职员叼着个苹果，主编办公室的门突然就打开了。

庄主编，竟然衣冠整齐地从里面走了出来，并且说了一句："下班了。"

肖静静"唔"的一声被饼干噎住了。

那边职员的手一用力，牛奶"噗哧"挤了自个儿一脸。

这边职员的苹果"啪嗒"一声掉在了地上，还滚了两圈。

眼看着庄主编的身影淹没在走廊，整个松果文学部瞬间就炸了。

"快拧我一把，我没看错吧，主编大人这是，下班了？"

"主编大人按时下班哎！难道世界发生什么重大事情了？"

"会不会是，恋爱了？"

"恋爱！？"所有人异口同声，然后统一看向了副主编肖静静。

肖静静憋红了脸刚刚把噎住的饼干给咽下去，顺了一口气后，严肃道："不要在私下议论庄主编。"说完这句，她自己不由小声地嘀咕，难不成庄主编真的是恋爱了？

下午六点，王希之正努力哼哧哼哧地拖客厅，上上下下已经全部打扫结束，就剩下客厅了，却突然听到了按密码的声音，一转头就对上了庄景的脸。

"欸？"王希之愣神了，今天怎么回来这么早？

好像听到了王希之心底的疑问一样，庄景扫了一眼王希之："去做晚饭，简单点，七点上课。"

王希之又愣了一下，却是突然反应了过来，啊！啊！

这是要指点她写作了！

简单用过餐，客厅就支起了写字板，庄景穿着白衬衣、西裤，袖子卷了一圈，他拿着记号笔在写字板上刷刷地写着，带点晕黄的灯光下，竟然帅得惊心动魄。

看得王希之脸红心跳，自始至终，她都没有这么仔细地看过房东大人，可这样看过去，只觉得画面都不怎么真实了。

就好像，小说里经常描绘的那种完美人物一样，太阳神一般的存在，只可远远地抬头仰望，可一举一动都是那么的让人痴迷……

啊，她突然觉得自己的小说里，庄景都可以当男主，对，就是那个皇上，庄景创造出来的那个。

对的，就是那样的，庄景穿着校服站在讲台前做转学的自我介绍，下面男生女生都一片沸腾，从长相身材到举手投足，无一不吸引人，唯有特立独行的谢恩，不以为然。

“王希之？”

庄景突然提高的声音拉回了王希之的思绪，她唉了一声，对上庄景那张面无表情的俊脸，小心脏狠狠地抖了一下。

大神讲课，她竟然走神！真是罪该万死！

房东大人那张波澜不惊的面容下肯定是暗潮汹涌。

庄景把玩了一下记号笔，未发一言地看着王希之。

明明没什么表情，王希之却感觉到一股正义凛然的气息扑面而来，导致她惭愧地垂下了脑袋：“对不起。”

“你觉得我撑的这个写字板是为了和你玩我画你猜？”略带讽刺的领导性批判。

王希之的脸哎，烧红烧红的，头都快垂到膝盖了：“对不起，我不该走神，不会有下次了。”她都没有想到玩我画你猜，其实她玩这个很厉害的。

她努力挤挤眼，再抬头时，一双大眼就变得水汪汪的，而且是无比诚恳地看向了庄景。

或许是感受到了她走神的内疚，庄景并没有王希之想象那般撂摊子，只是给了王希之一个足以让她心惊肉跳的眼神之后就开始讲课了，讲的是如何创作大纲，庄景的意思是，文笔她基本算是有了，现在需要的是系统的规划。

她当然不敢再走神了，端正了态度，拿着猪头笔飞快地在小本本上记重点，生怕漏掉庄景的一字一句。

庄景不愧是有真材实料的大集团主编，看他平常也不怎么说话，讲课却是字字珠玑，让她马不停蹄地恍然大悟。

哦！这样啊！啊，原来如此！应该这样写啊！原来小说需要这样设定！

这不，一个倾囊相授，一个尽力吸收。

作为房东，庄景也并没有过多地去关注王希之的一举一动，甚至可以用几个简单的字眼就可以概括她，穷，矮，脸皮厚。

当然也有褒义词：勤劳，手艺好。

如今倒是可以在字典里多加一个词，表情包。

或者可以称王希之为行走中的表情包。

是的，这堂课庄景讲了两个小时，王希之的表情却让他看了个不重样，也许演戏更适合王希之而不是裴思远呢？

裴思远可不知道，他那个从来都不会胡思乱想的师兄，还会冒出那样的想法。

他这会儿正在拍夜场戏，还是《春光明媚》的剧组，正帮着道具组扶着水枪往天上喷，人工降雨呗，就看到男主角在大雨中紧紧地抱住了女主角："满月，不要离开我，我不能没有你，我的爱，我的心，我的一切都是你的，如果你离开我了，我就去死！"

女主角痛苦万分，流着泪："初一，我的爱，我的心，我的一切也都给了你，可是，他是我的父亲，我不能违背他。"

"那我就去死！"

"不要这样！"

"你拦着我，你是爱我的对不对！"

"我爱你……"

"那就跟我走！"

"不！"

"那我就去死！"

胳膊有点酸呐，裴思远扶着水枪，看着场中的男女主纠缠万分，一旁道具组的老师突然问道："小裴，你是不是认识唐休啊？"

"啊？"

"你也别装傻，怎么，辛辛苦苦跑了几年龙套，按捺不住了？"那老师四十岁出头，顶着个地中海，提到唐休，脸上露出暧昧的笑，老练万分道："唐休这个女人不简单，听说跟他们集团老总都有一腿，能混到那一步，也不知道靠了多少个男人，难怪现在三十好几，连个男朋友都找不到，你要是真能跟她搭上线，怎么着也要比跑龙套强。”

这是他头一次从别人嘴里听到对唐休的描述，让他惊诧万分的是，道具老师用的是一副大家都知道的神情不知道为什么，他心里竟然升起一股无名火只得压了压火气，一副不在乎的样子笑：“老师你说的哪跟哪啊，我是认识唐休，因为我们刚做了邻居，我们可不熟，老师你别多想！”

“邻居？小裴，那你可要抓紧机会了。”老师一脸的暧昧。

很是猥琐。

裴思远笑笑没回应，刚好导演喊了卡，这出雨夜的戏算是到此结束了。

回来的路上裴思远不由想到那次饭桌上唐休如鱼得水，心里一阵烦躁，混这个圈子的女人，都是这么没底线吗？

哪知道电梯门打开，刚好看到穿着黑色洋装的唐休拿着红色的手提袋从家里出来。

二人碰面，裴思远觉得自己并不想与唐休说话。

唐休却是热情地打了个招呼：“小思远，拍戏回来了？”

这么熟稔，甚至带点调戏的话语。

裴思远呢，看着唐休精致的妆容，这么晚出去还能做什么？

于是脱口而出：“这么晚还要工作，真是辛苦了。”

话是隐隐带着刺的，唐休是何等人物，怎么可能听不出来，她脸上的笑还在，眼睛里的温度却降了下来，嘴角轻挑：“是啊，谁叫生活如此艰难呢。”

说完这句，直接与裴思远擦身而过上了电梯。

眼睁睁看着电梯门缓缓合上，唐休的脸上是一抹冷飕飕的笑容。

裴思远懊恼万分，胸口闷得跟压了一块大石头一样。

进了门就听到王希之的声音：“回来了？”

抬眼看了下钟表，晚上十点，他嗯了一声，随口问：“在做什么？”

“写大纲啊！”王希之的回答精神抖擞，经过庄景的授课，她写大纲都文思泉涌。

“哦，我去洗洗睡了。”

王希之看着裴思远拖着脚步向洗手间走去，她兔子一样跳起来蹿了过去，关心道：“怎么了，无精打采的？导演骂你了？”

裴思远望着王希之关切的目光，扯出个笑容来：“没事，就是有点累了，想休息。”

“哦哦，那你快去洗洗早点睡吧，一天拍十几个小时的戏的确挺累人的。”

裴思远在冲水的时候还想到了夏乙辰，他们还在冷战，情人节都没发个消息，他又想到了唐休，是不是圈里的人，都应该变质？

他突然感觉到没劲，是真的没劲，好像当初说为梦想而坚持的话，其实是个大笑话……

王希之这边写大纲如有神助，灵感像火山喷发一样，写到半夜不说，第二天起来做了早饭，和伯爵一起做了早操后，就又开始喷发了。

就连庄景什么时候走的，她都没注意。

今天是杂志社定版面的日子，松果文学部的主编依然是庄景，只不过他临时兼任《萌爱》杂志社的主编，庄景基本上是一天松果文学部，两天《萌爱》杂志社这个样子。

经过热情高涨的杂志社成员与会讨论，杨连那边基本上定的版面是：旅行、美食、小说，以及科普知识和互动版面。

“主编，关于旅行这一块呢，我们主要是做旅行攻略，肯定是具有专业性和可行性的，对学生党而言性价比比较高哦，我们的策划编辑王迈瑞就是资深驴友，所以这一点上应该没问题的哦。”杨连汇报情况。

庄景看向王迈瑞，王迈瑞听到提他的名字，立马坐得笔直，微笑点头。

就听杨连继续汇报：“美食策划呢，主要是挖掘大街小巷各大高校食堂的美食，这样子就很贴近生活。文字版面上，当然就不写以前那些伤感的小言情喽，最好是改成小说连载，我查过啊，因小说连载导致杂志走俏市场的，是有很多先例的，是很值得学习的。”

庄景点头，杨连妩媚一笑，竖起一根指头：“就是还有一点争议，这连载小说，是用当红作者的小说呢，还是找草根作者来培养。”

众人都看向了庄景，大家都知道庄景是松果文学部的主编，找一个大神来连载还不是轻轻松松的事情，充分利用手中的资源，做好资源共享，实现双赢嘛。

谁知道庄景干脆利落地拍板：“那就找草根作者，我看过杂志社的经费预算情况，想要重新做版面，做宣发，都是大工程，目前能称得上大神，有知名度的作者。”他看向众人。

杂志社的职员们听到预算两个字，就如坐针毡，杂志都快要被砍了，经费预算自然就十分紧张，虽然集团老总大力支持，预算部门根据他们的情况做出的经费预算，在重新做杂志上，还是十分紧张的。

“我们请不起。”庄景点题了。

请不起！

这三个字老尴尬了！

现在他们是请不起明星，也请不起成名作者，完全成了一本草根杂志了。

“找一个质量上乘的草根作者，大海捞针啊。”副主编周妙然话一向不多，此刻却感慨了这么一句。

于是，众人又看向了庄景，你看，那么大一个松果文学部，总会有个文笔上乘故事极佳的小作者吧。

感受到众人期盼的目光，庄景嘴角微动：“既然大家对做其他版面信心十足，那寻找草根作者的事情，就由我来吧。”

说到这里的时候，脑海中突然闪过的，是早上出门时，那个精神抖擞噼里啪啦敲键盘写大纲的王希之。

草根作者，就应该像王希之那样，充满了热情和朝气，以及我一定会成功的信念。

做小说连载肯定不是易事，他既然想到了王希之，自然也打算给王希之一个机会，只不过，也只是个机会而已，会议结束他就给肖静静打了电话，让她整理一批内容上乘、非大神文的小说。

而王希之，自然由他亲自联系。

庄景考虑了一下，决定以《萌爱》杂志社主编的身份去和王希之谈这个事情，首先是要王希之的 QQ。

电话是打给裴思远的，却听到裴思远沙哑的迷迷糊糊的声音：“喂，导演，今天生病了，请假。”

“我是庄景。”

“……”

没声了！

王希之还在客厅精神百倍的战斗中，手机突然响了起来，王希之瞥了一眼，来电：霸王龙！

庄庄庄景！

“喂，你好。”王希之迅速站了起来，点头弯腰，特有礼貌。

“王希之，裴思远好像生病了，你去看看。”

“欸，他今天在家吗？”

王希之讶异，写大纲太入神了，都没发现裴思远压根儿没出去，敲敲门：“小远哥，我进来喽！”

没听到反应，她直接推门进去了，裴思远就在床上，搂着被子，脸色发红，呼吸声极重，王希之见状吓了一跳，一摸裴思远的额头直接“啊呀”了一声。

“怎么了？”电话没断，庄景在那儿问。

“烫！他发烧了！”王希之慌了，也不知道裴思远烧多久了，看样子都神志不清了：“得赶紧送医院。”

“你帮他量个体温，我马上就到。”

等裴思远再睁开眼，已经是在医院了，医生那边说再晚点说不定就转肺炎了。

王希之见裴思远醒了，总算是松了口气，赶紧将温水端了过去给裴思远喝。

裴思远喝了水，舒服了许多，转头就看见了庄景，嘿，他挤了个笑：“师兄。”

“你该锻炼身体了，太弱。”这是庄景的话。

裴思远笑笑，他昨天想让自己清醒一些，就冲了冷水澡，没想到竟然会生病。

“现在都晚上九点了！”王希之惊讶，“我去买些东西吃。”

三个人用过餐后，裴思远就撵着王希之走人，医生那边也说了，烧退了，再住个一天没什么事都能出院了，庄景见他没什么大碍，就带着王希之离开了。

王希之呢，窝在庄景的副驾驶位置，上车一歪头，竟然睡着了，还睡得歪三扭四很不舒服的样子。

庄景蹙眉，时不时看王希之，她也感觉不舒服，还想翻身，安全带绑着，她翻得了吗？

等红灯的时候，庄景帮王希之调整了座椅，给她摆了个舒服的姿势，王希之这才迷迷糊糊笑了，跟做梦一样说了句：“谢谢。”

庄景呢，开着车，嘴角忍不住上扬了。

裴思远憋了一泡尿，自己扶着吊瓶上厕所，这会儿已经是晚上十一点多了，医院走廊里没几个人，正走着，就看到了个熟悉的身影。

穿着黑色职业裙的唐休。

唐休也看见他了，但没有打招呼的意思，因为她还搀扶着一个年轻的姑娘，那姑娘戴着口罩，眼圈红红的，不停地在跟唐休说着什么。

不是他想偷听，实在是这会儿走廊里太安静了，所以那姑娘窸窸窣窣的话被他听了个大概。

“我也不知道会怀孕……明明答应好了给我的角色……我也不知道他隐婚……他老婆是要断我的活路……真没想到最后陪在我身边的是唐姐你……这几天谢谢你了。”

裴思远这才认出来，这个捂着口罩的姑娘，好像是前段时间爆出来与当红年轻导演有染的小明星，闹得沸沸扬扬的，导演那边是全盘否认，最后爆出导演隐婚，其青梅竹马的老婆还出来力挺。

结果，自然是想当然了，小明星想上位拉人炒黑料，导演老婆霸气回应：捆绑炒作，我们不约！

唐休安抚好姑娘，准备回去时，就看到走廊那儿等着她的裴思远。

唐休好像又回到之前那不失礼貌，却没什么热情的样子，她微笑：“生病了吗，好好照顾自己，很晚了，早点休息。”

没有多余的话，唐休向裴思远点头示意，脚尖点地，高跟鞋在走廊里竟然没发出多大的声音。

拒人于千里之外的态度，裴思远突然想给自己一拳，自己的眼睛明明会看，为何又要相信别人的片面之语呢？

唐休这个人，他了解那么少，却给了她足够多的误会。

裴思远，你真是肤浅！

第六章 废柴被调教的日常

“大功告成！”历时一周，她的大纲终于热烘烘地出炉了，这家伙高兴地握着伯爵的双爪，晃啊晃的，伯爵一开心，就把她给扑倒了，顺便帮她洗了一遍脸。

就在此刻，QQ 响起了提示音，她看着申请消息，忍不住念了出来：《萌爱》杂志社主编。

揉揉眼，没看错吧，《萌爱》杂志社主编！！！

“你好！[微笑]”

抱着忐忑不安的心情，王希之通过之后连忙发了信息过去。

对方回复很快：你在青葵小说网上的小说我看了，开头不错，不知道有没有兴趣在《萌爱》杂志上连载?

欸?

王希之揉揉眼，没看错，真没看错，哇塞，天上掉馅饼了?

对方好像知道她愣神了一样，自顾自继续说道：小说大纲有吗？方便的话，可以发过来吗?

王希之见状点头如捣蒜，信息打了一溜：有有有。

打完了还是觉得不敢相信：你真的是《萌爱》杂志社的主编?

是。

简单一个字，让王希之高兴地在沙发上上蹿下跳，伯爵兴奋地跟着她一块疯，嗯，伯爵跟着王希之是越来越活泼了。

赶紧把大纲发过去后，她高兴地满屋子乱蹿，引吭高歌，我的未来不是梦，我认真地过每一分钟！我的未来不是梦！我的心跟着希望在动！跟着希望在动！

她当然不会知道 QQ 那头是庄景，庄大主编，而庄景也绝对不是走后门那种人，他认可的是实力，他给了个绝佳的机会，但能不能把握住，还是得靠王希之自己。

毕竟，像这样的大纲，肖静静给他准备了一打，至于挑选，自然是由杂志社内部人员审核，最终挑出来的三份，他来拍板，如果王希之能被大家挑出来，那么，这个机会，他给了。

毕竟，这些天，她的努力他看在眼里。

强将手下无弱兵，果然在最终拍板的三份大纲中有她，他低头淡淡一笑，端起咖啡走到了窗边喝了一口，王希之，你要好好加油了。

是的，王希之，你要好好加油了！

握着双拳，挥舞啊挥舞，她要签约了！

早餐做得异常丰盛，让裴思远坐在那儿想了半天今天是什么节日，等到庄景坐下来时，王希之很郑重地抱拳：“师父连日来辛勤教诲，徒儿铭记在心，没齿难忘。”

“哇，这么郑重？”裴思远看着王希之装模作样：“发生什么事了？”

王希之得意扬扬撒，她把昨天打印好的合同一亮：“当当当当，哈哈，我签约了！《萌爱》杂志小说连载哦！”

“真的假的？”裴思远拿过合同看，惊讶啊。

感受到王希之的情绪，庄景的嘴角微微上扬：“恭喜。”

“哪里哪里，徒儿有今日都是师父教导有方。”王希之嘴上谦虚，嘴巴笑得快咧到耳后了。

“可以啊，希希，你要成小说家了！”裴思远翻着合同看着。

“哎，小说家这样的称呼还有的走，现在顶多是写手！嘿嘿。”嘴上特别谦虚。

裴思远在这边又是赞美又是鼓励，王希之是乐开了花。

情绪是会感染的，看到王希之那么开心，连庄景也感觉到他今天的心情，出奇地不错。

而签约后的王希之，终于要认真开始写小说了！

“在描写人物上，很多作者在创作时都容易将人物平面化，这是缺乏经验的描写，立体式的描绘并不难，它需要的是人物在你脑海中的具象化，模样、性格、穿衣、打扮，还有标志性的动作，你也可以理解为习惯性的小动作，就像拍戏一样，肢体语言能够丰富角色的内涵，小说描述也是一样。”

王希之飞快地记着小笔记而在听庄景讲课的同时，看着他的一举一动，她心目中的皇上与眼前的庄景渐渐合二为一，脑海里的故事也正在飞快地成型着……

那个男生，对，就是那个名叫皇上的转校生，个子很高，可能因为经常运动，所以身体看起来格外健朗阳光，样子嘛，帅！气质也很独特。

古典式的贵族气息，就像，莱昂纳多版《罗密欧与朱丽叶》的罗密欧，哦不，他的气质没有罗密欧背负家族的抑郁，却另有一种阳光的感觉。

刺眼呢。

刺眼到让人不舒服。

这是谢恩对皇上的观察，不用刻意，因为皇上不管走在哪里，都是光彩夺目的，身边也总是围绕着一帮会制造气氛的粉丝。

“啊！皇上！好帅！”“皇上，往这边看，这边！”

这是皇上打篮球时，爆满的足球场里此起彼伏的声音。

“皇上我爱你！”一句话，哗的一声，全场沸腾。

这是皇上被学校选择为代表做演讲时，礼堂里的叫喊。

“唉，要是能在皇上身边当个答应，我也是满足的。”

这是无数隔壁班女生的心声。

于是，莫名其妙的，谢恩就成了大家不喜欢的目标。

平凡的，有点呆的，戴着厚重眼镜片独来独往的。

像这样的女生，凭什么跟皇上，做同桌?

不碍事时，是真不起眼。

碍事了，就成了欺负的对象喽。

上课的时候课本不见了，考试的时候笔袋没了，自习课的时候板凳坏掉了，就连小测的卷纸也会失踪。

这样的事情多如牛毛。

谢恩原本不想惹麻烦，直到那天下午补完小测的试卷。

“谢恩，外面有人找。”

找她的人把她带到了操场的体育室，她一进去，就有人把门给落了锁。

十几个女生不怀好意地看着她，领头的女生很漂亮，谢恩知道她，新一届学生会的成员。

“你就是谢恩啊？”那女生问着她，不过不是为了她的回答，她微笑着说：“那就跪下来谢恩啊！”

“跪啊！跪啊！”

那堆女生大力地推搡着谢恩，甚至在撕扯谢恩的衣服。

谢恩那一瞬间，真是厌恶透了这些人，而原本内心就黑暗的她，终于忍不住使用了超能力。

她瞬间在众人面前消失，下一秒却出现在了领头女生的身后。

所有女生在愣神之后，突然放声尖叫了。

而谢恩，在领头女生的背后阴暗地一笑，领头女生还来不及回头，谢恩的手就放在了她的肩膀上，紧接着的瞬间，她们就出现在了月球上。

领头的女生瞪大了双眼，她害怕得全身抖得像筛糠一样，她说话了，但是没有声音。

谢恩在她面前惬意地笑了，望着蓝汪汪的地球说：“听不到你的声音呢，这里可真安静，是我最喜欢的地方了。”

谢恩没有在这个地方停留太长时间，因为人类嘛，需要空气，何况，那个女生昏过去了。

“啧啧，还真是脆弱呢。”

原本谢恩以为这件事情会在学校里疯传，可是呢，没有，后来那个女生专程又找到她，说话都是带着恐惧地颤音：“我不会把你的事情说出去的，我会马上转学走，你不要杀我。”

那个女生转学走了，那帮女生见她也是退避三舍，不过其他人却不知道，反而是为了皇上而来欺负谢恩的人，在不断地增多。

谢恩也终于发现了问题的源泉：皇上。

“OK，过了。”

王希之看到这几个字的时候，眼泪差点激动地落下来。

不要怪她小题大做，签约之后她才发现，这个《萌爱》的主编，简直是堪比庄景一般的存在，不，比霸王龙先生更冷酷无情，更吹毛求疵。

她交了 N 次稿，每次都被批得体无完肤。

“重写。”

“画圈的地方全部重写。”

“画线的地方全部重写。”

还有毒舌。

“你识字吗？”

“你写的是小学作文？”

还有这样的。

“你养狗吗？”主编问。

“嗯？什么？”王希之懵，还看了一眼卧在身边的伯爵。

“这段不会是狗碰到键盘了吧。”

“……”

不说了，说多了都是泪。

今天呢，在庄景上课之前，王希之特地报备了一下：“主编大人，我的文审核通过了。”

庄景抬眼看了下王希之，淡淡道：“不错。”

简单的两个字，不妨碍王希之美上天，她嘴角的笑都掩饰不住她自己正像只小老鼠嘿嘿，嘿嘿，偷笑个不停时，抬头就看到庄景，赶紧用双手把自己脸上的表情拽平展喽，然后两手规矩地放在腿上方一本正经地问：“今天讲课的内容是什么？”

庄景突然觉得，看王希之制造表情包居然还挺有意思。

不过课还是要讲的，他边说边在小白板上写：“配角的塑造。”

王希之立马正襟危坐。

配角为什么用配字，这里大有文章。

今天庄景回来的有点晚，开课已经是晚上九点了。

他深知王希之在写小说时的不足之处，也算是因材施教。

他讲得极为认真，王希之也听得投入，不知不觉一个小时过去了。

“分清主次，配角的出场不一定要从头到脚描写一遍，小说里切记不要出现大段的描写以及陈述，那将会让读者陷入昏昏欲睡的境地。”

“嗯。”赶紧记下来。

“上次你把自己写睡着……”

“欸？”糗事重提，王希之羞愤，她抬头看庄景时，发现庄景也正在看她，眼神里竟然有一丝笑意。

笑意？呃，她应该是看错了吧。

一瞬间，两人竟然都没说话，晕黄的灯光下，此刻的气氛有点微妙。

“呜呜呜呜——”

突然，隐隐约约地哭声从隔壁传来。

王希之眼珠转了一下，用手指指着墙壁：“隔壁，好像有人在哭。”

庄景和王希之站在客厅的大阳台上，这儿听得更清楚，隔壁是在哭，声音还挺大，还哭得花样百出：

“呜呜呜”“呜哇呜哇”“嘤嘤——”

本来是打算继续上课，但这声音，实在让人无法安心。

于是，庄景直接开门走出去了，王希之吓一跳啊，赶紧跟着过去：“干吗干吗？”

“叮咚”，庄景按门铃。

王希之尴尬啊，她探手几次想抓住庄景的衣袖，但因胆小，都没敢碰上庄景的衣服。

就在此刻，门开了，戴着墨镜的唐休穿着整齐地出现在门前，看到是庄景和王希之，她的样子略显高傲，问道：“什么事？”

庄景呢，模样好像是去劝人向善的，口气却很嚣张呢，这是王希之的感觉。

你看庄景，表情臭，手表一竖：“唐小姐，晚上十点半，你的哭声超过八十分贝了。”

唐休闻言竟然笑了：“庄主编真会开玩笑，哭？你是在说我吗？”

这是尬聊吗？

气氛太尴尬了，唐姐明明戴着个大墨镜，大半夜谁在家戴大墨镜啊？明显是哭了嘛，可唐姐摆出了死不承认的态度。

还有庄景，人家哭就哭了嘛，肯定是有什么事情才会哭的，干吗非要在半夜敲唐姐的门啊！

啊啊啊！人际关系好复杂！

庄景面无表情地看着唐休，而唐休呢，那真跟骄傲的大公鸡似的挺胸昂头毫不示弱，其实就是摆明了死不承认。

她就只能在后面用两根手指捏住庄景的衣袖，轻轻地拉了拉，要不要把空气搞得这么紧张啊？

庄景转身而去，她赶紧弯腰给唐休赔礼道歉：“对不起唐姐，打扰了，你继续哭，你继续哭哈。”

唐休呢，自始至终，都是双手抱胸傲然站在门前。

王希之和庄景当然不知道，他们刚走，唐休一关上门，整个人就有种被发现自己秘密的崩溃感，跟个小孩一样啊啊跺脚发泄了半天，哭肯定是哭不下去了，人倒是蹿到客厅，毫无形象地蹲在墙边摸来摸去耳朵贴在墙上到处听：“隔音效果有这么不好吗？”

王希之回到屋里，就忍不住埋怨了：“庄老师，唐姐肯定是遇到什么事情了，你这样是不是有点不通人情啊？”

庄景看了王希之一眼，张口道：“小说的一切来源于生活，方才那个人的性格就很适合出现在小说中，一般我们把她作为死要面子人格分裂类型，很适合作为配角衬托主角的存在。

王希之小声嘟囔，你也适合出现在小说里，而且是自大狂以自我为中心且像霸王龙一般的存在。

“你在说什么？”

一个激灵，她笑：“我说老师你适合在小说里当主角。”

“这个毋庸置疑。”

理所当然到王希之无语，自信到自大啊！

看来她小说里，皇上的性格终于成型了呢。

“皇上，操场里有两帮女生在打架，说是谁赢了，谁才能当上你的女朋友。”

皇上在教室看书，闻言哼笑：“这群女生可真无聊。”

谢恩在做数学模拟题，听到皇上的回答，心中十分认同，但想到她遇到乱七八糟的事情都是因为皇上，心下顿时很不痛快。

哪里知道，一旁突然响起皇上的声音：“谢恩，你看我长得怎么样？”

谢恩蹙眉，她转头看着突然靠近的皇上，问这个问题的神情还挺认真。

皇上看谢恩认真思索的神情，突然哈的一声笑了出来：“这个还用思考吗？我难道不是公认的帅哥吗？”

谢恩无语，翻了个白眼：“自大狂。”

这个回答，让皇上对谢恩有兴趣了：“谢恩你近视多少度，竟然看不出来我帅？”

谢恩干脆站了起来收拾东西，看都没看皇上一眼："无聊。"

这样的事情谢恩做得多了，自然也在校园里疯传，皇上的铁杆粉丝们顿时就不乐意了。

谢恩是什么东西？凭什么敢侮辱他们的皇上。

于是，谢恩在看篮球赛的时候，篮球向她直直飞了过来。

整个篮球场的人都在惊呼，皇上都向这边奔过来了。

眼看篮球就要砸在谢恩的脸上，谢恩却是微微一歪头，"啪"一声，篮球砸在了后面一个男生的脸上。

场中故意砸谢恩的男生，也是皇上的脑残粉，愣了一下，赶紧道歉："对不起，手滑了。"

足球场上，谢恩坐在看台上戴着耳机学英文，球场上突然传来惊呼，足球远远地向谢恩射了过来，眼看就要砸到谢恩时，谢恩又是微微一歪头，"啪"，撞墙上了。

还有人来给受惊的谢恩道歉："对不起，脚滑了。"

利用球来砸谢恩的人太多了，大到篮球、足球、排球，小到乒乓球、羽毛球，重到铅球……

他们手滑脚滑，谢恩全部歪头闪过。

因为捉弄谢恩总是不成功，大家都郁闷了。

谢恩呢，却是偷着愉快，是的，这种感觉，竟然还挺有意思……

当然，这些事情也引起了另一个人的注意，那就是——皇上。

"这一期的杂志反响特别不错。"周妙然是真的开心，从她参加工作就一直在《萌爱》杂志社，看到《萌爱》杂志社这一期的网评一边倒地叫好，心里都生出幸福感来了。

"那个小说连载很好看啊，就是叫皇上谢恩的那个，好好玩。"元聪明一边喝牛奶一边说着，"我都推荐给好几个朋友了。"

"微博上的评论我也看了，几个板块都有不错的反响，小说连载的形式的确吸引了不少读者。"莎莎翻着最新一期的《萌爱》，封面图片是专门找到普通高校学生，拍出来的就是那种学生时代独有的气息，虽然不是明星，看着感觉却更美好，新杂志的尾页以及微博，网站都投放了征集箱，"只要你觉得自己可以，就可以来我们《萌爱》杂志社，下一个封面人物就是你！"

"集团的公关部，我都有给熟人打招呼哦。"杨连妩媚地笑，"集团热门的几个行业都有顺带提一提我们的杂志改版哦。”

“打铁还需自身硬，我觉得只要我们把杂志内容做好，销量上去是迟早的事情。”王迈瑞枕着胳膊笑道。

新一期的杂志反响出乎意料的好，销量也有回升，虽然幅度不大，却让他们真真切切看到了希望，真好，真的。

杂志社的人正在热火朝天讨论新一期的杂志，却看到两个戴着墨镜的黑西装男子走了进来站在门的两侧，紧接着一身银灰西装的邱卿成一手插兜，潇洒地走了进来。

岳卿成？！

常听人说岳卿成喜欢找庄主编的茬儿，没想到今天竟然能亲眼所见！

众人之间是互相递了眼色，唯有元聪明还不是太明白来人是谁。

杨连热情地晃着手就过去迎接邱卿成了：“我当是谁，原来是岳主编。”

邱卿成呢，看着穿着花衬衫的娘娘腔杨连，吓得连连往后退，躲开了杨连，他指着地砖的一条缝：“站住，别动，就站在那儿。”

杨连不明所以，还真停在了那条缝前。

邱卿成见状这才站直了身子，整理了一下衣角，维持自己帅气的形象：“庄景在吗？”

“啊，你是说庄主编啊，他在啊。”杨连说着，扭着身子就要向前。

吓得邱卿成往后猛地跳了一步：“站住，不是说了不让你动吗？算了算了，告诉庄景，让他继续好好表现啊，我们走。”

邱卿成几乎是落荒而逃。

杨连噘着嘴，他有那么惹人厌吗？

回头看见众人竟然在憋笑，他一跺脚：“笑什么笑什么。”

随即去了庄景的办公室，庄景正在忙，听了杨连对新一期杂志的情况汇报后，略点了下头，就在杨连出去之前，他道：“今后岳主编再来就由杨主编你来接待。”

欸，他吗？

刚好有个电话进来，庄景接了电话，杨连说了个“好哒”就出去了，想到岳卿成一副怕他的模样，心情还有点沮丧。

“喂？”

“小景，是我，汪毅。”

“汪总，你好。”公司里，庄景都会这样称呼集团老总。

“这称呼格外生疏啊，电话里叫我汪叔叔也无妨。”汪毅的声音听起来心情不错，“新一期的杂志我看了，小景啊，你果然没有让我失望，继续努力，我相信由你带领的杂志独辟蹊径，一定能创造出一片新天地。”

集团老总的赞美砸谁头上不乐开花，唯有庄景，内心毫无波澜，像平常工作一样，微一点头：“谢谢。”

汪毅对庄景实在是再了解不过了，勉励的话也没多说，家常的话也没多聊，电话就挂了。

庄景呢，仔细看完了王希之新交的稿件，微微蹙眉，在 QQ 上联系大尾巴兔酱：“在？”

嗯，王希之新用的笔名就叫大尾巴兔酱。

第七章 主编没到更年期

“在呢在呢！嘿嘿！主编大人有什么事吗？”

王希之正和伯爵窝在客厅里一起看新版的《萌爱》杂志，她激动万分地指着自己的小说：“主子，咱的小说登刊了，快过目！”

她还念给伯爵听，伯爵歪着脑袋好奇地看着她的模样让她备受鼓舞。

就这会儿，“娘娘。”这是手机传来的提示音。

一看是杂志社主编发来的消息，她赶紧对着伯爵竖起手指嘘嘘，噼里啪啦地回，在呢在呢。

“你谈过恋爱吗？”

欸？为什么突然问她这个问题，难道是要采访她吗？是要她叙述自己的经历吗？

“主编大人，我小学拿过三好学生，初中当过文娱委员，高中是优秀团员，在学习上一直都很用功，大学也没有浪费一点时间在恋爱上，每天都有好好学习天天向上。”很骄傲的样子。

“……”

庄景看着王希之的快速回复，突然发现这姑娘，脑回路十分清奇，就像今天早上，她盯着自己嘿嘿笑了半天，突然问：“房东大人，你是不是认识《萌爱》杂志社的主编啊？”

庄景扫了王希之一眼，傻子。

“做什么？”

“上次你拿回来《萌爱》杂志的创刊号，所以，我想你们是不是认识？”

“嗯。”庄景点头。

王希之见状眼睛“噌”地亮了：“《萌爱》的主编是个什么样的人？”感觉上跟霸王龙先生特像，都是一副说话欠揍的模样。

“你觉得他是怎样的人？”庄景不动声色。

王希之认真地想了想，还真开始总结了：“霸道！独裁！脾气臭！嘴巴坏！”

霸道？独裁？脾气臭？嘴巴坏？

每一个字眼都让庄景的眉毛挑高一分，末了还听王希之嘟囔：“是不是主编都是这种性格？”

“都是？”

这个语气，有点冷飕飕。

王希之欸了一声，她刚才说什么了吗？

看着庄景面露不愉，嗯，最近她专门研究了一番人类的微表情，通过表情的细微变化来判断对方的情绪，当然，刚入门。

她赶紧挽回：“当然，我不是说你了，房东大人，你跟他们是不一样的，我主要还是说《萌爱》杂志的那个主编。”

庄景呢，瞥了王希之一眼，果然还是傻子。

与傻子争论是非，是浪费时间。

这是庄景下的结论，像现在，他回道：“那就是没有。”

欸？

王希之看到主编回复，有点明白过来了，不像是要采访她，她这是误会了啊？

“主要是没时间恋爱。”王希之肯定地回复，她上学那会各种活动都积极参加，男女都称兄道弟的，好像也没什么不妥啊。

“嗯，迄今为止，皇上和谢恩的互动是零。”庄景回道，他知道小说的毛病出在哪里了，篇幅不短了，男女主同桌了这么长时间，竟然没有实质上的互动，原因就出在王希之身上，一个从来没有谈过恋爱的人，在写小言文。

王希之为难了，这次交稿的内容是关于学校考试的，就是年级前一百名，皇上第一名，谢恩第一百名，基本上都是考试的内容，主编的意思她有点明白了，这是要让皇上和谢恩谈恋爱啊，其实她也想到了，也想往这个方向写，就是有点心有余而力不足。

“你身边有没有很符合小说男主性格的人？”

“欸？”

“你身边有没有很想让你谈恋爱的人？”

“有有有，我的房东。”

“……”

“……”

不管面对什么事情都波澜不惊，练就了千帆过境的风平浪静心态的庄景，突然愣神了，心里产生了怪异的感觉。

王希之呢，她被自己的口水呛到了，其实她是回复主编的第一个问话，不过联系着看，怎么好像她在暗恋庄景一样，她手指飞快地想解释这个回复错位的问题。

但庄景已经抛出了另一句话：“那就试着恋爱吧。”

“欸？”

王希之愣了一下，马上就反应过来了：“我懂我懂，就是作者为了写出真实感觉而需要体验生活中的情感。”

庄景给她讲过类似的课程，课程名字是作者的百味人生，想要写出一本好的小说，就要学会体验生活，挖掘生活，哪怕是一切出自幻想，情感也是真实存在的。

庄景原本猜想王希之没谈过恋爱，所以小说里缺乏了情感的气息，鼓励谈恋爱，或者说是找一个对象去幻想恋爱，都是体验情感的一种方式。

但这样说出来，好像是在鼓励王希之跟他谈恋爱？

谈恋爱，跟王希之那个傻子吗？

“那新交的稿子？”王希之小心翼翼地问道，她已经预料到下场了。

“嗯，全部重写。”

“啊！”来自王希之的惨叫庄景是听不到了。

“汪！”伯爵以为王希之在跟它玩，顿时扑了过去。

王希之呢，一脸苦恼地握着伯爵的爪子：“跟你的主人谈恋爱？还不如跟你！”

翌日早晨，王希之又向庄景打听起来：“房东大人，《萌爱》杂志的主编有多大啊？”

“怎么了？”

“我感觉，他一定五十岁出头，正处于无法抑制的更年期状态中。”王希之撇嘴。

冷风嗖嗖，庄景的气息突然间变得有点可怕，王希之对上庄景的眼神，呃，她是不是太八卦了惹得房东大人不快，得收敛得收敛。

唉，小远哥到底什么时候回来啊，每天早上单独面对霸王龙先生，很可怕的好吗！

“喂？希希，怎么了？”裴思远刚换好将士的服饰，新拍的戏是《岳飞》，刚接的这个龙套是跟在岳飞身边的一名小将，戏份很多，这让裴思远精神振奋，因为是在外地拍摄，所以，一直就直接住剧组这边。

“新一期的《萌爱》杂志看了吗？”王希之在电话中兴奋无比。

“开始连载了？行，拍完就去买，希希真棒！”那边导演已经在叫人了，裴思远答应了一声，赶紧回道：“我先去拍戏了，回聊啊。”

“那个，你什么时候回来？”

忙音，电话挂了。

看来这戏还挺多，王希之还挺为裴思远开心，至于小说该怎么改，怎么幻想和庄景谈恋爱，唉，唉，唉。

三声叹，一声短，一声长，一声道尽她的惆怅。

倒是下楼扔垃圾的时候，碰到了穿着一身剪裁合体、十分显身材的小西服的唐休。

唐休本来就身材高挑，又穿了银色的细高跟鞋，电梯里，王希之往唐休跟前一站，平底运动鞋的她，才到唐休肩膀那儿。

“唐姐，你好啊，今天怎么回来这么早啊。”好像还不到上午十一点吧？想到上次的事情，那是真尴尬，所以，她赶紧先打招呼。

哪知道，她刚打完招呼，“咚”一声，唐休一只胳膊撑着电梯壁，整个人好像要扑向她。

脸都快贴着脸了！

她她她，竟然被唐姐给壁咚了！

这场景，吓了王希之一跳：“唐，唐姐，你要做什么？”也是靠近了，她才看到唐休超大的墨镜后，那苍白的、淌着冷汗的脸，人就急了：“唐姐，你怎么了？”

唐休强忍着疼到了电梯，这会儿整个人已经疼得脑袋开始发蒙了，她咬着牙，声音是从齿缝里挤出来的：“帮我。”

把唐休安放在卧室，打开冰箱想做个红糖荷包蛋，呃，冰箱好干净整齐啊，就是没有她需要的。

在隔壁把需要的东西都准备好给唐休拿了过来，药，糖水荷包蛋，热水袋。

做完这一切，唐休也稍微好受了一些，她十分虚弱地说了一声谢谢。

王希之呢，从自己的小本本上撕下一张纸，写下了自己的电话放在唐休的床头："唐姐，我就在隔壁，你要是不舒服，就打电话给我。"

唐休睁开眼看了一眼王希之："谢谢你，希之。"

王希之嘿嘿笑了笑："没事的，反正我也没什么事。"

唐休微微笑了一眼，闭上眼呼吸放缓休息了。

王希之呢，悄悄退了出去，刚才慌里慌张地没看四周的环境，这会儿才发现，整个房间装修的，竟然是粉色系，而且家具什么的，还都十分卡哇伊！

客厅的一面墙整个做成了玻璃小隔间，里面竟然全部都是动漫人物！

哇，这也太壮观了！

蜡笔小新、蓝胖子、柯南、孙悟空，还有变形金刚、钢铁侠、杰克船长！还有很多，甚至是她叫不上来名字的。

原来，唐姐还是个二次元妹子？！

再看周围，房间里到处都有各种各样有趣的小玩偶，沙发上堆了很多可爱的抱枕，她震惊啊，联想唐休傲然而立独当一面的样子，还真是，人不可貌相啊！

中午的时候她做了面给唐休送了过来，坐在餐桌前，唐休脸色依然苍白，精神状态却好了不少："今天谢谢你了，希之。"

"唐姐你真是客气，我们是邻居嘛，互相帮助不是应该的吗？"王希之大刺刺地说着。

唐休微微笑了一下，眼前这个女孩年纪不大，一看就是刚从学校毕业，显得单纯而且热情，真好。

"唐姐你先吃着，我做的还有，不够我给你添。"王希之笑着，伯爵在一旁"汪"地叫了一声，见状她赶紧介绍："哦，唐姐，它叫伯爵，是庄景的狗狗，它见我端着碗就非要跟我过来，要是你不喜欢我现在把它弄出去。"

"没事，我不讨厌狗。"唐休笑着，"是叫伯爵吗？长得很漂亮。"

知道夸自己，伯爵汪汪叫了两声。

王希之呢，她还是满肚子好奇，反正也憋不住，于是就问："唐姐啊，这房间里的玩偶和手办都是你的吗？"

这个问题问得唐休脸上微红，痴迷动漫爱好收集手办，看到毛绒玩具心里就软得不行一定要买下来的她，一定是很多人都不敢相信的，毕竟所有人眼中的唐休都是精明强干的。

不过，面对王希之的问题，她还是大方地回应："是的，这些都是我的。"却是很难得地冲着王希之调皮地眨眨眼："我的秘密被你发现了，一定要帮我保密哦！"

"当然！"王希之立马表态，态度端正坚决："我绝对不会跟任何人说的，不过，唐姐，你的那个杰克船长做得真精致，衣服上的纹路都一清二楚。"

"当然精致，那可是我在国外的官网上蹲到半夜三点才抢到的。"突然有个人知道自己的秘密，还能分享里面的快乐，唐休像变了个人一样，说起这个竟然还带着难以掩饰的自傲和得意。

"哇，真厉害！"王希之赞叹，谁让她也是动漫电影迷呢。

得，两人话题一致，爱好相同，竟然还聊得十分投机。

最后分别，王希之还有点依依不舍，唐休呢，很认真地说："希之，谢谢你的面，我已经很久没有吃过这么好吃的面了。"一直都是在外面吃饭，或者叫外卖，王希之的面，很温暖呢。

有夸奖王希之当然开心了，她立马给唐休回道："想吃给我打电话，我给你送哈。"

唐休忍不住捏了一下王希之的脸蛋："真可爱。"

这件事情让王希之保持了一天的好心情，一直到晚上上课，庄景突然告诉她，这是最后一节课，因为该讲的已经讲完了。剩下的，需要她自己去摸索，去总结，去积累经验磨炼自己。

这么快就最后一节课了啊，她十分不舍，但看庄景公事公办的模样，她就煞有其事地跟着点头，不过，这么看着庄景呢，她就又想到了主编的话，试着去恋爱。

可她，怎么可能对庄景产生幻想呢？

其实已经有了吧，呃，好像是有那么一点，可可可，那不一样。

哪里不一样，哎哟，天知道啦！

"在想什么？"

庄景突然发问让王希之意识到自己走神了！

第一节课走神，最后一节课也走神！

王希之立马傻笑："想小说里的情节。"

“嗯。”庄景点头，却又突然道：“他没到更年期。”

“欸？”王希之愣了下。

“你的主编。”庄景淡淡道。

“啊，哦。”早上庄景没有回答她的原因，难道是去公司内部核实了一下？嗯，严谨，哈哈。

不过，小说还是要继续写哈，恋爱嘛，王希之看着收拾东西的庄景若有所思，还是得摸索了。

皇上觉得谢恩这个人很有意思，明明跟他坐同桌，这么好的资源不知道善加利用，反而是避他唯恐不及，一副很讨厌他的样子。

但同时他也发现，学校里的人有多喜欢他，就有多讨厌谢恩。

看来，谢恩这个人冷淡孤僻就是不怎么讨喜。

但他不介意帮她。

“你的课本不见了？我们一起看吧。”这是上课时。

谢恩却目不斜视看黑板。

“谢恩，这里坐。”午餐时，餐厅没有位置，皇上热情地向谢恩招手，他那儿独留一个空位。

谢恩端着餐盒转身就走。

“谢恩，我帮你拿书包。”下学时，皇上追了出去帮谢恩。

谢恩快步离开。

在大家看来，皇上所做的一切，无非是贵族对待平民的仁爱，而谢恩，却是不知好歹的刁民。

谢恩越想甩开皇上，皇上就越想拯救谢恩。

“抢钱啦！”某一天回家路上，谢恩看到几个青年抢了一个带着小朋友的阿姨的包包，在没有人知道的时候，她不介意出手神不知鬼不觉地将包包拿回来。

可当她瞬间追上了这几个青年，准备行动时，旁边就响起了皇上的声音：“谢恩！”

那几个青年立刻警觉，可笑的是，皇上竟然跑过来一副保护她的样子，还说了一句：“别怕。”

她一点都不怕，就是觉得皇上杵在这儿，碍事。

所以，第一次，她被打了，马尾辫被人抓着，脸上挨了一拳头，眼镜都被打飞了。

皇上也好不到哪里去，他一个人打一群，有武术底子的他开始还占了个上风，但看到谢恩被抓住辫子拖一边去后，就沦落成挨打了。

不知道谁喊的110，那几个人一哄而散。

皇上过去扶谢恩：“你没事吧？”

谢恩甩开皇上的手，拾起散落在地上的书本。

皇上见状不由气得很：“谢恩，你什么意思，你在学校被人欺负被人排挤，我都帮着你，你回家碰到小混混我还帮你打了架，你怎么还这么对我？你就这么讨厌我吗？”

谢恩厌恶地看着皇上：“是，我讨厌你！要不是你，我也没有那么多事！所以，我希望你离我远远的，永远永远不要跟我说话！”

皇上看着谢恩，没有戴眼镜的她，眼睛很亮，亮到毫不掩饰对他的厌恶，这样的情绪让从来都备受欢迎的皇上无比心冷。

是，凉的，心里凉透了。

“好。”皇上说，“如你所愿。”

“满意吗？”王希之期待万分。

“嗯，还可以。”对方的回答。

“那就是过了？”

“我建议你把两个人的冲突刻画得再立体一些，具体点，就是事件、身份，谢恩既然是超能力者，这个元素就应该是贯穿小说的重点之一，那么皇上呢，什么样的身份，才能让他和谢恩有着割不断的联系。”

“嗯，明白了，我会好好琢磨的。”

“还有。”

“什么？”

“我今年29岁。”

“欸？”

“不到更年期。”

啊啊啊，庄景，一定是庄景告诉她的主编的，天啊，为什么她不知道庄景竟然也是在背后说三道四的人呢？真是看不出来啊，平常一副冷哇哇的样子，竟然还有这么不同寻常的一面。

不过，这是不是代表，庄景跟她主编的关系还不错。

哎呀，那主编知不知道庄景就是她的房东？

主编不是还让她试着谈恋爱，YY她自个儿的房东大人吗？

哦，我的天啊！让她死了吧！

难怪这两个人风格那么像，不仅都是自大狂，还都是毒舌呢！

突然推测到庄景和主编关系不错，王希之甚至猜测自己能在杂志上连载小说会不会跟庄景有关系，果然在某个早晨她问出来的时候。

庄景大方地回答："我只是提了一个建议。"

顿时，她十分感动，对庄景刮目相看，甚至在她那绘本上，画了一只和蔼可亲的霸王龙，看呢，想不到吧，霸王龙也有另一面哦。

虽然是一个月出一期，王希之的小说也在庄景的要求下，每周上交一万字。

裴思远那边打电话过来恭喜过她，还发了个开门红的红包，听说再过半个月他的戏就杀青了，她也拍着胸脯保证等裴思远回来，做一桌好菜给裴思远接风。

日子过得还是很幸福的。

小说也在庄景提出的建议下，给出了皇上一个绝佳的身份。

第八章 大尾巴兔酱火了

“代号520，你的区域内近期有超能力者活动。”

皇上喝着柠檬水，看客厅大屏幕上智能电脑伯爵联系他。

伯爵是全球尖端科技做出来的智能中央电脑系统，它显现出来的模样是一只穿着燕尾礼服彬彬有礼的阿拉斯加。

不错，皇上属于世界一个神秘组织，组织里汇集了来自世界各地的天才，他们的任务就是维护世界和平。

近期，在某国突然崛起一个邪恶的组织，他们在世界各地绑架拥有超自然能力的人，对方的目的他们还不清楚，只能将他们知道的超能力者保护起来。

当然，他们也在寻找系统没有记录的超能力者，继而保护他们的安全。

皇上在此地的身份就是富家子弟转学的高中生，没人知道年纪轻轻的他是个科学天才，而且还是世界顶级的。

“下面是零捕捉到的信息。”

零是他们投放在地球轨道的小型卫星，拳头大小，功能却极为强大，地球轨道中他们一共投了十颗这样的小型卫星。

画面切换到捕捉到的信息上，皇上一口柠檬水差点喷出来，屏幕中出现的人，不是别人，正是，谢恩！

没有戴眼镜的她，站在地面上，抬着头黑白分明的大眼斜斜地向上看着，下一秒，她就消失在了镜头中。

“这是什么？”皇上不可思议地问，谢恩是超能力者？

“这是零在拍摄她时，被她察觉到的画面。”伯爵彬彬有礼地说着。

紧接着屏幕切换到了太空中，谢恩的身影就在太空中，她手中还拿着一颗小型卫星，如果他没看错，那就是零。

“这是玖拍到的画面。”伯爵道。

然后，画面切换成了谢恩的具体信息，但具体的住址和学校都是空白。

“她影响了零，导致零不能确定她的具体位置，所以520，你要尽快将她找出来。”

皇上露出个怪异的笑容：“不用找了，她是我的同桌。”

自上一次不欢而散，皇上和谢恩之间已经连续一周没有说话了，二人形同陌路，全校同学喜闻乐见。

得知谢恩是他要保护的超能力者，皇上看谢恩的眼神就变得怪怪的了，而且，把之前学校传出百砸不中的传言联系起来，皇上肯定了谢恩的超能力，还有点归类整理的意思。

谢恩又开始烦了，经过上一次的事情才清净一周，皇上表现得也很冷漠，周围的人拍手称快，明明皆大欢喜的局面，可就在昨天，皇上看她的眼神暧昧不清，然后，凑近了她：“还在生我气吗？我们和好吧。”

不理会她所有的拒绝，皇上不仅坚持要跟她和好，还死死地拉着她站在讲台上，面对已经震惊到惊恐的同学们，皇上宣布：“谢恩是我的人，今后谁要是再欺负她，就是和我作对！”

谢恩震惊啊，别说谢恩了，这个消息传播至全校不到一分钟，微信微博论坛关于皇上的话题就全部沦陷，哀嚎遍野。

谢恩讨厌皇上，从来都没有这么讨厌过。

原本她小心翼翼控制自己的学习成绩，按照全班五十个人来计算。

文化课成绩，皇上第一，她二十五。

体育成绩，皇上第一，她二十五。

音乐成绩，皇上第一，她二十五。

……

可如今，皇上对她来劲了，她对皇上也来劲了。

期末文化课成绩一出，所有人都震惊了，第一不是皇上，竟然是谢恩。

体育比赛上，谢恩像其他女生一样做热身，那边一阵惊呼，原来百米跑皇上跑出了个 12 秒 04 的好成绩。

谢恩呢，心里哼了一声，枪响那一刻，离弦的箭一般冲了出去，瞬间到达终点。

老师低头一看，欸，9 秒 57，超越世界纪录了，秒表坏了吧，他在那儿拍表的时候，谢恩冲着皇上挑衅地扬起了下巴……

王希之的稿件再次审核通过了，她超兴奋，随着时间的推移，《萌爱》杂志改版的口碑发酵了，听主编说加印了二十万册全部卖空，也就是说，杂志这个月的销量是四十万册呢！

微博上关于小说连载的留言大都是夸赞的，看得王希之乐不可支。

裴思远回来了，回来的时候刚好碰到唐休提着大包小包胳肢窝还夹着个包乘电梯，他二话不说就要帮唐休提东西，唐休拒绝："不用了。"

"客气什么啊，唐姐。"一定要。

他见到唐休还是心里有愧的，总想弥补一下。

可唐休是坚决不让裴思远帮忙提，这么一来，"哗啦"一声，其中一个袋子散了一地，竟然全部是 Q 版海贼王的小玩偶。

墨镜后的唐休脸都红了，裴思远虽然惊讶倒是没多想，他连忙帮唐休收拾了一下，还问道："买这么多玩偶是要送人啊？"

唐休闻言松了口气，如果让裴思远知道这是她严密武装之后在商场的抓娃娃机那抓回来的，不知道她的形象会在裴思远心目中崩溃成什么样子。

可那天在商场里看到娃娃机新装的海贼王系列之后，她就心痒难耐，最终忍不住包裹严实站在娃娃机面前，活动活动手指，一口气抓了个大满贯。

是的，她在抓娃娃方面，是天才。

裴思远帮唐休提着这个袋子，他敏感地察觉到唐休耳后微红，这是害羞？

怎么可能，唐休会害羞？

一直到唐休进门前，也只是给了一句冷淡的谢谢。

依然疏远的口气。

倒是这边进门之后，碰到了热情四溢的王希之，"砰"一声响，彩色的心撒了他一头顶。

“欢迎回来！”王希之哈哈笑着，她头戴彩色的尖帽，跟过节似的。

伯爵也开心地围着裴思远转圈，它被王希之打扮得也很喜庆，头上也有一模一样的尖帽。

裴思远立马夸张地张开双臂：“希希，我回来了，想不想我啊！”

正要拥抱，就看见穿着一身米色家居服的庄景拿着一本书从楼上走了下来坐到了客厅。

敲黑板标重点：从他和希希之间穿了过去坐到了客厅。

“师兄今天没上班吗？”

“今天周六。”庄景简短地回道。

有庄景在，气氛上虽然热情，但还是收敛了不少。

裴思远翻着杂志的小说连载，又看王希之还没发布的下文，连连点头：“超能力少女 VS 天才少年，嗯嗯，有意思有意思。”

王希之削着苹果，笑眯了眼。

“哈哈，不过这个叫谢恩的，明显跟希希你很像啊，我太了解你了，你的内心总是想扮猪吃虎，明明现实中是个三无小年轻，小说里把自己写得牛气哄哄，体育比赛男女成绩又不在一起算，你还要超过皇上，还破了博尔特的世界纪录，真能瞎掰，哈哈。”

王希之听得脸都绿了，苹果削好了，“咔嚓”一口自己给吃了。

“欸，不是给我的吗？”裴思远疑问。

“你吃洗好的吧。”整盘往裴思远跟前一推。

三个人都在客厅，庄景一个人坐的靠近阳台，夕阳斜斜地洒了进来，像给他镀了层金边。

裴思远笑了：“师兄，你可真会找角度，知道自己哪个角度好看，我还以为只有我们做演员为了找镜头，才会有这样的习惯。”

“无死角。”庄景没抬眼，淡淡道。

“什么？”裴思远没明白。

庄景抬眼看着他俩，很是专业的开口：“脸部拥有完美轮廓线的人，面部是 360°无死角，所以，不需要像你一样费心找角度。”

我擦，他感觉自己胸口中了一箭，再看王希之在一旁吃吃地笑个不停，他轻哼了一声：“自恋。”

“好了，你看完总结一下，给我点中肯的建议，我去做饭。”王希之站了起来。

“别忙活了，哥带你出去吃。”

“不行，还有房东大人呢。”

“一起。”

突如其来的声音让两人同时看向庄景，庄景放下手中的书：“一起出去吃饭有问题吗？”

两人的脑袋同时摇得跟拨浪鼓一样。

三人是坐庄景的车出去的，目标呢，是某个新开的火锅店。

因为是新开的火锅店，人很多，三个人排了号就在外面等着，不过，因为庄景和裴思远两个相貌气质都十分出众的人往这儿一站，周围的人时不时都在打量他们，还在背后小声议论，引起了小小的骚动呢。

当然，相比之下王希之就太平凡了，平凡到周围的人偷偷猜测她和他们的关系，还有人无聊到打赌。

“我赌那个女孩是左边穿米色风衣那个帅哥的妹妹。”

“我不信，我觉得应该是右边那位比较酷的帅哥的妹妹。”

“输的人付账。”

王希之都听见了，她还翻了个白眼。

过了一会儿，就见打赌那群人里一个穿着蝙蝠袖皮质包臀裙长筒靴，十分亮眼的大美女向他们走了过来。

媚眼呢，冲着庄景和裴思远“biubiu”地放电，声音也嗲得不能行：“两位哥哥，我想问一下，这个女孩跟你们是什么关系啊？”

干你毛线事啊，王希之怒！

谁知道，两边的胳膊同时被人抓住，庄景一只，裴思远一只。

俩人竟然一同开口：“我女朋友。”

说完，庄景蹙眉，裴思远震惊，两人还对看了一眼。

震惊啊，王希之心脏扑通通蹦开了。

震惊的还有周围的人，这个不起眼的姑娘踩了什么狗屎，运气这么正。

可王希之呢，看周围人精彩纷呈的表情，噗嗤一声笑了。

吃火锅的时候，她还乐得不行，边吃边笑。

“看把你乐的，我和师兄给你长脸了吧。”裴思远笑着，心里倒是嘀咕上了，师兄这个人在学校对女生都是漠视的态度，对他们希之竟然还不错。

庄景呢，回想了一下自己的举动，想来是讨厌拿他们打赌的人，不让对方得逞，还能反将一军，所以才脱口而出的吧。

“辣辣辣。”王希之在一旁叫着，眼泪都快出来了，她端着酸梅汁咕咚咚喝了起来，而后吐口气："爽！"

庄景口味儿清淡，所以裴思远要的是鸳鸯锅，他和王希之都特能吃辣，师兄呢，可能从小家庭环境都是那种十分讲究养生的，所以辣椒也是浅尝为止。

庄景看着王希之吃得双颊通红，额前微微发汗，突然就很想尝尝特辣是什么滋味。

所以，趁着裴思远和王希之不注意，他吃了一块特辣里的牛肉，登时，他双眼瞪圆，感觉像吃了一口辣椒在舌头上爆炸了，火辣辣的感觉瞬间冲了出来，想吐又没吐，还要辛苦维持形象，庄景狠狠地咽了下去。

那一瞬间，灵魂跟出窍了一样，世界相隔甚远……

幸好，身边的两个吃货专注在吃上，没有发现庄景的囧状，身上出了一层汗，嘴唇还在微微发抖，庄景不动声色喝冰镇酸梅汁后，这才淡定道："我去个洗手间。"

"嗯嗯。"吃货们顾不上说话。

庄景就在洗手间缓了缓，回来之后刚坐下来，就听到有人惊喜的声音："庄主编！"

三人抬头，就看到一个穿着银灰色西装的男子帅气地走了过来，身后还跟着两个保镖似的人物。

"真的是你！"来人一副不敢相信的样子，还抽空跟裴思远、王希之自我介绍了一下："你们好，我是岳卿成。"

"你好。""你好。"

"我还以为庄主编你是那种，那个词怎么说的来着？"岳卿成微微侧头。

后面一男子上来对他耳语，他微笑点头："对，不食烟火，没想到庄主编竟然会吃火锅，哎呀，真是百闻难得一见呢！"

这是什么个鬼形容，王希之没听明白。

不过看这个叫岳卿成后面的两位墨镜习以为常，其中一个上去耳语："岳少，百闻难得一见不能在这儿用。"

岳卿成一副你不早说的样子，脸上依然带笑看向庄景。

见庄景没有搭理他的意思，岳卿成主动向裴思远和王希之搭话："难得今天碰上庄主编，你们这桌算我账上，想吃什么随便点，我先过去了。"

"师兄，这人谁啊？"

"白痴。"

"欸……"

王希之拿着菜单，笑得特纯真："那他刚才说随便点哎，不是小远哥付账的话，我能不能点些别的。"

"可以。"庄景回答。

服务员那边被王希之叫过来了，她在那儿眉飞色舞点着菜，要贵的稀罕的不舍得吃的……

她倒是不客气。

"王希之？"

"欸？"

三人抬头，这次站在他们面前的是一个肤白貌美、穿得十分时尚的美女，她看着王希之，又看了庄景和裴思远，不敢相信："真的是你？"

"是你啊，安倩。"王希之的态度不算热情。

安倩也不以为意，她倒是很自来熟的模样："毕业都没怎么见到你，没想到你和我在同一个地儿，这样吧，你把手机号给我，刚好最近要举办同学会，到时候邀请你参加。"

王希之客套地留了电话对方就走了。

"看样子不怎么熟啊？"裴思远问。

"本来就不熟，人家在学校是系花，我是丑小鸭。"

"丑小鸭是会变天鹅的。"庄景道。

王希之感动地抬头，没想到庄景会为她说话，却见庄景接着道："但你不会。"

"噗——"裴思远在一旁笑喷了。

王希之咬了下嘴唇，哼，她早免疫庄景的毒舌了，抗打击能力她敢称第一，没人敢称第二。

此刻，她点的一堆菜被送了上来，顿时亮眼放光，今天真的要大饱口福了！

一直到九点，三个人才从火锅店出来，一身的火锅味。

"吃得太饱了，我想走回去。"王希之提议。

"那师兄，要不我陪希希吧。"裴思远提议。

"嗯？"庄景挑眉，然后直接打电话："喂，代驾公司吗？我的车在……"

于是，三个人在大街上晃悠悠地回去，话题嘛，不是太多，于是说着说着就回到小说上去了。

"希希，你那个皇上的人物创造得也挺有意思，有没有人物原型？"

有，远在天边近在眼前，但我就是不说。王希之心里想着，哼笑：“不告诉你。”

“你看，你在现实生活中备受压迫，所以谢恩在小说里就厉害非常，那皇上在里面反而被你压制，在现实生活中应该就是压制你的人，啊，不会是，哦呦，希希你下手轻点。”

裴思远捂着腹部，刚才王希之狠狠给了他一记肘击，疼得他一张俊脸都走样了。

王希之呢，走在路上若无其事看着冷清的街道晕黄的灯光：“我感觉，生活会越来越好的！”

而庄景呢，在一旁若有所思，皇上的人物原型，他吗？

回到家中，庄景已经上了楼。

裴思远嘿嘿笑了：“希希，你很坏哦。”

王希之狠狠瞪了他一眼：“你小心点，回头我也把你写进小说里，让你受尽我的折磨。”

“可以啊，不多说，赶紧让我出场，名字呢，就叫裴少侠吧，风流倜傥颜值无双明星气质富豪家庭，走到哪里都能风靡万千少女，哈哈哈。”

于是乎，裴少侠真的就出现在了小说中。

谢恩和皇上在学校过着针锋相对的生活，一时之间，过得还很充实。

一日，学校门口停了一辆限量版的越野车，真的是全球限量，很扎眼啊，尤其还停在学校正门口，在众人围观中，一个穿着紧身皮衣，戴着墨镜的少年打开车门一跃而下。

这个少年毫不在意周围对他的窃窃私语，他打量着学校的名字，青藤高中，哈，就是这里了。

校门还没跨进去，转头看见一个穿着大红色风衣的女子从他面前走过，哇，美女哎。

少年把墨镜扒拉到鼻尖，眼睛毫不掩饰地赞叹，还吹了一声口哨。

这位二十多岁的美女回过头，冲他抛了个媚眼。

“大家好，我是新来的转学生，裴少侠。”竟然是冲着皇上挤了下眼。

坐到了与谢恩隔着走廊的那张桌子上，紧接着，门口穿着大红色风衣的美女出现在了课堂上，她勾起红唇一笑：“大家好，我是新来的英文老师，唐糖。”

“你来做什么？”私底下，皇上问裴少侠。

“帮你啊，伯爵说这个叫谢恩的很难搞定，我就来了。”裴少侠无辜地眨眼。

“嗯，你来也好，盯住那个新来的老师。”

“谁？唐糖？”

“嗯，直觉告诉我，她有问题。”

“你不会是故意支开我吧。”

皇上扫了裴少侠一眼，裴少侠立马妥协：“OK，OK，我盯着唐糖。”

《萌爱》改版第二期出来了，保守印刷了五十万册，却瞬间销售一空，这让整个杂志社的人振奋不已，这边去谈追加印刷的，那边去谈追加经费的，联系宣发部帮忙炒作的。

大尾巴兔酱这个笔名就这么突然火了起来，庄景联系王希之让她开通官微，刚开通第一天，粉丝就增加了五万，留言都是对皇上和谢恩感兴趣的，尤其是他们之间互相斗来斗去，当然，也有对新出场的裴少侠和唐糖兴致大的，大家也都在猜测唐糖的身份是不是BOSS级的。

王希之在回复评论时，手都抖了，她太太太开心了。

谁知道没过几天，追加印刷的五十万册也都卖光了，这边又去做追加印刷了。

岳卿成再次到访杂志社，只不过是杨连接待的，导致岳卿成门都没进去，就站在门口自以为酷帅地道：“告诉庄主编，他完成了我们之间的赌约，具有跟我一较高下的资格了。”

然后，落荒而逃。

一切看起来都欣欣向荣呢。

“希希，你火了！”裴思远替王希之高兴。

王希之傻笑。

“继续努力。”主编的鼓励。

王希之傻笑。

“稿费到记得先交房租。”房东说的。

呃……

第九章 她和他们的世界

稿费不少哦，两期杂志，好几万的收入，感觉自己一下子就成小富婆了！

王希之差点笑傻过去，第一件事情就是先给老爸老妈转了一部分过去，让二老放心，她在这座城市混得风生水起。

想想几个月前一度流浪街头吃不饱饭连住的地方都找不到的场景，她也是欷歔不已。

她要感谢裴思远的帮助，感谢庄景的收留和指导。

房租不多，她觉得庄景压根儿看不到眼中，先前那话是庄景说话的一种方式，她特别能理解，而且能够自动转换成是在鼓励她！哈哈哈！

按说交了房租，她就可以免除出卖劳动力的生活。

但是，她对庄景心存感激。

再说了，她也习惯把这个家里打扫得干干净净，然后每天给庄景和裴思远做早饭，因为，挺快乐的啊！

所以，生活状态不变，唯一变化的是腰包变鼓了，哈哈！

庄景最近很忙，工作上担任两个部门的主编，松果文学暂时不说，杂志那边的发行量突然暴增，工作量也跟着加大，整个人自然是连轴转。

裴思远呢，忙着试镜，有时候还会到外地去。

也就数王希之清闲了。

这日晚上，没人回来吃饭，王希之边看动漫边吃零食，手机突然就响了，低头一看上面显示的竟然是唐休。

“喂，唐姐？”

“希之，你有空吗？”

王希之和唐休约在电影院，要看“加勒比海盗 5”，唐休是杰克船长的粉丝，这是唐休说的。

“唐姐，这里啦。”王希之买好了饮料爆米花，冲着唐休招手。

唐休一出现，立马就聚集了不少眼光，V 领 T 恤，阔腿裤，黑色小高跟，金属链腰带，栗色大波浪的头发，明星气质，鹤立鸡群。

反倒是王希之，一身休闲打扮，头顶道士头，头发细碎散落下来，怎么看怎么可爱。

唐休很少来电影院看电影，原因就是她不喜欢一个人看电影，但这么多年，她也找不到可以一起看电影的同伴，接触的人，功利性的太多，王希之的出现，毫无目的的单纯模样让唐休十分放心。

只不过进场前，有人叫了一声“希希。”

王希之和唐休一起回的头，竟然是裴思远和夏乙辰！

唐休原本放松的笑容微微一紧，前几天她在某个饭局上看到夏乙辰与一个煤老板打得火热，如今，竟然又出现在裴思远的身边。

但这毕竟是对方小两口的事情，她自然不会多说什么。

“我发小，王希之。”

“我女友，夏乙辰。”

“你好，你好。”

“唐姐好。”夏乙辰穿着白裙子，模样本就俏丽的她，看着很仙儿，她向唐休伸出手来，没想到能私下跟唐休结交，她是非常乐意的。

唐休那边略一勾唇：“你好。”礼貌地握了一下，夏乙辰看她的眼神里，难以掩饰的野心勃勃，好像所有人都是她成功的跳板一样。

“唐姐怎么会跟希希一起看电影？”裴思远疑问，什么时候她们关系这么好了？

王希之嘁了一声：“我这个人广交天下好友，跟唐姐一起看电影算什么。”

唐休在一旁得体地笑着，表示赞同。

“对了，你们还想吃什么，我去给你们买。”裴思远笑着说。

“冰激凌，芒果味的。”王希之毫不客气，“两支。”

“乙辰，你呢？”裴思远问。

“我也要一支芒果味的吧。”夏乙辰此刻的模样显得清纯乖巧。

这副模样让唐休刮目相看，不由得有些同情裴思远了。

说巧不巧，四个人不仅看的是同一场电影，还挨着一起坐。

看电影的时候，王希之哇哇，帅啊，好看，哇，这样的词不自觉迸发出来。

唐休被王希之的情绪感染，看得很专注，其实她也想像王希之那样毫无顾忌地叫出来，可多年养成的习惯让她十分克制。

倒是夏乙辰嫌弃地看了王希之一眼，悄声对裴思远说：“你这个发小在电影院也这么活泼。”

裴思远没多想，反而笑着：“她就那样。”

一场电影看得夏乙辰没滋没味的，其他三个人倒是津津有味。

出来还互相讨论剧情呢，夏乙辰的手机亮了一下，上面提示的信息上写着：宝贝，在哪呢，想你了。

夏乙辰的嘴角扬起，她叫了个车，对裴思远道：“我先回去了。”

“我送你。”裴思远连忙跟了过去。

夏乙辰摆摆手：“不用了，很晚了，早点回去休息吧。”

“嗯，你路上小心，回去给我电话。”

“知道了。”

回去的路上，裴思远看出来了，唐休跟王希之两个人是真的相谈甚欢，听了半天也明白了，唐休是杰克船长的真粉，他一直想上次因自己冲动而伤害唐休的事情道歉，但却苦无机会。

还是趁着王希之上厕所，裴思远立马向唐休诚恳地道歉：“唐姐，上次是我做得不对，我是真心向你道歉。”

唐休能看到裴思远眼中的诚恳，不过，她依然是得体地笑：“我接受你的道歉。”

唐休的表情却是在告诉裴思远，接受是一码事，原谅是另一码事，这件事情直接造成唐休不能将他作为朋友看待。

这让裴思远很郁结，对于自己的所作所为不知道批判了多少回。

不过，他会努力的，努力改变唐休对自己的看法，他不是那种庸俗的人，也绝对不会再轻信流言，这件事情给了他深刻的教训，也让他深深地认识到了流言蜚语的可怕。

五月来临的时候，《萌爱》杂志竟然突破了一百五十万册的销量，整个杂志社都疯狂了，而庄景在集团内部更是被传得神之又神。

“主编大大，我能去杂志社参观吗？”王希之问道，“我特别想感谢大家。”

“你觉得你已经成功了？”

“欸？”

“实际上你只是刚刚起步。”

“欸？”

“等你真正获得成功的时候再说。”

“……”

“现阶段的你，任何一个作者出来都能替代。”

这句话，好像在警醒她一般，让她突然心里头打了个激灵，最近好像是有点得意忘形，五月刊出的小说被主编打回来好多次，但她没当回事，越挫越勇地写着，现在想想到底是有些心浮气躁和初露头角的膨胀。

“我知道了，我会继续磨炼自己的。”

“嗯，乖。”

欸，这是主编说的话吗？

庄景淡笑着，说这个字的时候，好像在顺着伯爵的毛一样。

为什么不想王希之来杂志社，他的确很期待王希之见到自己就是《萌爱》杂志社主编时的场景，但一旦见面，自然也无法收到她对房东的吐槽，虽然后来以为他和房东认识而收敛了不少。

但你看她抓耳挠腮在那儿旁敲侧击在他面前打听主编的消息，又在QQ上向主编身份的他打听房东身份的他，很有趣。

捉弄王希之好玩吗？

嗯，好玩。

这样的生活很有趣，他不想提前结束。

王希之那边倒是警醒着自己，还念叨着吾日三省吾身，继续研读如何创作小说类的书籍，磨炼文笔，也是磨炼思维。

这样的生活过得很充实，平凡又有趣，而且，为了写好皇上，她一直在努力观察庄景，动作啊，神情啊，渐渐地，她觉得自己倒是摸索如何读懂庄景表情的含义。

经实验佐证，很成功。

“主编大大，我觉得最近房东大人心情不错。”王希之觉得和主编搞好关系很重要，就算卖一卖庄景也是可以的，她也察觉出主编对庄景的信息，很感兴趣。

“哦？”

“他经常出现在客厅里看书，以前都是在书房，现在很喜欢在客厅，而且，看书的时候，他的眼角好像都带笑。”

“也许是他看的书很有趣。”

“说得也对，不过我们家房东大人，一定是外冷内热型。”

“何以见得？”

“真的，有一次我趴在桌子上眯了一会儿，他竟然把我抱起来放在沙发上，还盖了毯子。”

“也许他经常这么做。”

“欸，我怎么没想到，我还一直以为是我自己迷迷糊糊爬沙发上了。”

“傻子。”

“嘿嘿，不过，那是我第一次被男人抱，还是公主抱。”

“什么感觉？”

“我说了你别给他说。”

“不会。”

“其实我当时还挺害臊的，都不敢乱动，房东大人身上特好闻，不是呛鼻子的香水，是淡淡的香味，很干净的味道，怀抱很暖和，哎呀，羞死我了。”

庄景的手停在键盘上，将王希之抱在沙发上睡觉，如果说他有什么感觉，大概就是王希之不像她看起来那么轻。

“你觉得他是什么感觉？”

“我没想过。”

“我可能知道。”

“真的，是什么？”

“嗯，真重。”

“……”

王希之最近在减肥，庄景看她一大早在做甩油操，嘴角就忍不住上扬。

裴思远那边就不明白了：“希希，你又不胖，跳什么甩油操啊。”

“哎呀，你不懂。”

“不懂什么？”

王希之看了一眼庄景，哼哧哼哧跳着操：“这是我身为女性的自尊心问题。”

裴思远笑了，什么时候看希希，都是这么有活力，好吧，加油，他也要好好工作了。

今天是周日，庄景每逢这个时间都会去俱乐部练射击。

王希之收拾完厨房，打算来个大扫除，她给自己戴上花头巾，穿着卡通围裙，就要开始工作，门铃响了。

通过监视器看到门口站着一个陌生女孩，她头戴鸭舌帽，脸上挂着飞行员墨镜，浅蓝色牛仔衣搭牛仔裙，模样俏丽可爱，还拖着一个行李箱。

王希之把门打开："请问你找谁？"

"这里是庄景的家？"女孩问。

"是的。"

话毕，女孩就直接绕过她走了进来："你是景哥哥请的保姆吧。"

"欸？"王希之被女孩的自以为是惊呆了，站在门口看她取下墨镜在客厅里环视四周，一副她才是房间主人的架势。

转头两人对上眼，女孩不悦："别愣着，把我的行李拿进来，然后去给我放热水。"女孩揉了一下脖子，嘟着红艳艳的小嘴："坐了两个小时的飞机累死了，泡澡最能缓解疲劳了，对了，景哥哥住哪个房间？把我的东西放他的隔壁。"

"我不是保姆。"王希之把女孩的行李箱拉进来，义正词严解释自己的身份。

女孩闻言上下打量了王希之一番："哦对，现在一般都不叫保姆，叫阿姨。"

我了个去呀！

阿姨！？

王希之脸都绿了！

还要说什么，就见她脸上惊喜的模样看着伯爵，蹲下来摸着伯爵的脑袋："你就是景哥哥的伯爵吧，我见过你的照片，你比照片漂亮多了。"

知道是在夸自己，伯爵开心地"汪汪"两声。

"叛徒。"王希之在一旁咬牙切齿，她天天伺候伯爵吃好喝好玩好睡好，没想到对个陌生人，它竟然这么亲密！

"我先去洗澡，一会儿过来陪你玩啊，伯爵。"女孩笑着，站起来时笑容就收掉了，对王希之命令道："好了，带我去房间吧。"

鉴于这个陌生的趾高气扬的女孩跟房东大人关系不一般，她原本想微笑着咬牙切齿说：老娘不伺候，却到了牙齿边上，愣没飘出来。

倒是上了楼梯的女孩回头看她没跟上来，面露不悦："你是怎么做事的，还不跟上来。"说完头也不回往上走了。

王希之那个火冒三丈啊，要不是这姑娘身份不明，好像跟庄景还很熟，她早就爆发了。

忍，她忍！

行李箱放在客卧，热水也放好了，王希之打算闪人了。

谁知道女孩人都泡到浴池里了，却闭着眼睛吩咐："我饿了，想吃帝王蟹炒饭，再配一份土豆沙拉，还有，我每天早上都要空腹喝一杯柠檬水，放一小勺的蜂蜜。我会在这里住一段时间，所以你做的菜里都不要放葱姜蒜，这是我的忌讳，你得记住。"

王希之对女孩的所作所为目瞪口呆，开玩笑的吧，真把她当佣人了？她这是爱心劳动好不好？

"我不是保姆。"她忍了忍强调，"也不是阿姨。"

女孩依旧闭着眼睛，嘴巴利索地道："好了好了，现在像你这样的学生出来当月嫂的很多，想多拿钱，还是收起你那可怜的自尊心，这是我对你善意的忠告。"

"噔噔噔噔"的响声中，寒光闪烁，只见刀光剑影中依稀看见菜叶纷飞，可以看出执刀人的怒气值正在噌噌飙升，大有直冲百会穴，喷发而出的趋势。

"保姆！""阿姨！""月嫂！"

这是哪冒出来的大小姐在这里作妖啊！瞧瞧那目中无人的做派，瞧瞧那颐指气使的态度，好像她就是乾清宫里的慈禧老太太，而她就是底下毫无人权的小奴才！

"总有一条蜿蜒……"

"喂？"电话刚响就被王希之接了起来，她憋了一肚子的火气，正没地儿撒，就算是庄景的电话，她的口气也没好到哪里去。

难得听到王希之这样的口气，庄景却好像十分了解："嗯，看来苏小曼到了。"

庄景回来得还挺快，王希之炒饭还没做好，就听到一声娇滴滴的"景哥哥！"

她回头，看见头发还湿漉漉的，穿着粉色家居服的苏小曼直接扑到庄景怀里，可扎眼，可扎心。

在她眼里，这一幕简直就是偶像剧的标配场景，四周是暖色的光，粉色的泡泡，还有银铃般的笑声，男女主深情凝望，然后男主温柔的声音像是要滴出水了一样……

“怎么这个时候过来？”

这是庄景的问话，好像真的挺温柔的，反正，反正就是和平常不一样。

王希之突然感觉嗓子眼难受，好像什么东西梗到了一样，回过头，米粒在油锅里蹦来蹦去，她一铲子下去，恶狠狠道：“蹦什么蹦！你们马上就要被吃掉了！”

庄景可不像王希之看到的那般，他冷静地问话，声调连丝波动都没有，不着痕迹地将苏小曼推开，今天在俱乐部的时候接到了梅姨的电话：“小景啊，小曼马上就到，她说要给你个惊喜，不让阿姨说，你可别给小曼说阿姨打过电话，小曼马上就要毕业了，这一段旅行对她而言很重要，小曼这孩子天真烂漫，到了你那儿，你可得照顾好她。”

“怎么不提前打个电话？”庄景问，因为与苏小曼家是世交，导致梅阿姨将他作为准女婿看待。

“为什么要提前打电话呢，我可是要给景哥哥一个大大的surprise！怎么样，景哥哥见到小曼很开心吧！”

王希之听着这些对话，铲子翻着米粒，小声地嘀咕：“怎么样啊，惊不惊喜意不意外高不高兴啊，景哥哥！”

“在做什么？”

“呀！啊！”

王希之差点把铲子扔了，庄景什么时候出现在她身后的，还突然发声，吓死了！

刚才说的话庄景没听到吧，她的眼珠子倒是斜着看了眼炒锅，又迅速看向庄景，磕磕巴巴地回：“炒、炒饭。”

“嗯，给我也来一份。”

“哦，好。”

刚答应完，苏小曼就抱住了庄景的胳膊，她五官精致，眼睛弯弯，小嘴嫣红，笑起来还有梨涡，看着特别甜：“景哥哥你在这里做什么，油烟沾身上都是味儿，难闻死了，快跟我来，我可是有给景哥哥带礼物哦，猜猜看我给你带了什么？”

看着庄景被苏小曼拉走，王希之松了口气，可心里头闷闷的，庄景这个人平常很难接触的，可那个女孩就这样很自然地抱着庄景的胳膊，就好像习以为常了一样。

王希之平常一进厨房就生龙活虎，做起饭来热火朝天的架势完全消失了，翻着米粒，就觉得没劲，可没劲……

苏小曼看着王希之端上来的炒饭，精致的脸上立刻显现出了不悦："我不是告诉你说我要吃帝王蟹炒饭吗？你这是什么？虾仁炒饭，你当我看不明白是不是？ Do you understand what I mean?"

王希之也不爽啊，她凭什么在这儿受这等鸟气："这就是帝王蟹炒饭。"说完后，看了一眼庄景，理直气壮："这只虾的名字叫帝王蟹。"

苏小曼都气笑了，这是跟她玩小聪明呢！

她凉飕飕地瞥了王希之一眼对着庄景说："景哥哥，有些人用不顺手直接辞了，大不了遣散费我替你出。"

王希之听了大怒啊，正准备反驳两句，说了多少遍了，她不是雇的，不是雇的，不是雇的！

却见庄景慢条斯理吃了一口，末了嗯了一声："这盘帝王蟹炒饭味道不错，你尝尝。"

说来也奇怪，苏小曼从小到大谁说的话都可以不听，但庄景的话，她一定是言听计从，于是，在庄景的注目下，苏小曼拿起小勺子吃了一口，然后，那甜美的笑容在她脸上绽放开来："景哥哥说得对哎，味道真的很不错呢！"

我了个去呀！这脸变的，真让她大开眼界了！

就在苏小曼吃饭期间，庄景又补充了一句："小曼。"

"嗯？"梨涡式甜美微笑。

"这是王希之，我的房客，不是保姆。"

真难得，庄景特地地介绍了王希之。

让王希之大跌眼镜的是，苏小曼对她一样笑得很甜，还大方地伸出一只手来："你好，我是苏小曼。"

"呃，你好。"王希之握手，不过刚碰到，苏小曼的手就抽了回去。

再然后呢，苏小曼就吧啦吧啦给庄景讲学校里的趣事，庄景好像在听，又好像没在听，只是她感觉，这两个人完全忽略掉了自己。

所以嘞，她盘坐在客厅看电视，综艺节目，一堆人嘻嘻哈哈的，可她感觉，苏小曼的笑声比电视里的大多了，时不时地传过来，导致她不停地换台。

她又不自觉地偷瞄了庄景，从她这个角度看，庄景背对着她时不时地点头，场面很温馨，不知道为什么，渐渐地，心里闷得跟压了一座五行山似的。

拿出手机来给外地拍戏的裴思远发了条信息：闷呢闷呢闷呢！ [抓狂]

裴思远回得也快：多喝红糖水多休息注意保持心情愉悦。[微笑]

不是姨妈啦！ [流汗]

那就是师兄？ [问号]

王希之又偷瞄了庄景一眼，突然就有点愤愤，回复：嗯，有点。[流泪]

人在江湖，身不由己，此事上有心无力，希希你自求多福。[烧香]

唉……

叹了口气，又偷瞄了庄景一眼，他们聊什么啊，有那么多可聊的吗？

电视里演的什么压根儿都不知道，耳朵倒是竖长了挺直了，隐隐地就听见苏小曼在那儿说着：景哥哥，人家的毕业论文可一定要景哥哥指点……

然后就听到庄景询问写得怎样了，然后吧啦吧啦两个人就聊得很开森的样子。

王希之突然想到一句话：她的世界，他们的世界。

第十章 战斗吧，王希之！

午休的时候，王希之看着庄景和苏小曼一前一后上了楼梯，挺亲密的，而她，还真的开始有点像一对年轻有钱的夫妇雇用的保姆了……

唉，睡不着，平日里真的挺能睡的，可今天就是睡不着。

“咚咚。”敲门声。

王希之打开门，看着这位身材苗条的大小姐双手抱胸居高临下地俯视她。

是的，她身高一米六，这位大小姐应该在一米六八左右，没有唐休高，但也足够俯视她。

大小姐的模样很严肃，气势很足，就这么审视着她，上上下下左左右右，渐渐地眼神里多了一丝鄙夷之色。

王希之不耐烦了：“小曼，你有什么事情就说啊。”

苏小曼的嘴角勾了一下，冷笑出声：“我有允许你这么叫我吗？”

欸？

王希之还真愣了一下，谁能想到餐桌前当着庄景的面一脸甜美微笑对着她的苏小曼在私下面对她时换上了另一副面孔。

王希之不高兴了：“你什么意思？”

苏小曼没有回答她的意思，却是一副很了解她的样子：“像你这种假装善良勤劳的白莲花我见过很多，套路也司空见惯，装柔弱装善良，在男人面前总是一副小媳妇的样子，别人稍微说点什么就委屈得不得了，激发男人的同情心嘛。”

“你在说什么？”每一句话都是针对她，白莲花？假装善良勤劳？小媳妇？我了个去，眼前这个姑娘知道她自己在说什么吗？

“怎么，装作听不懂啊？”苏小曼一脸嘲讽的笑：“可怜的小白兔又开始装委屈了。”

王希之大怒啊，这什么跟什么啊，她强压下肚子里冲天怒火，默念了三遍这是庄景的客人之后才开口：“苏小姐，虽然我们认识不到八小时，但显然你对我误会很深，我只是这里的房客，好像也没什么义务必须听苏小姐在这里说些风马牛不相及的话，现在是一点一刻，午休时间，如果苏小姐真的很想找我聊天的话，那么请下午三点之后再约我。”

说完，给个皮笑肉不笑的表情，关门。

“咯噔”一声，苏小曼挡住了王希之关门的动作：“没看出来啊，原来不是善良的小白兔啊，既然你装作听不懂的样子，那我也不妨挑明了讲。景哥哥是我的，我从小都知道，为了配上他你无法想象我付出了多少努力。所以呢，不要产生不切实际的幻想，用食物抓住男人的胃，做家务让他习惯你的存在，表现得善良天真让男人心疼，你这些小计俩逃不出我的眼睛，房客，骗鬼去吧。”

我的老天，这苏小曼不会是得了什么妄想症了吧？

王希之目瞪口呆地看着苏小曼。

不理会王希之的震惊，苏小曼继续道：“我已经雇了顶级的管家，那可是荷兰国际管家学院培训出来的，他明天就会到，所以，老老实实当你的房客吧。”

苏小曼再次嘲讽一笑，转身走了。

王希之咧了一下嘴，她巴不得爱心劳动结束，每天都睡到日上三竿呢！

哼！

下午的时候，苏小曼缠着庄景让他陪她逛街，两个人就出去了，王希之呢，卧室门都没出，晚饭也是青瓜小菜独份……

周日的早晨庄景依然习惯性早起，带着伯爵去散步，回来打开门，就见苏小曼扑了过来：“景哥哥，你回来了！早餐已经做好了哦！快来！”

伯爵在后面“汪”了一声，苏小曼笑得极为甜美：“伯爵啊，我给你订了最高级的狗粮，很快就会送到的哦！”

庄景微不可见地皱了下眉，推开了苏小曼，苏小曼不以为意，因为景哥哥从小就讨厌跟人之间的亲密行为，对拥抱什么的都十分抗拒。

站在餐桌前，看着摆放得满满当当华丽的早餐，是的，怒放的鲜花、醇香的咖啡、精致的培根煎蛋、法式班吉饼……

“这是谁做的？”

“景哥哥，这是我专门为你雇用的顶级管家，他叫波比。”

苏小曼拍拍手，一个穿着燕尾服，背部挺直的外国人从厨房走了出来，他在餐桌前站定，然后弯腰行礼，用着咬舌的平声普通话：“庄先生，今天早上为您准备的是法式早餐，希望您能满意。”

苏小曼一脸期待地看向庄景，但他只是点了下头：“波比先生，很遗憾，你今天准备的早餐我十分不满意，所以，你被解雇了。”

那位外国管家惊讶地看向苏小曼，一副自己没听错吧的表情，苏小曼看着庄景往门口走去，急匆匆地追过来：“景哥哥。”

“浪费食物是可耻的，小曼，祝你用餐愉快。”

说完，转身出了门，留下苏小曼一个人跺脚生闷气。

在经历了苏小曼莫名其妙的警告后，王希之是挺生气的，不过，她这个人想得开，不开心的事情，三下五除二就给抛之脑后了。

晚上琢磨着小说的情节，就这么青蛙一样趴在床上睡着了，到了早上，生物钟到点的时候醒了一下，想到从今往后不用起早做饭，厕所溜达一圈，回来继续睡。

就是做的梦不怎么美，梦里面庄景亲自给她添早餐，端来的却是满满的一碗狗粮……

“咚咚。”

她是被敲门声给惊醒的，谁能敲她的门啊！

裴思远又不在，敲门的肯定是苏小曼，不听，假装没听见。

“咚咚。”

枕头盖住脸。

“咚咚。”

被子蒙住头。

“总有一条……”

“喂？”

电话那头传来了庄景低沉的声音：“开门。”

欸？

王希之瞬间清醒，一骨碌爬了起来，飞快打开卧室门，整个过程一秒完成。

门外还真是庄景，穿着一身运动装的他，竟然看起来清爽帅气，有别于寻常啊。

她还没规规矩矩叫一声房东大人呢，庄景就上下扫了她一眼：“吃早饭。”

哦，原来是来叫她品尝世界顶级管家做的早餐啊，呵呵。

行啊，不吃白不吃，大不了她付早餐钱！

简单洗漱了一下就去了餐厅，额，场面有些奇怪啊。

尤其是她刚出现在餐厅，苏小曼就狠狠地瞪了她一眼，早餐很漂亮，盘盘碟碟摆放了不少，菜品一个个精致得像在顶级的西餐厅，难道苏小曼请来的是米其林三星主厨？

她坐了下来，是距离庄景最远的距离，然后，瞄准了一个火腿三明治，正准备伸手，却听到庄景的声音：“你的早餐在这儿。”

循声望去，庄景眼神示意了他旁边的位置，那上面摆放着眼熟的塑料袋。

在苏小曼憎恨的目光中她挪到了庄景旁边，打开塑料袋，有点无语了，难怪看着这么眼熟，这不就是小区门口早餐店的专用打包袋吗？

她和庄景的早餐一模一样，豆浆油条。

而满桌子华丽的早餐，全部都归苏小曼所有。

王希之有点懵啊，她这是错过了什么精彩镜头吗？怎么剧情突然间有点接不上，她这是，少看了一集吗？

苏小曼喝着南瓜浓汤，用委屈无比的眼神看向庄景。

而庄景像没看见一样，对王希之道：“中午吃饺子。”

努力专心喝豆浆的王希之猝不及防，“啊”了一声后赶紧“哦”了一下。

“莲菜馅的。”

这回有准备了，赶紧点头。

眼神不自觉看向精致的小餐点，顶级管家做的早餐呢！她都没机会尝。

“油条。”

王希之赶紧将庄景递过来的油条接住，咬了一大口，虽然不知道发生了什么事情，但霸王龙不愧是霸王龙，庄景气场全开，就算是苏小曼这位气焰嚣张的大小姐，也不敢造次啊。

裴思远出来拍戏一周有余，中午的时候收到王希之发来的信息，嘚吧嗒吧一大堆，好像家里来了一位了不起的大小姐，但依然被师兄给碾压了。

然后就是各种饺子的照片，顺便问候了他一句：盒饭好吃吗？

戏是在海滩拍的，偶像剧《我依然爱着你》，这一幕是女主误会了男主后一气之下误驾驶故障船独自出海，男主紧张地联系了救援人员一同出海寻找。

因为要从白天找到晚上，所以要在海滩拍上一天，他呢，就是救援人员之一。

这边是旅游区，剧组临时用地，因男女主都是当红流量小生小花，虽然保密，但是附近依然有不少男女主的粉丝围观。

裴思远正在剧组帮忙，忽然在人群中看到一个熟悉的身影，戴着超大的太阳帽，但裴思远还是能一眼就认出来，没办法，身材高挑气质出众的唐休太鹤立鸡群了。

也就是简简单单的花裙子沙滩鞋，可就跟别人的感觉不一样。

“唐姐！”裴思远叫了一声。

唐休一个人来度假，才安顿好，出来看个夕阳，哪里知道这个城市拥有最美夕阳的沙滩被剧组给占了，她正准备回去，就听到了裴思远的叫声。

转头看见裴思远向她走了过来，身边有小姑娘窃窃私语：“你看那个走过来的人好帅。”

紧接着，剧组那边开始拍摄，男主角一出来，周围都是小姑娘们的尖叫，震耳欲聋。

剧组那边已经有人在组织这些粉丝安静地看着他们拍摄，裴思远直接拉着唐休离开了这儿。

脱离剧组范围，唐休示意裴思远松手。

“抱歉。”裴思远连忙放开，却又很热情地问候：“唐姐，你一个人来玩的吗？”

“你不用拍戏吗？”唐休问。

“我的戏在晚上。”裴思远笑着。

唐休点头，转头看夕阳，沙滩上都是两两情侣。

因为唐休不说话，周围的氛围就显得尴尬，裴思远一门心思地想缓和他们之间的关系，至少让他为伤害唐休做出点补偿也行啊。

“唐姐，吃晚饭了吗？”

“嗯。”

“要不要来点饮料？”

“不用。”

“有没有想玩的海上项目？”

“没有。”

“那，你想玩什么？”

唐休转头看向裴思远：“安静地看夕阳。”

额，好像气氛更尴尬了。

好在裴思远习惯性地百折不挠，他大大方方坐在了沙滩上，然后还拉着唐休一起坐了下来：“好啊，那我陪你一起看。”

唐休有点无语，她对裴思远一点都不了解，但在她的理解中，大多数男人都一样，裴思远也绝不例外。

不过，她没说话，认真地看着海上的落日，不自觉看向裴思远，发现他真的在陪自己看，看得很认真，在夕阳映照在海面上，艳红一片时，还不自觉地说了一句：“真美啊。”

唐休突然觉得心情不错，陌生的地方，有个人陪自己看夕阳，她唇角微微翘起，是啊，好美啊。

只不过，她没想到裴思远的戏在那天晚上就结束了，接下来的几天，他自告奋勇陪她玩，拒绝的话当然说过了，不过他露出阳光灿烂的笑容：“怎么也不能放心一个大美女在陌生的地方玩，我就当个免费的保镖，随便你使唤！”

闷了，不开心了，一直都是一个人旅行，突然有个人死皮赖脸地出现在身边，唐休有些许的不适应，甚至有点不开心，海上有很多刺激好玩的游戏，裴思远杵在这儿，她怎么放开胆子玩呢？

前两天确实很规矩，看看风景啊，吃吃小吃啊，裴思远在一旁，唯一的作用就是被无数人误会成情侣。

到了第三天，裴思远突然跟开窍了一样，积极主动带着她玩各种各样的海上游戏，这才是她真正想玩的，真是太刺激了！

裴思远其实不是无缘无故开窍的，多亏了王希之，她觉得好玩的刺激的，唐休肯定喜欢。于是，她就如此建议了。

裴思远一开始还有点担心唐休受不住，慢悠悠开着海上摩托。

后来唐休自告奋勇。

再一圈后，裴思远脸色惨白摇摇晃晃踏上岸，一弯腰，吐了……

苏小曼是折腾了一番，结局不怎么美好。

生活回到原先的轨迹上，没有日上三竿的懒觉，她的爱心劳动依然在继续。

只是，苏小曼总是理所当然地把她当保姆，各种颐指气使。

“我的这件裙子你给洗一下，对了，只能手洗。”

王希之则是视若无睹，她冲苏小曼嘿嘿一笑，摸出耳机戴在耳朵上，哼着小曲拖着地。

苏小曼气急，她拿起一杯牛奶直接倒在地上，表情无辜：“哎呀，一不小心把牛奶打翻了。”

王希之回头就看见苏小曼捏碎了一包薯片拆开，正要对着沙发倒下去。

怒啊！

“衣服拿来！”

闻言，苏小曼露出了胜利的微笑。

这是一场没有硝烟的战争，她王希之是绝对不会退缩的。

于是，苏小曼拿着胸前破两个大洞的裙子怒不可遏：“你故意的？”

王希之学着苏小曼之前的样子，表情无辜：“哎呀，一不小心洗破了。”

苏小曼冷笑了，跟她斗！

于是，战争全面爆发，双方保持了最佳的默契就是在庄景面前，他们就差姐妹情深了。

私下却已经到了白热化的程度！

苏小曼：“我要喝牛奶，低脂高钙的，加热到六十度。”

王希之：“喏，给你，六十度怎么够，至少是一百度沸腾三分钟杀菌。”

苏小曼：(ﾟ皿ﾟメ)

苏小曼：“我晚上吃蔬菜沙拉。”

王希之：“葱姜蒜对身体好，苏小姐不要挑食。”

苏小曼：(メﾟ皿ﾟ)メ

鉴于王希之略占上风，某日她在花房打扫卫生时，苏小曼出其不意绊了她一下，“嘭”的一声，就听见苏小曼幸灾乐祸地大叫：“哦哦哦，你把景哥哥最爱的盆景摔碎了，这盆黄杨木盆景是庄伯伯送给景哥哥的生日礼物，价值几十万呢！你完了！”

边说边拿着手机对准王希之和盆景，“咔嚓”“咔嚓”拍下犯罪现场：“我现在就发给景哥哥！”

王希之在盆景破碎的那一瞬间确实有点慌，不过苏小曼欺人太甚，她的战魂再次燃烧："不就是拍照吗？我也会。"

于是，伯爵被带到犯罪现场，"哈哈"吐着舌头卧在那儿，一只爪子还被王希之给搭在花盆上，在苏小曼目瞪口呆之下，她拿着手机对伯爵拍着："往这边看，对，就是这样，微笑，很好，不错，再来两张。"

"你作弊！盆景明明是你摔碎的！"苏小曼大怒，从没见过王希之这样厚颜无耻的人。

王希之看着发送成功的提示，笑眯眯地对着苏小曼道："照片并不代表真相。"

苏小曼气得要爆炸了！这样都整不到她吗？

于是，在王希之盘坐在客厅专心码字时，苏小曼突然把插头拔了，屏幕闪过一道亮光就灭了，王希之先是震惊，紧接着勃然大怒："你做什么！"

看她终于发怒，苏小曼得意地摊手："Sorry 啊，一不小心就碰掉了。"

可恶，刚才写的小说还没保存！王希之这回是真生气了，之前小打小闹看在房东大人的份儿上陪玩，这次侵犯她的劳动成果绝对不能宽恕："苏小曼，从现在开始，我不惹你，你也别惹我，否则我不保证不会对你做出什么失控行为。你也知道我写小说的，日夜颠倒，用脑过度，精神压力太大偶尔失常也是能被理解的呢！"

苏小曼被王希之放狠话的样子怔住，但她还是硬撑着道："王希之，这不是你写的狗血爱情故事，不要去妄想你根本配不上的人。"

庄景好像对她不怎么好吧，那张冷漠脸千年都不曾有丝毫变化，真不知道这苏小曼哪儿来得如此强烈的敌意！只不过如今的时刻，正应了输人不输阵的场景。

她突然就笑了，特夸张："嗯，苏小姐说得对，打扫卫生做饭这种事情太迂回了，我应该直接给庄景下药，我要拐了他，怀他的宝宝，做他的老婆，当这房子的女主人！嗯，我现在就去！"

说完，都顾不得欣赏苏小曼惊呆的傻样，推开门就走了。

可出来了，又觉得没地儿去，就随便坐了一列地铁，随着人流到了某商业中心，坐在中心广场的喷泉旁，看着人来人往。

不知道过了多久，手机上传来信息提示音，她低头看了一眼，是主编大人，就发了个问号。

好像还不到交稿的日子，主编大人怎么想起来给她发信息，是有什么事情吗？

于是，她也回复了一个问号。

主编大人难得关心地问：最近过得怎么样?

就这么一句话，勾起了她要狂吐槽的心。

最近房东的小女友来了，吧啦吧啦，好像很有钱，吧啦吧啦，把她当作假想敌，怎么你来我往，怎么交锋，她是怎样不示弱，对方又是怎样得寸进尺，一直到今天毁了她的小说稿……

太过分了!

她总结。

是很过分。主编大人回复，你现在在哪?

在中心广场看喷泉，不想回家。

……

中心广场的钟楼敲响了午时的钟声，王希之估计主编大人下班吃饭去了，翻来覆去看了会儿手机，也不知道该去做什么。

这时突然有人在她面前站定，王希之抬起头，震惊啊!

庄、庄景?

“你怎么会在这里？”原本坐着的她几乎是弹起来的，左右看了看没别人，她又恍然：“你是来找我的？”

穿着西装的庄景点了下头：“走吧，我带你去吃饭。”

“是主编大人告诉你我在这里的？”问句，却是肯定的语气，八卦男，王希之在肚里腹诽了主编。

庄景没正面回答：“肚子不饿？”

“饿。你要请我吃饭吗？”

“嗯。”

庄景答应得很痛快，王希之却抿了下嘴，哼，她一定要狠狠地大吃一顿，毕竟她莫名其妙受了这么多冤枉气都是因为他。

王希之扫了一圈，目光锁定一家卖各地小吃的餐厅，这儿饭点人多，不仅要排队还得挤着进去挤着出来。

八个字：人潮汹涌，沟通靠吼。

总觉得庄景不像是会来这种餐厅的人呢，她心底暗笑，有点捉弄庄景的意思。

“你要吃什么？”庄景问。

“什么？”王希之大吼着回应，“大声点，我听不清。”

庄景在她脸上看到一丝小得意，整到他，她就这么开心?

于是庄景弯腰凑到王希之耳边，轻轻说："坐在那边等我。"

王希之瑟缩了一下，庄景突然靠那么近，暖暖的气息喷在耳朵上，她一下子就慌神了，哪里还记得要捉弄他。

半个小时过去了，她终于看到庄景稳稳地举高餐盘从人群中挤了过来。

"聪明，快掐我一下，我没看错吧，那个是庄主编？"

"莎莎姐，你没看错，真的是庄主编。"

"Oh my god！主编竟然会来这里吃饭！"

呃，站在她面前的两个人是在说庄景吧？

这是碰到熟人了吗？

王希之都想偷溜了，庄景却刚好将餐盘放在她面前。

"庄主编。"元聪明赶紧侧身。

莎莎的眼珠子从庄景脸上挪到了垂着脑袋的王希之身上又回到了庄景身上，一脸笑："主编出来吃饭啊。"

"嗯，一起？"明显的客气话。

"不用不用，我和聪明已经吃过了。"

"哎，什么时候吃，哎哟。"

莎莎拧了元聪明一把："你们慢慢吃，我们先走了。"

"莎莎姐啊，我们为什么要走啊。"元聪明不解。

不过莎莎没空理她，倒是陷入了自己的分析中："据内部绝密资料显示，主编这个人有轻微洁癖，爱好清净，用餐讲究，行为习惯都很有品质，除了公司餐厅，习惯去的也都是清净有格调的餐厅，像这种几乎等同于大排档一般的存在，怎么会出现主编的身影，所以，一定是因为那个女孩。"莎莎回头看着餐厅的招牌，一副真相只有一个的模样："难道主编喜欢的是，那种类型？"

"莎莎姐啊，你在说什么，我怎么听不懂。"

"你是不懂，不过我感觉，春天要来了。"

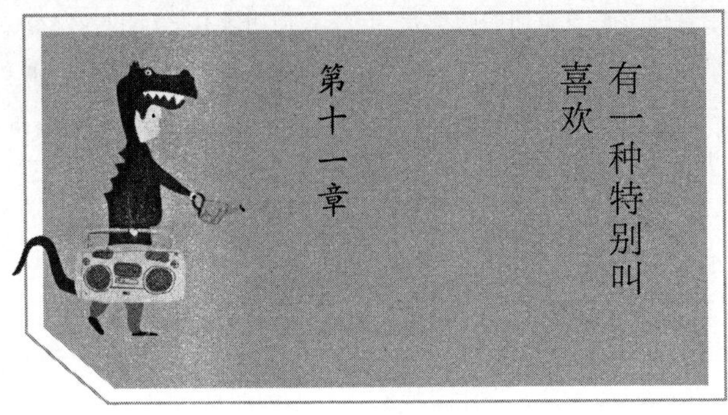

第十一章 有一种特别叫喜欢

庄景拿来的餐盘中种类很多，偏甜偏辣，竟然都是她喜欢的。

王希之这会儿觉得有点不好意思了，对她这种吃货，没有什么烦恼是吃一顿好吃的解决不了的。看着美好的食物，她倒是很虔诚，真心地感谢：“谢谢房东大人请我吃饭。”

总有一些人，看到食物之后，眼里就容不下其他的了，王希之也是如此，这类人的吃相虽然称不上赏心悦目，但绝对让你看着胃口大开，不自觉会跟着多吃一点。

庄景看王希之吃得认真，还不停地辣辣辣，好吃好吃好吃，他的眼睛里滑过一丝笑意，吃的东西好像也更加美味可口起来。

王希之吃得饱饱的，出餐厅的时候还十分有损颜面地打了一个响亮的饱嗝，她赶紧捂着嘴巴，然后看向庄景，哪知道庄景看着她，问了句：“想吃冰激凌吗？”

她点头如捣蒜。

然后，她就拥有了超大份的冰激凌，真的很大，得抱着的样子，里面除了五颜六色的冰激凌球，还插着各式各样的巧克力棒和颜色鲜嫩的马卡龙，她又激动又不好意思：“这个，有点大了，这怎么吃完啊，这太大了。”

拿着小勺子，都不知道从什么地方下手，准备下手了，又突然不好意思地看向庄景："那个，我能先拍照吗？这可是我从小到大吃过的最大的冰激凌。"

庄景点头。

王希之傻笑了，拿着手机各种角度拍了一遍后，才拿着小勺子挖了一勺送到口中："嗯，太好吃了！"

庄景淡淡地笑了，他手里只有一杯咖啡，不过，看她陶醉的表情，心情就会变得很愉悦。

吃着吃着，王希之觉得不太正常啊，房东大人怎么突然对她这么好，主编到底对房东大人都说了什么，难道是因为那打碎的盆景？

虽然是跟苏小曼斗气，可那盆景怎么说也是她打碎的，发伯爵顶锅的照片也就是气气苏小曼而已。

她看了一眼表情悠闲的庄景，突然站起来，很正式地九十度弯腰承认错误："对不起。"

庄景微挑眉。

"我不小心打碎了你的盆景，你放心，不管多少钱我都会赔的，对不起。"

"嗯，态度诚恳，勇气可嘉，那就赔一半，十万吧。"

"啊，十万！"她惊得猛然抬头，正好撞进庄景充满笑意的眸光里，她立刻恍然："你逗我！"

苏小曼所到之处没有太平一说，只言片语庄景也能把事情的经过猜个大概，他原本就没打算怪王希之。

看她有点愤愤的模样，庄景难得揶揄："你与小曼也算是势均力敌。"

苏小曼的任性妄为让所有人都头疼，本以为她会受委屈，没想到竟然斗了个不相上下，她真的很有意思，身上总有一股不服输的劲，让她什么时候都充满斗志。

庄景这么一说，她竟然还羞赧了，抿了口冰激凌才又好奇地问："房东大人，你跟她到底什么关系啊，她的脾气也忒大了！"

忒是强调，绝不夸张。

"我们小时候是邻居，原本苏叔叔也是大学教授，后来做了酒店生意，他与梅姨忙着经商就忽略了小曼，所以，她小时候是在我家长大的。"

"我是后来才发现，小曼只有在我们家和她父母面前才会很乖，其他时候性格乖戾无常，所以，从小到大她也没有任何朋友，出现在她身边的都是有目的的。"

庄景这是在为自己的青梅竹马说好话吗？所以请她吃饭吃冰激凌？

“房东大人是想让我多担待点吗？”她抬头看着庄景，虽然对苏小曼有了重新的认识，但庄景的话让她感觉很不舒服。

庄景摇头，如果是那样，对王希之而言可就不公平了：“我只是让你简单了解一下她，但绝不会干涉你们的相处。”

王希之哦了一声，低头继续吃冰激凌，过了一会儿抬头问：“那房东大人你们什么时候结婚？”

庄景闻言差点把刚喝进去的咖啡喷出来，幸好王希之低头专心吃冰激凌，没看见他的失态。

这边王希之还在继续，还挺实诚：“我觉得我是忍受不了她的，她毕业你们就结婚的话，我还得提前出去找房子。”

“是谁告诉你我们要结婚了？”庄景都想敲开王希之的脑袋，看看里面装的都是什么东西。

“青梅竹马，互相爱恋，长大结婚，顺理成章啊。”

庄景摇摇头：“绝无可能。”苏小曼对他而言就是妹妹。

“可。”她想说苏小曼一副自己肯定会和庄景结婚的样子，算了算了，她操什么心啊。

没再问，继续吃冰激凌，还顺手将冰激凌的照片发给了裴思远，配上文字，你不在，房东大人请我吃的，哈哈哈！

不过很快，信息就回复了，竟然是一张裴思远被海豚戳中屁股的照片。

唐姐？

嗯。

小远哥呢？

中暑了。

呃……

是啊，谁照顾谁呢，本来裴思远是自告奋勇照顾唐休的，可哪里知道，最后却是自己中暑了，而唐休的手机里，存了他很多糗照，包括中暑的……

难道他真的该锻炼身体了？

“笑什么？”庄景问。

“小远哥中暑了，不过唐姐说没事。”

“唐休？”庄景眯了下眼。

“是啊，小远哥在外地拍戏遇到的，幸好有个熟人在，要不中暑搁哪儿，谁照顾他啊。”

回了几个信息后，王希之突然发现已经下午两点半了：“房东大人不上班吗？”

庄景看眼时间：“现在过去。”

“远吗？”

“就在附近。”

“那，房东大人赶紧上班去吧，我会努力把这个吃完的。”

目送庄景离开后，王希之无聊地吃着冰激凌，却突发奇想，何不跟去看看《萌爱》的主编大人？说干就干！

哇，哇，哇，远远的一栋耸立的高楼出现在眼前，上面有洛神两个字，前面是一大片的绿植广场，王希之手搭凉棚，仰头惊叹。

进了一楼大厅，看着周围的人，这就是她毕业前向往的工作环境啊！对的，很早以前她的梦想就是成为白骨精，白领、骨干、精英！

只是毕业后才发现，像她这样的普通高校毕业生，社会上一抓一大把，想要成功，真的是要很努力很努力很努力，就算如此，还得看上天给不给面子，送你一份机遇。

想想，庄景就在这里工作，唐休也在这里工作，还有主编大人，也在这里工作，她身边环绕这么多成功人士，她要更加努力才行！

天道酬勤，就像小远哥说的那样，时刻准备着，否则机会真到眼前了，也会抓不住。

王希之用眼神环绕四周，走着走着就撞到了杆子上，原来是像地铁站一样的一排刷卡机，一旁有个漂亮的职业装女孩看着她的眼神不自觉流露出了鄙夷。

没办法，王希之跑出来的匆忙，随便扎个丸子头，穿着一身休闲装，休闲到只适合去菜市场买菜。

不过出于职业习惯，女孩还是露出了职业微笑：“小姐，请问您要找谁？如果是找哪位工作人员，我会帮您联系。”

这么正规啊。

“呃，不用了。”王希之转身打算离开，却见门口大步走进来一个人。

这个人穿着一身银灰色西装，一手插在裤兜里，走起路来似乎带风，后面跟着两个黑西装墨镜男。

这个人好像是上次在火锅店里见到的那个。

邱卿成一向走路带风，这是牵扯风度这个很正经的话题，就像一个男人的基本气质，他很注重这些的，在掠过一个带着崇拜眼神看他的小姑娘后，他嘴角微微一笑。

在卡机面前站定，后面的墨镜男连忙过来刷卡，一旁的职业装女孩对他微笑，点头称呼岳主编时，他突然又觉得不对劲，猛然回过了头，脑海里突然就闪过了一个镜头。

“我记得你！”邱卿成盯着王希之。

一旁那位职业装女孩闻言脸上的笑容僵了一下，然后就听到邱卿成在那儿哈了一声：“你是上次跟庄景在一起吃火锅的那个小姑娘！”

那位职业装女孩脸上的笑容僵硬了，跟庄景一起吃火锅，是庄主编的朋友吗？

“你是来找庄景的？”

“不不不。”王希之连忙晃着双手，她可不是来找庄景的，她就想来偷瞄一眼自己的主编。

“哎，跟我客气什么，全集团都知道我跟庄景的关系，走吧，我带你上去。”

“我真的不是。”

“滴。”

“走吧，我把你送过去，庄景一定会感激我的。”邱卿成一副很热情的模样，虽然庄景是他的对头，但他可是货真价实的君子，有时候，会有让人意想不到的大度，相信集团里的人看到他这么做，都会这么认为。

王希之已经没有解释的机会了，她想逃，但是两边站着身高一米八的墨镜男，她突然有点欲哭无泪，怎么好像被绑架了一样。

王希之根本不知道电梯到的第几层，根本不记得路过了哪些部门，因为不管左看右看都是彪形大汉。

一直到熟悉的名字出现在眼前——《萌爱》杂志社

欸，不是说要去找庄景吗？怎么来《萌爱》杂志社了？

还没搞明白是怎么回事，人就跟着邱卿成进了杂志社内部，还伴随着邱卿成的大嗓门：“庄景，看看我把谁给你带来了。”

汗如雨下啊，杂志社所有成员的眼光都落在邱卿成的身后，王希之的身上。

这其中，莎莎倒抽一口凉气，还看了一眼元聪明，他们这些做杂志的，最不能缺少的就是想象力，在看到邱卿成带着中午跟主编一起吃饭的那姑娘来他们杂志社叫嚣时，她真的控制不了在脑海里补充一系列精彩大戏。

庄景本来和杨连正在讨论问题，闻言抬起头，自然就看见后面垂着脑袋的王希之。

虽然他不知道王希之为什么会出现在这里，但他很快就反应过来，直接走向她。

怎么办怎么办，她也不知道事情怎么就变成这个大场面了，她该怎么解释？

“我给大家介绍一下，她就是最近在《萌爱》连载的《战斗吧，谢恩》的作者。”

欸——

别说王希之震惊，这一杂志社的人都震惊啊。只有庄景淡定从容。

王希之回过神赶紧面向众人自我介绍，那模样像个初次登台演讲的小学生，紧张了一手汗，但不忘记声音要响亮，眼神努力看向大家，却没个聚焦点：“大家好，我叫王希之，笔名大尾巴兔酱，初次见面，大家多多关照。”

一时间挺安静。

杨连兰花指一竖：“哎哟，早就好奇我们这个红透半边天的新锐作者是何许人物啦，大家鼓掌欢迎啊！”

“啪啪啪！”

莎莎凑到元聪明跟前，嘴唇微动：“这个大尾巴兔酱跟我们主编一定有关系。”

元聪明鼓掌呢，似懂非懂点点头。

“今后她将在一段时间内在这里跟大家一起办公，参与《萌爱》连载栏目新选题策划。”

庄景的话跟炸弹一样，把王希之给炸蒙圈了，什么？选题？办公？在这里？

虽然她的确很向往？但这是真的吗？

“哎呀，那太好了。”杨连很热情。

“看吧。”莎莎还在那儿小声说话。

邱卿成这才明白王希之的身份，他觉得自己的确做得很大度，接下来，应该轮到庄景感谢他了吧，他带着大度的微笑看向了庄景，哪知道庄景只是扫了一眼傻笑的王希之：“跟我进来。”

走了，哎，就这么走了。

邱卿成愣了一下神，手都探到空中了，小事一桩这样豪迈的台词都准备好了，却没机会说出来。

《萌爱》杂志社的工作人员已经再次忙碌了起来，也没人管门口站着的邱卿成。

邱卿成呢，自信帅气的一笑，对着庄景的背影："庄主编，人我已经给你送到了，可不要感谢我哦。"

说完，潇洒转身，带人离去。

庄景坐了下来，王希之还规矩地站在门口。

"坐。"

"哦。"她赶紧坐了下来，脑袋里乱成一团，没个章法。

"有什么想问的？"对于王希之的突然造访他也很惊讶

"嗯？"庄景微微挑眉。

"我就是想顺便看看《萌爱》主编长什么样子。"声音越来越小。

"现在看到了？"

"欸？"王希之愣了一下，然后她啊了一声："刚才你称呼那个娘娘腔为杨主编，不会是他吧？"不会吧，感觉主编大人虽然很八卦但还是很man 的。

庄景看着王希之，手中的小飞镖轻轻转了转："那你觉得我为什么出现在这里？"

"啊？那个，你，哎！啊……不会吧！"

看着庄景淡定的神情，王希之豁然起身，一脸震惊得不可思议，火星撞地球了吗？大清灭亡了吗？抗日战争胜利了吗？

"《萌爱》杂志主编？"王希之脸上的表情变换万千，心里翻江倒海。

"不错。"

"那《松果》文学主编呢？"

"也是我。"

"你你你为什么骗我啊？"王希之愤恨了，想到自己跟主编扒拉庄景，又跟庄景扒拉主编，她恨不得挖个洞钻进去！

"做你主编是公事，做你房东是私事，公私分明，而且，你也没问过。"

天啊，赶紧塌下来砸昏她算了！

坐在办公室里，王希之捧着果汁生无可恋，庄景已经完全进入了办公状态，好似她不存在一样。

可是呢，她的座位就被安排在庄景办公室的角落这儿，给她送笔记本的人叫和慧慧，那双眼睛贼亮，闪烁着的全是好奇的光。

脑袋里那些乱糟糟的思绪已渐渐平复，手搁在键盘上却是一个字都没打出来。

办公环境绝佳，果汁、空调、美男……可为毛有种在霸王龙的领地被觊觎的感觉呢？王希之摇摇头，错觉，一定是错觉。

已经是第 N 次偷瞄庄景了，从浓密的眉毛一路看到他握着钢笔指节分明的手，认真办公的男人果然很有魅力，就这么看着不仅不觉得枯燥，反而还有点发痴，就连那翻阅文件以及写字的沙沙声都那么悦耳动听……

“庄主编，这是我做的选题策划，请您过目。”王希之深吸一口气，这是她所向往的生活，既然来了，她就一定要做到最好！

庄景很惊讶，短短一下午，她竟然就做了三个选题策划案，他有些不敢置信地翻阅着。

在王希之昂着头自信满满的笑容中，庄景缓缓瞪大了双眼，豁然起身，双手紧紧地抓住她的肩膀，激动非常：“王希之，你简直就是个天才！”

嘿嘿，嘿嘿嘿，嘿嘿嘿嘿。

庄景站在王希之的小桌子前，看着她搂着果汁香喷喷地睡着，也不知道梦到什么，一个人咯咯咯笑个不停。

半个小时前，王希之还在盯着他看；二十分前，她开始神游四方；十分钟前，她闭上了眼睛……

人生得意须尽欢啊，杂志社的人都簇拥着她，不停地喊着：天才！天才！

只不过，这中间夹杂着“当当当”的噪音，还越来越大，一直到她猛然惊醒……

“主编大人。”王希之就跟瞌睡被抓包的学生一样，立马正襟危坐，糟糕，竟然睡着了。不知道有没有流口水？赶紧用手摸摸嘴角，还好，干的(#^.^#)

庄景嘴角微翘看了下表：“醒得很及时，刚好下班。”

和众人道别的时候，杨连提议明天办个欢迎会，大家赞同，而莎莎则不停地在元聪明耳边嘀咕着，一定有什么，肯定有什么，必定是有些什么的！

“看见没有，下班她是跟着庄主编走的。”莎莎一副福尔摩斯的模样。

元聪明尴尬啊，莎莎姐对主编和大尾巴兔酱之间的事情表现出了十足十的亢奋。

可她一点也不觉得有什么啊。

气氛是严肃紧张的，王希之坐在副驾驶上，腮帮子鼓得像河豚，她现在懊恼极了！她怎么能睡着呢？虽然这段时间被搅得严重睡眠不足，可《萌爱》杂志社在她心里那是多么神圣不可亵渎的殿堂啊，捂脸！

“做梦都在想选题？”庄景很好奇，这家伙都梦到什么了，笑得那么开心，他只听到“选题”“天才”这样的嘟囔。

王希之嘿嘿笑着，企图蒙混过关：“为什么让我来这儿上班啊？”

“我记得你对《萌爱》有很多想法，参与其中，是个锻炼的好机会，于你写小说也有帮助。”

“主编大人想得就是周到。”讲真，她现在想起来还有点小激动呢。

“另外，你需要按时交稿，而且，接下来我会很忙。”

欸？这样也可以？因为苏小曼毁了小说稿？不过他很忙是什么意思？和她有啥关系？

倒车镜里看到她纠结的小表情，庄景的嘴角缓缓上扬，那个临时的决定，目前看来无疑是个英明的决定，每天在办公室都能看到这个开心果，一天的心情一定会很不错……

苏小曼这一天过得忐忑不安，王希之出门前说的话像在她身上绑了个定时炸弹。当她看到王希之和景哥哥有说有笑一起回来的时候，Boom！爆炸了！

“景哥哥，盆景就是她打碎的，她还企图隐瞒，那可是庄伯伯送你的生日礼物。”苏小曼生气，她太生气了。

“嗯。”庄景毫无波动，反而是将手中打包的餐点递给苏小曼：“我们在外面吃过了，这是给你的。”

苏小曼根本不接，庄景见状放在餐桌上，转身上楼。

而王希之呢，她就在庄景背后对着苏小曼做各种各样的鬼脸，气死苏小曼！

面对王希之的挑衅，苏小曼气得手指发颤，转身紧跟着庄景上了楼。

“景哥哥，你是不是喜欢她？”

“小曼，不要无理取闹。”

“景哥哥，我在问你是不是喜欢她！”苏小曼低声喊了出来，她已经努力压抑自己的情绪了，但还是不甘心，为什么景哥哥不去指责她，为什么景哥哥反而来怪她，明明是她受委屈了！

庄景看着苏小曼，眼神越来越冷。

良久。

“对不起。”景哥哥的眼神让她害怕，好像下一秒就会送她离开。

“这几天把论文写好。”

“好的。”苏小曼答应，没事人一样再次露出了梨涡式的笑容：“等小曼毕业典礼的时候，景哥哥也要来哦。”

“嗯。”庄景答应。

苏小曼这才真正开心起来，十分乖巧：“那我写论文去，不打扰景哥哥了。”

说完，轻轻掩门离去。

庄景却陷入了沉思，当苏小曼质问他时，他竟然下意识地否认了，这个奇怪的反应让他开始正视自己这段时间的举动。

回想一下，他对待王希之是很特别，难道这种特别就是喜欢吗？

第十二章 庄景，神一样的存在

肖静静正在约会，四周弥漫着暧昧的气息，男友温柔地看着她，她不自觉吞了口口水，眼睛看向了他丰润的嘴唇一点一点向她靠近，她呼吸急促情不自禁闭上了双眼，心跳如擂鼓，满心期待时，手机突然响了起来。

瞥了一眼来电，竟然是庄神！

在男友懊恼的眼神中，肖静静慌忙接起电话："主编。"

"你说……喜欢一个人是什么感觉？"

"什么？"她以为自己听错了。

"喜欢一个人是什么感觉。"庄景又重复了一次，不过这次没等肖静静的回答："明天给我交份报告。"

"？？？"肖静静黑人问号脸，庄神这是吃错药了？

但她还是在男友一脸"what"的不敢置信中，拿起包飞快地跑了……

"我这样会不会很奇怪？"王希之整装待发，洛神集团哎！白骨精聚集地！她把压箱底的、有幸只穿过一次的职业裙装都翻出来了，甚至还跑去夜市买了一双恨天高……

庄景上上下下打量了她一番，微微皱眉，语带揶揄："我想……你大概没有考虑过这套衣服的感受。"气得她在他背后龇牙咧嘴，什么意思？！嫌弃本姑娘没有前凸后翘啊！

"庄主编。""庄主编早。""主编早上好！"

哇，元气满满的开始，好有感染力的画面，白骨精的第一天，GO！

王希之正激动着，突然“啊！”一声惨叫，高跟鞋没踩稳，整个人向前扑了过去。

庄景好像预料到一般转过身，稳稳地接住了投怀送抱的王希之。

大家伙都惊呆了，其中一个女孩面条泪哗啦啦流了下来，这招当年她也用过，可是，庄主编是稳稳躲开了，让她结结实实地摔在了瓷砖上，她没事，可起身的时候“咔嚓”一声瓷砖裂了，那个月的实习工资还扣了钱……

不顾大家探究的目光，庄景连忙把王希之扶正：“脚没事吧？”

在下惭愧啊！

这是王希之的心声，丢人丢大了：“没事。”

“需要我抱着你走吗？”

庄景绝对是故意的！

王希之猛然抬头刚好捕捉到他眼神一闪而过的揶揄。

她神情为难：“我觉得背比较合适。”

眼看庄景一挑眉，她立马认怂：“我自己能走。”

“笨蛋。”庄景低低说了这么一句，转身就走，不过步子明显放慢了许多。

王希之见状心中一喜，跟了上去：“主编的恩情，小女子没齿难忘。”

闻言，庄景嘴角微微一翘。

庄景今天要在松果文学部办公，他是特地来送她的，离开前，他再次打量王希之，这姑娘很紧张，穿职业装的缘故，人也很拘谨：“其实你平时那样就很好。”

“欸？”

“有什么问题给我打电话。”

杨连亲热地给她一一介绍，副主编周妙然、策划王迈瑞、美术莎莎，等等。

“各位好，初来乍到，希望各位前辈多多指点，有用得着我的地方，大家尽管开口。”

莎莎最憋不住话：“希之啊，你跟我们主编什么关系啊？”

“欸？”这熊熊燃烧着的八卦之魂是什么鬼。

“对呀对呀”造型师赵照也凑了过来：“我从来没见过主编对谁那么照顾。”

“有吗？”王希之回想，除了请她吃饭，也没多照顾吧？

可整个《萌爱》杂志社的人员都围在她跟前，在她反问时，他们竟然全部都点头。

这让她蒙圈了，实在不知道该如何回答。

还是周妙然解围：“我想主编会这么照顾希之，一方面是因为希之是新人，还有一方面，毕竟我们《萌爱》杂志能有现在的成绩，希之也是功不可没的。”

众人闻言也纷纷点头，一个个冲着王希之鼓励地笑：“希之，加油！”“大尾巴兔酱，一起努力了！”

“嗯。”《萌爱》是她的作家梦之初心，这么多年来一直坚持写作就是希望有一天，自己的文字也能带给别人温暖或希望……在那些个屡屡被退稿的日子，那些个被口水淹没的日子里，她不是没想过放弃，但心底总有个声音在鼓励她，再试一次，再试一次也许就成了。那会儿谁能想到有一天她会站在这里，为《萌爱》尽一份力！真好！

“喂，请问找谁，我就是，哦，内页插图的尺寸吗？我找找看。”

“新一期游记版的主题做古道怎样？这是我准备的相关资料，杨主编先看下。”

“这次用的校服，对，封面就是穿校服，运动系的，是，要的是那种健康向上的感觉。”

“聪明，去把这些资料复印三十套，明天开会要用。”

……

看着大家忙碌的身影，王希之主动接过资料，对元聪明眨眨眼：“我帮你。”

这一上午过得很充实，抽空她还研究了下怎么做选题。

午休过后，她打开文字编辑器，深吸了一口气，要开始创作了哦。

新转来的裴少侠特别喜欢缠着那位美女唐老师，而这位唐老师却总是拒人于千里之外。

放学的时候，裴少侠会穿着一身皮衣靠在他那拉风的越野车前，看到唐老师就厚脸皮地凑过去：“老师住哪里啊，我送你啊。”

皇上不止一次提醒裴少侠：“别忘了你来做什么的。”

“你不是让我盯紧唐糖吗？我盯着呢。”裴少侠冲着皇上挤眉弄眼。

谢恩呢，现在最苦恼的事情就是皇上总是跟在她身边，在四周所有人嫉妒的目光中，皇上拖着放学准备偷溜的她："谢恩，我送你回家。"

这样的生活，谢恩过得快崩溃了，她宁可皇上依旧对她不屑一顾，而不是现在和皇上一起成为学校里被讨论的对象。

直到有一天，一个女孩出现了。

有意思的是，她也是转校生，美丽的女孩子走到哪里都会被人讨论，何况，这么一个优秀美丽的女孩子竟然转入的还是他们班。

都有其他班级去学校那儿抗议了，为什么帅哥都转那个班，新来的美女老师也在那个班，现在来了个美少女竟然也要去那个班。

额，校长无奈，他也不知道为什么，可这都是转校生的条件啊，他有什么办法呢。

这个女孩子叫苏曼丽，很漂亮，自带傲视一切的气质，有意思的是，自我介绍后，她冲着谢恩说，皇上是我的。

自苏曼丽到来之后，学校里流言蜚语四起，皇上对谢恩更加照顾，几乎到了寸步不离的地步。

这导致苏曼丽视谢恩为眼中钉，还发动了群众的力量来整治谢恩。

可谢恩不是好欺负的，所以……

苏曼丽发现自己抽屉里多了一只癞蛤蟆。

体育课少了一只运动鞋。

考试丢到谢恩身边的小抄诡异地跑到了自己的笔袋里……

直到一个月后某天放学，谢恩和皇上并肩走在空荡的校园里，遇到迎面而来的苏曼丽。

她笑着和他们打招呼，说自己忘了带东西。却在擦肩而过时，忽然转头冲谢恩诡异一笑，细白的手指瞬间长出长长的银白指甲，闪烁着寒光向她抓了过来。

"咻"的一声，谢恩的身影一阵模糊，瞬间就出现在了皇上的身后。

"你果然是超能力者。"苏曼丽缓缓舔过银白指甲上残留的血珠子。

"曼丽！？"皇上惊怒交加护着谢恩。

苏曼丽笑了，眼里闪过复杂之色，似残忍又似悲伤："皇甫哥哥，我一直都努力在你身边做乖乖女，可你从来没有正眼看过我。"她转向谢恩，目露凶光："凭什么她可以。"

皇上脸上闪过无数复杂的情绪，没想到他一直当作妹妹的女孩，竟然是神秘组织的成员。

“谢恩小心，世界各地消失的超能力者很可能跟他们有关系。”皇上张开双臂将谢恩护在身后，低声道。

谢恩惊讶地看向了皇上，他的神情是前所未有的严肃，他知道自己是超能力者，那么他一直缠着自己的原因，竟然是在保护自己?

苏曼丽将目光投向谢恩：“死亡才是你存在的意义，我会再来找你的。”

说完，像猫儿一样飞跃到了树上，向远处纵去。

“看来，你不能回去了。”皇上对着腕表道：“伯爵，我们遇到麻烦了，让少侠来接我们。”

谢恩惊讶地看着皇上：“你到底是什么身份？”

“等到了安全的地方，我会全部都告诉你的。”裴少侠开着越野车很快就出现在了学校门前。

“怎么回事，伯爵说你们遇到麻烦了。”

痞子样的裴少侠难得严肃。

“你们，认识？”

“走吧，到基地再说。”

皇上口中的基地就是他在此地的住处。

谢恩惊讶地看着原本原木风的屋子在皇上按了几个按钮之后，不停地变换着，很快，房间就变成了像宇宙飞船一般的全封闭金属色。

“我们待在这里是绝对安全的。”皇上说。

眼前的大屏幕上出现了一只穿着燕尾服的阿拉斯加，它彬彬有礼地向谢恩行礼并自我介绍：“谢恩你好，我是伯爵。”

一向觉得自己已经不会为任何事情动容的谢恩，因惊愕嘴巴微张，机械性地转头看向皇上：“狗在说话。”

“谢恩，伯爵是全球最先进的中央电脑，也可以说是目前人工智能的巅峰。”裴少侠解释说。

“这到底是怎么回事？”

“谢恩小姐，就由我来为你解释这是怎么一回事吧。”伯爵道。

屏幕上闪过的是第一名失踪的超能力者，名字、生日、性别、国家以及拥有的能力范围，还有失踪的时间和地点。

紧接着是第二名，第三名……

两年间，世界各地已经失踪了三百多名超能力者，他们分布在不同的国家城市，拥有不同的能力。

失踪者就像完全消失在了这个世界上。

目前，他们已经推测出这些超能力者的失踪与一个神秘的X组织有关。

而他们，皇上、裴少侠就是为了保护谢恩而来，今天袭击她的，那名叫苏曼丽的女孩，拥有动物形态的超能力，她的身份无法确认，但可以肯定的是，苏曼丽一定是X组织的成员。

“我怀疑，唐糖也是X组织的一员。”裴少侠严肃道，“而且，我怀疑她在X组织里的身份不会太低。”

谢恩惊愕地看向裴少侠，他是说他一直在追求的唐老师也是？

“现在还不清楚X组织绑架超能力者的目的是什么，但从他们描述的新世界而言，必定会对目前的世界形态造成巨大的冲击和损害。”伯爵分析道。

“那，你们需要我做什么？”谢恩有点蒙，她看向皇上，学校的一切都是假的吗？他的身份是个天才，说白了，只是为了正义，那个逗她玩，在全校师生面前宣布谢恩是他的，不顾一切保护她的皇上，只是因为任务？

皇上看着谢恩，这个姑娘的眼神里有着晦暗不明的东西，他却轻松一笑：“不用你做什么，保护好自己，别被抓走就行。”

谢恩，突然感觉很难过，心里很难过，透不过气的难过……

王希之惴惴不安地坐在庄景面前，庄景正在审验她新交的稿件，前两天，杂志社的人非要给她开迎新会，当然也邀请了庄景，不过元聪明凑到她耳边说，莎莎姐他们说庄神几乎从不参加公司的饭局，所以今天肯定也不会参加。

庄神？王希之斜眼看向元聪明，怎么还有这么一个称呼？

元聪明见状觉得自己说漏嘴了，赶紧嘘嘘了半天，看了看周围没人在意她们之后才说：“希之，其实集团很多人私底下都称呼庄主编为庄神。”她还怕王希之不信，赶紧强调：“真的，庄主编在集团内部就是神一般的存在，就像这次《萌爱》杂志的事情，我都以为自己要失业了，可庄神一来，瞬间就扭转了整个局面！我们庄神根本就是无所不能的！”

王希之看向元聪明，元聪明难得遇到一个对集团内部什么都不知道的王希之，吧啦吧啦讲了庄神在集团内部各种传奇的事情，让所有人都头疼脑热的事情，到了庄神手中就是小事一桩，而且，他处理事情永远是那么冷静，甚至是不近人情。

可偏偏有他在，大家就会很安心。

神都是不近人情的，但神却能让人安心。

庄主编能被称为神，绝对是实力碾压的结果。

“而且，集团内部考职称评级什么的，都会悄悄拜庄神，特别灵验。真的，我不骗你，营销部的小都就是跟我一起进集团的，出版中级从业资格证考试他考了四次都没过，后来就偷偷在庄神路过的时候，跟在后面虔诚地拜了拜，心中默念庄神保佑，然后他真的顺利通过了。”

大家都说庄神不会来参加迎新会，可当他们都坐在包厢里，红酒开了两瓶，大家都高呼干杯了，包厢门突然开了，门口站着西装笔挺的庄神，所有人都大跌眼镜。

这是众人对于神突然走下神坛的震惊，更震惊的是，庄神对众人说了一句我来晚了之后，就很自然地站在了她身边。

她也震惊啊，大家不是都说庄神不参加酒会吗？这到底是怎么一回事啊？

可庄神不仅参加了酒会，还跟着他们去了KTV，有他在，所有人都很收敛，可所有人又很怕冷场让庄神不自在，总之，很是紧张的一次聚会。

还是她自告奋勇唱了一首欢快的歌：“金箍棒吧咯棒吧咯棒吧咯……”

“噗——”那边杨连喷酒了。

当时众人都看傻眼了，还很有默契地一同去看了看庄神的表情……

结束的时候，在大家都在安排怎么回去时，庄神也开口了：“我跟希之顺路。”

众人的表情又是古怪得不能行，莎莎一副真相早已明了的表情。

经过这两天杂志社内部的熏陶，以及各式各样关于庄景的传言，她也不自觉对庄景崇拜万分，私底下也跟着庄神庄神地叫了起来。

如今，这还是他们首次就公事面对面，以前那网上沟通根本不算什么，真正面对工作中的庄神时，她真切地感觉到了一股压迫感，应该是气势吧，身为神的气势。

“苏曼丽？”庄景抬头看了王希之一眼。

王希之立马挺身：“如果主编有异议我可以改名字。”嗯，没错，人物原型就是苏小曼，反派炮灰1号，本不觉得不妥，但这会儿庄景单独提出来，她有种小秘密被人窥探的心虚。

庄景看她紧张兮兮小狗腿的模样，心里头有点好笑，就是这样，她总是能不经意间带给他发自内心的愉悦。

对比肖静静那洋洋洒洒上万字的《恋爱指南针》报告，他现在万分确定自己对王希之的感觉，那是一个男人对一个女人的喜欢。

这种感觉很奇妙，尤其是为她破例参加酒会、KTV 后，他越发喜欢这种很有生活气息的称之“喜欢”的感觉。

王希之可不知道庄景心中所想，她还等着他关于苏曼丽的评价，却见他摇头：“不用了，不过，整篇故事偏事件化，感情推动有些慢。”

“我会注意的。”王希之点头。

“应该是作者缺少恋爱经验造成的。”

“欸？”

“你的幻想恋爱进行得怎么样了？”

王希之闻言突然脸上爆红，体表温度直飙四十摄氏度！

她想起来了，以前不知道庄景就是主编的时候，她好像说过要把房东当幻想恋爱的对象，啊啊啊，谁来救救她，谁来赐她一碗忘川水孟婆汤醉生梦死酒稀里糊涂粥哇！

王希之从庄景办公室出来的时候，整个人跟煮熟的虾子一样，在场的杂志社成员都特别同情她，元聪明还特别好心地安慰她：“没事的，庄神说话一向这么冷酷，对谁都一样，对事不对人，千万别放心上。”

呃，大家难道以为她是被训斥了吗？

不解释，不能解释哇……

这几日，苏小曼都十分听话地在家写论文，一早就听到了伯爵在门口叫，拉开房门就看见一男一女正在开隔壁房门，男的很帅，不过女的，穿了一身紧身的红色衣裙，夺目耀眼，她都已经够高了，穿着高跟鞋的对方竟然比她高出一头来。

“你们是？”苏小曼率先问道。

“小曼吗？我是庄景的师弟裴思远。”裴思远露齿一笑，算是打招呼了。

裴思远？苏小曼点点头，景哥哥跟她说过，除了王希之，还有一个演员也在这里住，就叫裴思远。

不过，她的目光却是看向唐休的。

戴着墨镜的唐休觉得有点奇怪，这个年轻貌美的小姑娘怎么用一种敌视的眼神看着她，平日里她可能不会理会，但对方住在对面，跟裴思远他们认识，她自然也要打个招呼：“唐休。你们的邻居。”

邻居？苏小曼看着唐休，打扮得这么妖艳就住在景哥哥的隔壁，一定对景哥哥别有用心，哼，像唐休这样的女人，她见多了。

相比之下王希之就不够看了，唐休这样的才是深受成熟男士喜爱的。

不行，必须扼杀！

于是，她直接开口断绝唐休的念想："做邻居，就要做安分守己的邻居。"

这话一出口，唐休和裴思远都愣了一下，互看了一眼，唐休取下墨镜："小姑娘，你在说什么？"

取下墨镜的唐休面容精致万分，这让苏小曼更加紧张，说话也更加犀利："听不懂吗？我是说整日里花心思打扮得花枝招展，不就是想吸引男人的注意力吗？不过，我想告诉你别白费心思了，景哥哥是不喜欢你这样的。"

这下唐休和裴思远总算听明白眼前这小姑娘到底在说什么了，唐休可不是王希之，她也不生气，只是用她那双漂亮的眼睛上下扫视了苏小曼，突然勾起红唇，从苏小曼的胸前对上苏小曼充满敌意的眼睛："庄景对我没兴趣？那他肯定对你更没兴趣。"说完，收回眼神时，再次扫了一眼苏小曼的胸部，脸上露出轻蔑的笑容来。

"你！"苏小曼第一次遇到唐休这样在社会上身经百战的女强人，那丝嘲讽的笑容让她无比难堪，好像她就是个无理取闹的小孩子一样，而且，她看着唐休那红裙紧紧包裹的弹性十足的胸部，咬了下唇，竟然什么也说不出来了。

何况此刻唐休已经开了门，拉着行李箱优雅进屋，关门前，还不忘对苏小曼说一句："再见了，小妹妹。"不知道是有意还是无意，那个"小"字重重地咬了一下。

"气死我了！"苏小曼气得不轻。

已经提前得到音信的裴思远赶紧打了个哈欠："小曼，我这赶戏太累，我先去冲澡休息了。"

苏小曼哪有空搭理裴思远，她满心思都在唐休身上，甚至都想到要与王希之联手了……

到了晚上，果然敲开了王希之的门。

"苏大小姐，这么晚了有事吗？"

"我愿意暂时与你和解。不过，你必须答应跟我站在统一战线对付隔壁那个女人，我今天见到她了，一看就知道想勾引景哥哥。"

隔壁那个女人？欸，她说的是唐姐吗？

第十三章 吾家有女初长成

这下王希之真的哭笑不得了，苏小曼这是有被害妄想症吧？

总有刁民想害朕，是这样的吗？

最近苏小曼完全把目标转移到了唐休那，废寝忘食没少下功夫研究作战策略，因此，王希之也得闲了几日。和唐姐斗，岂不是自取其辱。

早餐依然是她做，战争和平期就是苏小曼也没有再挑三拣四。

清粥小菜，四人同坐，裴思远夸她手艺进步了，她正笑得得意，手机响了一下，低头一看竟然是安倩发来的。

“谁啊？”裴思远问。

“安倩，就是上次火锅店那个系花，让我明天参加同学会呢。”她撇嘴，在学校安倩就喜欢搞小团体，什么美女协会，白富美精英团，说白了，就是每月消费上万元才有入会资格，这样的人组织的同学会，能好到哪里去，一定是炫美炫富炫男友咯，没意思。

“在什么地方？”

“蒂斯酒店。”

“哇哦。”苏小曼露出怪异的笑容：“看来你们的同学会一定很正式了，需要我借你小礼服吗？我有带哦。”

“为什么会很正式？”她完全不懂。

“因为蒂斯是非常高端的酒店，在那儿举行的聚会规格一般都比较高。”资深娱乐圈人士裴思远解释。

果然，是真没什么意思啊。

刚想拒绝，电话就过来了。

“我有事。”她说。

可电话那头根本不给她拒绝的机会，很多同学都会去，谁谁谁说特想你，有事那就推了呗，同学聚一次可不容易，再说，她安倩难得亲自组织同学会，不会这么不给面子吧？是不是现在混大了请不动了？等等之类让王希之觉得拒绝起来十分难堪的话。

“唉。”挂了电话，长吁一口气。

抬起头，餐桌上的其他三位都在看她。

手机声音有点大，大家竟然都听到了。

“不就是个聚会吗？为什么不去？”苏小曼哼笑一声，电话那头的人实在让她不爽，“你的礼服包在我身上了。”

看着苏小曼同仇敌忾的模样，这明显是把她当同盟所给予的帮助。

愁人啊。

“用不用我假扮你男友？有我这么一个颜值爆表、气质出众、举止绅士的男友在身边，绝对让你倍儿有面子，哥演技超神，保证不露馅。”裴思远自告奋勇。

“对啊！”王希之惊喜得以拳击掌，觉得十分可行。

只不过话音刚落，庄景就开口了：“明天我送你过去。”

“欸！”

三个人异口同声，动作神同步看向庄景。

景哥哥是什么意思？苏小曼震惊。

师兄送希希？那他这个假男友往哪儿搁？

庄神要送她？啊啊啊，为什么啊？

三人心思各异，唯有庄景慢条斯理吃着早餐，顺便提醒王希之：“要迟到了。”

“啊！哦。”王希之赶紧扒饭。

出门前，苏小曼很热情地叫了一声希之，扑过来抱住了她，却在耳边小声地警告：“景哥哥好心，你可别以为近水楼台能得月。”

呃……

果然还是时刻没放松啊！

王希之偷瞄了一下庄景，棱角分明侧颜完美，汗，她在想什么啊！

可庄神到底是什么意思？要是明天大家误会庄景是她男友，又偷瞄一眼庄景，哇，造物主何等厚爱他啊！

想想那场面，那场景，呀呀呀！嘿嘿嘿！

她都乐出声了。

“在想什么？”

王希之立马收敛笑容：“没，没什么。”

庄景嘴角微扬：“是想明天的聚会？”

“嗯。”王希之点头，小心地看了一眼庄景问：“那个，为什么明天送我过去？”

“出席集团的酒会，也在蒂斯酒店”庄景道，只不过原本他没打算参加。

“哦。”庄景这个撇清式的回答让她有那么一点点失落……

王希之坐在马桶上，她正在带薪上厕所，方才苏小曼联系她了，让她下午请假，说要好好捯饬捯饬她，说什么，无论如何是景哥哥送过去的人，太寒碜会丢她的人。

这都什么跟什么啊。

“昨晚技术部李经理喝多了，说了一个秘密。”

“什么秘密？”

“上周末，他和唐休去开房了。”

“真的吗？这唐休真是放荡，不知道踩了多少男人才爬到今天的位置。”

“就是，跟老总有一腿就是了，听说连集团旗下的小明星都不放过。”

“可不是，李经理可是个老实人，啧啧，唐休的手段可真是不一般。”

“要不怎么会眼看三十了还嫁不出去。”

“谁敢要啊！”

“嘭！”一声，王希之用力推开门。

她怒目圆睁，放屁，统统放屁！

上周末，唐姐还在外地照顾中暑的小远哥呢！

两个女人吓了一跳，一看只是个陌生小姑娘，虽然看着恶狠狠地却没打算当回事。

王希之正打算怒斥她们。

哪知道，旁边的门就开了，唐休踩着高跟鞋“咯噔咯噔”优雅地走了出来。

场面很尴尬啊，不过王希之竟然觉得好解气。

谁能想到唐休也在带薪上厕所呢？

唐休洗手的动作很优雅，洗手间里空前安静，只有流水的哗哗声。

大家都看着唐休，看着她慢条斯理地洗手，擦手，扔掉手纸朝门外走去，与那两人擦身而过时，其中女职员A突然尴尬地打招呼：“唐经理好。”

女职员B赶紧捣A一下，随即赔笑。

唐休这才驻足，只是随意瞟了一眼A、B两位胸前的名牌：“你们的杜撰能力很强，待在网络运营部好像太委屈二位了。”她勾起红唇微嘲，“公关部更能发挥两位的才华，明天来公关部报到吧。”

说完，根本不理会A、B如丧考妣般的神情，转身离去。

哇，唐姐威武，气场二米八，压制到连她都不敢呼吸了。

王希之幸灾乐祸地看了一眼A、B，一溜烟追唐休去了。

“唐姐，这些人真过分，净胡说八道，子虚乌有的事情，她们还编得有鼻子有眼。还有那个李经理，我可以给你作证，我们当面对质。”

看着愤愤不平的王希之，唐休突然开心地抱住了她：“哈哈，希之你真可爱！”

这一抱，把王希之给抱懵了，额，唐姐的胸压着她的脸，好软。

“看过《西西里的美丽传说》吗？莫妮卡•贝鲁奇主演的。”唐休在咖啡间冲了两杯咖啡。

王希之接过一杯，摇摇头：“说什么的？”

唐休啜了口咖啡，有点出神，然后才说：“与众不同吧。”

或许，是她还不够努力，爬得还不够高，还没有拥有绝对的话语权，让那些因为羡慕而嫉妒，继而非议他人的人闭嘴……

假请得很顺利，虽然王希之十分不情愿，但搁不住苏小曼的热情。

试了几件合身的，只是看到随便一件都是上万的标价时，她犹豫了。

“衣服就是一个人最直观的标签，代表你的品位、眼光、身价，人都是庸俗的，不管是谁，最先看到的都是外表，外表都不过关，谁还关心你的内在啊。”

所以，一狠心一咬牙，王希之买了一件迄今为止最贵的裙子，简单大方的白色一字领小礼服，除了比较正式的场合，平时约会也可以穿。当然，苏小曼不忘再次重申她帮忙的目的：“隔壁的唐休怎么看都很危险，我不在的时候，你也要帮我防着她。”

王希之在一旁翻白眼，被害妄想症后期患者苏小曼：“我觉得你还是防伯爵吧。”论亲近，伯爵才是真正的隐患，哈哈哈。

苏小曼瞥了王希之一眼，大敌当前，她也不与她计较：“反正你记住我的话就行了。”

额，她和苏小曼之间的沟通存在一条沟，还是马里亚纳海沟……

蒂斯酒店位于这座城市的西北方，因为滨湖的原因，占尽地利，环境上自然是没得说。

王希之有点紧张，原因一，她第一次穿得这么正式，拿着红色的小手包，手腕上是玫瑰金的手链，脚上还穿了一双淡金色的高跟鞋，化了淡妆，还把头发高高地挽了起来，怎么动都很别扭。

原因二，是庄神，啊啊啊，他穿的是剪裁得体的银灰色西服，冷色调的蓝色领带，配上那张绝世冷漠脸，整个人看起来带着禁欲系的绝对诱惑！那一颦一笑略带低沉的声音啊，都是令人窒息的操作！

这样一个尤物，竟然对她说：“你今天很漂亮。”

不是漂亮，是很漂亮！

她觉得自己当场就爆炸了，心在扑通通乱跳，脸上火烧火燎……

王希之确实让庄景小小地惊艳了一下，平日里那个可爱的小女生好像一夜之间长大了，挽起的长发露出了优美白皙的脖颈，一字领的裙子也露出她小巧的锁骨，还有那精致的妆容，青涩却又淡淡的女人味，就连平日里可爱的笑容也变得有些撩人。

他不自觉地帮王希之整理了耳际的碎发，惹得她脸颊像红透的苹果，那一瞬间，他又不自觉地看向了那鲜艳欲滴饱满的红唇，竟然有了一瞬间的冲动……

心中所想让他大为讶异，他偏移了目光，这一瞬间，听到了王希之抓紧时间呼出一口气。

突然间就想笑了，他的希之啊，刚才也很紧张呀。

心中竟忽然有种吾家有女初长成的感觉，还有种想带出去又想藏起来的矛盾感。

车子开出去，一路闲聊，他总是不自觉地把目光落在王希之身上，这姑娘偶尔与他四目相对，就赶紧把眼神错开，假装看风景，可脸却红呢，红到了耳朵后，傻得可爱。

眼看要到蒂斯酒店了，他发现王希之开始紧张起来，拽拽裙子，抠抠手包，不由得出声询问：“用我陪你吗？”

“啊！”王希之叫了一声，连忙摆手：“不用不用，我就是不习惯，深呼吸两下就好了，深呼吸。”

还真去做深呼吸了，腮帮子鼓得跟河豚似的，然后缓缓吐出来。

庄景淡淡地笑了，只不过闭眼努力深呼吸的王希之没看见，就听庄景继续说：“自信会让人变美，你可以想象唐休的样子。”

“欸？”王希之睁开眼，唐姐总是挺直腰杆，高跟鞋的响声也让人很有压迫感，她不由地点点头。

“唐休的无脑自信也很适用你。”庄景的话。

汗……

唐姐，庄景说你无脑。王希之在肚子里腹诽。

滨湖路的尽头就是蒂斯酒店，酒店这边有人立刻认出了庄景过来打招呼，王希之是跟着服务生上去的，三楼最豪华的包间。

推开门时，原本热闹的包间瞬间安静了下来。

安倩着实愣了一下，因为她第一时间没认出来门口那人是谁，直到王希之的同寝室友叫了一声：“希之！”

大家才反应过来，来的人，竟然是当年学校里清汤挂面永远运动鞋马尾辫的王希之！

瞬间哗然，原本围着安倩热闹寒暄的人，都聚在了王希之身边，问东问西。

“没想到咱们中间还出了个当红作家，才华横溢啊希之。”

嗯，他们这些中文系的，毕业后除了当老师就是考公务员，要么进公司当个文职，再就完全跟专业挂不上钩了。

作家，还真就王希之一人。

这跟看稀罕似的，整个同学会的话题都围绕着王希之在转圈。

同学们的热情让王希之难以招架，她只能谦逊地笑着，这不都开始吃饭了还不消停。

这让安倩十足的不痛快，她家是做企业的，自己毕业通过父母的关系进了一家大公司做文职，工作清闲工资又高，父母又在公司附近给她买了房，逢休假就出国玩，钱是想怎么花就怎么花，多少人羡慕不来。

她组织这次同学会，当然也是存心让大家看看她如今过着多么优渥的生活，原本之前大家都是围着她转的，那羡慕的眼神让她满足得不得了。

可现在，王希之倒成了大家羡慕的对象了，通过写作被发掘签约，稿酬上万，前途无量，相比她这种先天优渥的，反而极为惹眼。这有什么好羡慕的，人一出生就分了三六九等，多数人甚至在起跑线上就是个负分，就算王希之成了作家，她写死了也不过能在这座城市给房子付个首付而已。连她的小指头都比不过。

于是，安倩几次三番抢话题，王希之巴不得呢，话题一直围绕着她转她也很尴尬啊，连口饭都扒拉不到嘴里，饿死了，这会儿当然是抽时间，吃东西啦！

只不过安倩时不时看时间，就有人问了："安大小姐不是一会儿有约吧。"

安倩淡淡一笑："我男朋友在楼上参加酒会，待会儿跟他一起回。"

欸，这么巧，庄神也在楼上参加酒会。

"哇哦，谁呀，好厉害，我听人说今天楼上的酒会参加的可都是全国各地的精英啊！"

安倩有意无意瞥了下王希之："他呀，刚回国，是《STAR》的主编呢。"

"哇，是不是很帅？"

"帅吗？不觉得，在我交往的男朋友中，他的长相算中等偏上。"安倩的表情越发不以为意。越是如此，众人的好奇心就越旺盛，围着她巴拉巴拉……

王希之呢，偷偷吁口气，虚与委蛇的客套对她而言根本就是煎熬，专心致志地吃饭才是她的特长。

只是有人不让她安生啊，晚宴快到尾声时，门突然打开，服务生们鱼贯而入，众人脸上都带着惊喜，以为是安倩给大家安排的。

谁知道安倩一脸不悦："你们做什么？我们这里正在举行聚会。"

领头的像是经理，却是径直走到王希之身边。

呃，什么鬼？

王希之表情那个懵啊，倒是那经理彬彬有礼："苏小姐得知王小姐在这里和同学聚会，特别为王小姐以及王小姐的同学每人送上一只澳洲龙虾。"

苏小姐？苏小曼！

手机传来苏小曼的微信，王希之看了一眼：龙虾给你上了吧？不用感谢我，景哥哥带过去的人，我一定让她最有面子。

汗，脑回路清奇啊，幸好庄景有告诉她苏小曼的底细，要不然真怕被她坑了而被迫留在酒店抵龙虾债啊。

"希之，苏小姐是谁啊？"

"这么多龙虾，哇，赞爆了"

"对啊对啊，我们可以吃么？"

目光聚集在她身上，都等着她回答。

"呃，她是。"王希之叹口气，看来安生吃饭是不可能了。

该来的总会来的。

“她就是蒂斯酒店老板的女儿。”

果然，又炸。

“真真正正的富二代呢！”

“哇，上流名媛欸。”

不管周围人说什么，她都只是点头，然后，把大龙虾吃干净！

安倩的脸色很不好看，气得她手在桌子下面都快把衣角给绞烂了。

吃饱喝足，众人浩浩荡荡离去，在酒店大堂看到一众西装革履的成功人士，年轻、英俊、多金！

女同学看了双眼发光，男同学看了心神向往。

安倩欢快地揽住一个帅得发光的男人，向大家介绍：“林晟，我男朋友。”

“哇，安倩，这么正。”

众人叽叽喳喳地围在安倩和林晟的周围，林晟笑得很得体。

叮咚，那边电梯又出来一个穿西装的，那人一出现，众人哗然，哇塞，今天是怎么回事，高档酒店就是不一样，出入的人品质都这么高！

来人可比林晟帅多了！

林晟看到来人，几步走了过去，无比自信地伸手：“庄景，没想到酒会上能遇到你，真是难得。”

酒会上需要寒暄的人太多，没有机会和庄景多说，所以他特地在这里等了一下。

庄景看了一眼林晟，简单握了下手，点了个头。

林晟还想说什么，就看到庄景的目光锁定了大堂里的一个人：“希之，该走了。”

希之？王希之？

好嘛，同学们石化了，王希之到底走了什么狗屎运！这么帅的男的，竟然跟她认识？

这真的是学校那个清汤挂面吗？这也太，深藏不露了吧？

安倩也呆住了，她认得庄景，上次在火锅店的那个，只是她没想到林晟也认识，而且还一副急于结交的样子。

倒是王希之，同学会不胜其扰，下来之后躲在一边玩手机，还是庄景叫她，她才反应过来。

“走吧，回家。”

“哦。”

就这么乖乖地跟着走了。

这一幕看呆了众人，人气作者，富豪朋友，帅多金男伴，啧啧，尤其是最后这个大帅哥，连安倩当主编的男友都要过去主动握手，身份不一般呢！

安倩握紧了拳头，手指甲都掐肉里了。

林晟从这些人叽叽喳喳的讨论中得知了王希之的身份，《萌爱》杂志的签约作者，是庄景挖掘的草根作者大尾巴兔酱？

林晟的眸光，微微一闪。

王希之在杂志社过得十分充实，每天都能学到新东西，每天都很惊奇。除了帮大家做些力所能及的事情以外，她也开始做自己的选题。

只是杂志社的人对她依然是好奇加客气，好像在履行不远离不亲近不得罪的三不原则一样，她估计这是庄神带她来，并且特殊安排座位的负面效应。

不过，庄神很忙，同在一个办公室，他每次来《萌爱》不是埋首一堆文件里面，就是给大家开会，敲定方案，合作对象，等等。

王希之再一次感受到了庄神无边的魅力，难怪集团内部都有暗恋庄神的战斗连，听说还建了群，不定期分享庄神动态，汗……

工作中的庄神，一举一动美如画中仙，会议总结的时候一字一句，缓缓道来，每一字从他嘴里说出来的时候，好像都经历了一番千锤百炼，以至于很有力量。

她为曾经在庄神开小灶上课时而神游的事情感到万分惭愧，双手合十，虔诚祈祷，庄神啊，原谅她曾经的无知！

新选题她已经有了目标，就是美食，隐藏在高校食堂的十大美食，这段日子她埋伏在各大高校论坛的美食专区，收集整理资料，并发起了投票，果然高校同学们热情高涨，投票帖后面都有Hot小火苗的标志，回复中不仅有食堂美食，更多的还有被食堂黑暗料理支配的恐惧……

嗯，食堂界的十大黑暗料理也是个不错的选题，哈哈哈！

第十四章 风波起自吉祥物

“小王哥，你这里有选题的模板吗？”

“邮箱多少我发给你，还有，叫我迈瑞就可以了。”王迈瑞很豪爽的样子，王希之连连道谢。

杰瑞切换着封面照片给杨连看：“不行，这张放上去《萌爱》就成体育杂志了……”

“对了，聪明，曼特奥那边把钥匙扣样本送来了吗？”周妙然边打字边问。

“刚送来，副主编你看下。”元聪明正在复印文件，闻言赶紧把样本拿了过来。

那是个绿色的透明小精灵，大脑袋大耳朵，一团火红的头发，眼睛很大但看着不甚精明，蠢萌蠢萌的感觉。

周妙然一眼就喜欢上了，跟杨连凑一块，两人嘀嘀咕咕说了半天，还都挺满意。

这是《萌爱》突破一百万册后，一直在准备的小赠品，也是他们《萌爱》杂志社准备推出的吉祥物，专门找了设计师做的，设计稿是庄神拍的板，取名就叫团子。

送来的团子样品看起来就让人爱不释手，相信大家一定都会喜欢上它的。

元聪明那边复印好了文件，抱起来准备往外送，周妙然满心欢喜："聪明，去把赠品数量跟曼特奥公司敲定下。"

"哦，好。"元聪明答应了一声，脚下却一滑，手里的文件呼啦全掉地上了。

她赶紧蹲下来收拾，王希之看见了也赶紧过来帮忙："这些文件都很重要吧。"

"是啊，主编说要送到楼上会议室，下午开会要用，还有好几套要复印，今天上午都不一定能弄完。"元聪明噘了噘嘴，有点想抱怨，面对王希之却没说出口，心里却委屈，跑腿的总是她，这个也叫她，那个也叫她，没人管她手头还有没有其他的工作。

"既然这样，我帮你给曼特奥那边打电话，你给我个数就行了，一会儿我再帮你把复印的资料整理装订。"

"真的吗，希之，太谢谢你了，数字在我桌子上，粉红便签那张就是。"

粉红便签就一张，贴在电脑上，王希之看了一眼，上面写了一百二十万，她查了电话就给曼特奥那边打过去了："您好，是曼特奥公司吗？这里是《萌爱》杂志社。嗯，样品看过了，就照着这个做，一百二十万，对，确定，好的，谢谢。"

挂了电话，王希之呼了口气，干劲十足的她跑去帮元聪明装订文件去了。

苏小曼要走了。

写论文压根儿就是个借口，她从小接受精英培养，怎么也不会在写论文上为难。毕竟六月毕业季，学校还有很多事情要做。而且苏小曼还要去英国深造，自然不能在这里多待。

临走前，她做了帝王蟹炒饭给苏小曼，没有放葱姜蒜。

但苏小曼也抓紧时间警告她："就算我不在，你也别妄想景哥哥，景哥哥是我的。"

呃……

也没忘拉同盟："要禁止对面那个女人接触景哥哥，有动静和我报告"

呃……

然后，在她和裴思远一致的微笑拜拜中，庄景送苏小曼去机场了。

"终于走了！"她往沙发上一摊，满足啊，苏小曼是不坏，但那股子神经兮兮时刻防贼的态度实在让人吃不消啊。

"希希，晚上要不要庆祝一下？"裴思远歪着头神秘地笑着。

“庆祝什么？庆祝苏小曼离开啊？别逗了。”王希之拿着水蜜桃啃了一口。

“怎么会，哥是那么浅薄的人吗？”裴思远笑，“当然是庆祝哥接了一个男五号的角色！”

“真的！”王希之蹦了起来，惊喜呀！

裴思远展开合同：“看，大导演大制作大明星，《大风起兮》电影的男五号！”

“万岁”王希之激动地都说不出来话了，却是猛然抱住了伯爵，呃，沉，脱手了，改拉爪子：“伯爵，你看见了吗？你哥他终于拍电影了！男五号！男五号！”

好嘛，晚餐做得十分丰盛，名为庆祝，怎么能没有蛋糕呢，所以王希之花了一下午的时间做了个蓝莓蛋糕。

裴思远布置餐桌，还点了蜡烛，美美的烛光晚餐……

庄景回来后就看到两个人在那儿折腾，伯爵也异常兴奋围着桌子转圈圈，庄景抱胸看了一会儿，感觉像在看俩傻子，俩特富有活力和生活气息的傻子。

让人开心呢。

所以，就这么看着他们忙来忙去，竟然一点都不觉得无趣。

等一切准备就绪，三人坐在餐桌前。

“在这儿吃没感觉，要不挪到露台上？”王希之突然提议。

好嘛，庄景和裴思远觉得可行，要知道，庄景的露台还是很漂亮呢，露台上有藤桌藤椅，很快就倒腾到了露台上。

此刻，晚上八点左右，夜幕降临，露台外灯光点点。

“祝词。”庄景示意了王希之。

欸，要不要这么正式啊。

心里是这样想的，但她还不自觉站了起来，咳了一声清嗓，而后郑重宣布：“庆祝小远哥获得男五号。”

裴思远笑着举了下酒杯。

“庆祝，庆祝盆景事件圆满结束。”

是的，在庄景察看之后，盆景没什么毛病，主要就是盆摔碎了，她自告奋勇负担了盆的费用，当时不知道好几千，事后看着剩余的存款金额，眼泪止不住地往下流。

“还有吗？”庄景看着王希之，眼神中带点戏谑，是喜欢逗她，更喜欢看她的反应。

“那个。”王希之绞尽脑汁正想着。

忽闻隔壁传来细软绵长的“嘤嘤”声，这声音，有点耳熟啊……

“叮咚。”

门开了，唐休戴着个墨镜，看着门前的三位，有些高冷的样子：“有事？”

画面如出一辙，却是今日非同往日，这真，有点熟了。

所以，裴思远一个箭步过去摘掉了唐休的墨镜：“唐姐，大晚上戴个墨镜做什么？”

就这么一摘，唐休来不及反应，就把哭红的双眼暴露在了三位的目光之下，羞赧？害臊？不好意思？或者是尴尬？

唐休这会儿什么情绪都有，唯一的念头就是把自己藏起来。

女强人唐休在家里哭鼻子，传出去简直就是大笑话。

可禁不住裴思远和王希之的关心啊，尤其是裴思远一个劲儿地问：“唐姐你怎么了？遇到什么难事了？我能帮上什么忙？”

连珠炮似的。

好像她不说出点啥，这门今天就甭想关上。

而且，看着他们这么关心自己，她的眼眶突然就又热了，是有点扭捏和不好意思，人却是大大方方地说：“谢谢你们关心，今天是我的生日，所以……”

“那太好了！”王希之在一旁拍手，“我们正愁该庆祝点什么呢，刚好为唐姐庆生啊！”

“是啊，唐姐，一桌子好菜，就等你呢！”裴思远在一旁加把劲。

唐休的目光却是看向了屋主人，庄景。

王希之和裴思远立马也看向了庄景。

“房东大人。”王希之一脸企求。

“够吃”这是庄景的话。

“Yes！”裴思远高兴坏了，拉着唐休就走。

“等我十分钟，我换身衣服。”

唐休很正式，正式得让王希之他们仨目瞪口呆。

话说，唐休的动作迅速啊，十分钟的时间，不仅给自己化了淡妆挽了头发，还换上了一身黑色晚礼服，手中还拿着一瓶珍藏的红酒。

呃……

王希之不由得看了一眼自己的卡通花裙子，庄景的居家服，以及裴思远的短袖大裤衩……

唐休也发现了自己的格格不入，这是她从小到大第一次被朋友邀请的家庭式聚会，导致一向在宴会上如鱼得水的她，突然有点不知所措了。

她是自信的，自信从容地与社会上各色人等打交道。

可，今天这样的邀请，她突然有点茫然了，竟然不知道该如何相处了。

还是裴思远拉她过来："唐姐，这边坐。"

红酒"啵"的一声打开，唐休终于露出自信的笑，优雅迷人："很高兴能参加你们的聚会，时间匆忙没有准备什么特别的礼物，各位见谅。都说有缘千里来相会，今日能相聚在一起，唐休在这里祝各位前途广阔事业辉煌。"

说着，端起了高脚杯。

尴尬啊，这不就是一普通的家庭便饭吗？为什么唐姐搞得好像在外面应酬一样……

王希之赶紧端起酒杯，配合一下，她看向庄景，却发现他明显表情不善，她连忙拽住了庄景的衣角，得拦着啊，房东大人一旦出口，必定伤人于无形啊。

裴思远也尴尬啊，却是把站着的唐休给拉坐下来："唐姐，你放松点啊，朋友聚会，随意。"

王希之也赶紧跟着猛点头。

唐休心底茫然了，手心突然就冒汗了，朋友聚会，她从来没有参加过，应该怎么做呢？

最怕气氛突然间安静，看来暖场的重任又落在她身上了。

王希之噌地起身，一副义不容辞的模样："来，我们一起给唐姐唱生日歌！"她拍着手，唱得欢快："祝你生日快乐，祝你生日快乐……"

结果那仨人就直勾勾看着她，没人跟唱，导致她全程尬唱，愣是唱出合唱的感觉（┬┬﹏┬┬）："那个，唱得不好，献丑了献丑了。"

"不，唱地很好。"这是庄景给的肯定。

"嗯，唱得很好，真的很好。"唐休被感动得一塌糊涂，这是第一次，有人为她过生日歌，还有人为她唱生日快乐歌，真的，好开心！

裴思远也算看明白唐休是怎么回事了，她好像真的没什么朋友，压根儿就不懂得怎么参加朋友聚会吧？

"来，唐姐，别客气，尝尝希希的手艺，这可乐鸡翅不错。"裴思远忙着给唐休夹菜。

气氛就这样，突然活跃了起来。

王希之也像得到鼓励一般："唐姐，等我一下，我给你做长寿面。"

"不用麻烦了。"唐休不好意思。

庄景却接口："不麻烦，家里都是方便面，泡一下就好。"

汗……

看着热情招呼她的裴思远，说话噎死人的庄景，忙来忙去的王希之，唐休突然感觉，朋友，真是一个让人感觉到幸福温暖的字眼……

"让开让开啦，面来了。"

欢声笑语中，唐休把泡面一口一口吃完了，好撑，好胀，可真的是满满的幸福，幸福得让她想哭。

"Happy Birthday！"裴思远端着插着一根蜡烛的蓝莓蛋糕。

更难得的是庄景，默默地将桌子上收拾出了位置放蛋糕。

唐休感动的眼泪还是没忍住，她用手背擦掉眼泪："谢谢。"

"该许愿了。"

"吹蜡烛！"

四只高脚杯举起来。

"干杯！"

谢恩被皇上和裴少侠严密保护了起来。

在第三天的时候，谢恩终于爆发了，她要离开基地："我能保护我自己。"

皇上挡着："你根本不知道你要面对的是怎样的对手。"

"那又怎样！我不是犯人，也不需要你的保护！"谢恩恶狠狠，是的，她不需要皇上虚情假意的保护！

什么破组织，她根本就不关心，她想要的，就是恢复原先的生活，没有皇上，只有谢恩，独来独往无懈可击的谢恩！

谁也奈何不了她，她也不会像现在这样难过失望。

可皇上不放她走，所以她只能逃。

在经历了无数次逃跑失败后，皇上和裴少侠终于妥协，并带她出来有目的地放风了。

这次是去参加唐糖的生日会。人很多，谢恩成功甩掉皇上，躲在花园里，却意外看到一个七八岁的小女孩蹲在一只受伤的小猫跟前，她的小手发着淡绿色的光芒。

只见小猫腿上的伤口以肉眼可见的速度消失了。

谢恩惊讶，小女孩发现了谢恩，慌忙在嘴前竖起一根手指“嘘……”

同是超能力者，她和小女孩一见如故，一时兴起要请小女孩吃冰激凌。

“你等着！”

只是等她回来，小女孩却是昏倒在地……

绝症，就在这几天了。

医生这么说。

谢恩简直不敢相信，明明刚才还好好的！

无数黑衣人护在小女孩的病房外，代表着她身份的不一般。

她终于单独见到穿着病号服的小女孩：“你不是有治愈的超能力吗？”

小女孩大大的眼睛里含着泪：“小姐姐，我的超能力消失了。”

消失？刚刚不是还有？

小女孩摇头，“姐姐你走后，我就被人打晕了。”她仰头看着谢恩，“小姐姐，我会不会死掉？我害怕。”

谢恩坐在医院的楼梯间，埋着头闷着声哭。她第一次感受到死亡离自己如此之近。

这样的谢恩让皇上突然感到心疼，他蹲下来把谢恩搂到自己怀里。

“你能救她么？”

“好。”皇上答应。

交完稿，王希之正激动非常地琢磨着选题，论坛上隐藏在食堂的十大美食已评选完毕，有两家高校就在本市，她还坐地铁专门去试吃了，并随机采访了校园里的同学，再三确定十分好吃，当之无愧。

选题目的、执行细节、合作方备选等她都在策划里写得很清楚，看着王迈瑞认真翻看着方案，她内心还是忐忑万分。

就在这时，副主编周妙然接了个电话，一向温和的她声调突然拔高：“什么？一百二十万个？开什么玩笑？我们这期杂志发行至少在一百四十万册，吉祥物需要一百五十万，发行在即，这可不是闹着玩的，搞错会给我们杂志社造成巨大损失，什么？数字是我们这里报的？好的，我知道了，我会查清楚的。”

“啪”一声电话挂断的声音好像震得整个杂志社都跟着颤了一下。

所有人都看向了周妙然，杨连赶紧安抚：“怎么了妙然，天大的事儿也不值当发那么大的火气，女人生气老得就特别快，来，喝口水消消气。”

周妙然人在气头上，没接杨连递过来的水直接就点名了：“聪明，你给我说说这怎么回事，明明我给你确认再三的一百五十万，怎么就变成了一百二十万？”

元聪明像个小学生一样赶紧站起来，她看起来很紧张，嗫喏了一下，却突然指向了王希之：“是希之，是希之给曼特奥公司打的电话，数字也是她弄错的。”

“我弄错的？”王希之觉得不可思议，“聪明，我没有啊，我是看着你桌子上的便签给的对方数字，你的便签上写的明明是一百二十万。”

“怎么可能，我这里写的明明是一百五十万，是你报错数的。”元聪明一只手背后，另一只手递过来一张粉色的便签纸。

王希之确定自己没有眼花，可现在元聪明递过来的便签上的确写着一百五十万，杂志社所有人都在看着她，大家好像认定了搞错的就是她。

虽然是庄神安排的人，也是《萌爱》杂志的签约作者，但周妙然还是忍不住了：“希之，我们这个团子做出来是代表《萌爱》的形象推广的，现在杂志确定发行一百五十万册，也已经印刷完毕装订在册，这边吉祥物却少了三十万个，你知道这会带来什么后果吗？”

“我。”王希之想解释，可大家都没人愿意听。

“每天看你做事风风火火的，可你也太不认真了。”造型师赵照在一旁插嘴，吉祥物这事儿他也参与了，如今这么大的窟窿，怎么填？这可是牵扯杂志的信誉问题，剩下的三十万册难道能光秃秃地放在售货架上吗？

而且他们早已透露了要发行吉祥物的信息，还征求了不少意见才做出的这个团子，现在有三十万份杂志将没有吉祥物，简直无法想象。

“灾难，大灾难，这个月白干了。”摄影师杰瑞把手里的上期杂志撂到了桌子上，说了这么一句风凉话。

“唉，希之，你怎么能犯这样的错误呢。”莎莎也一脸的不赞同。

“能弥补吗？”和慧慧问了一句。

莎莎白她一眼：“把你当添头放上补啊？”

杨连打圆场，就是笑得跟哭一样：“希之毕竟是新人，出了这样的事情谁也不想啊，大家还是想想看有没有办法弥补。”

“弥补弥补！再有三天就到一号了！发行部要铺货了，三天让曼特奥给你做三十万个啊！”周妙然火气特别大，这件事毕竟是她主要负责的。

元聪明一声都没吭，大家都在指责王希之，她却不敢看过去，背在后面那只手捏紧了当初的粉色便签，心里头愧疚万分，希之对不起，对不起，可她还在实习期，要是出了这样的事情，肯定不能再在公司里待下去了，希之不一样啊，希之是庄神带来的，不是这里的员工，还是签约作者的身份，就算出了天大的纰漏，有庄神罩着她，不会有人拿她怎么样的。

王希之第一次体会到百口莫辩的滋味，一个人坐在员工餐厅角落的时候，还在想这件事情，越想越生气，她就不明白了，元聪明为什么要诬赖她！亏她还觉得元聪明特别老实呢！

“发发呆就吃饱了？”

王希之猛然回神：“唐姐！”

“怎么一个人？”唐休放下餐盘坐了下来。

“哎哟，背锅了。”王希之愤愤不平，她叽里呱啦一通说：“我就不明白，我哪里得罪她了，对了，她还伪造便签，还真是做戏做全套，总之，现在没人愿意相信我。”

“如果我没记错，元聪明应该是去年年底才进的新人，这动机就很好理解了。”唐休笑了，“她是未满实习期的新人，出了这么大的事，肯定会记录在档，实习期满想转正是根本不可能的，如果影响过大，可能不用实习期满就直接辞退了。”

“这么严重！”王希之目瞪口呆，随即自黑道：“要这么说，我这种开后门的人，这锅背得不冤枉啊！”

“哈哈哈，你呀。”唐休忍不住伸手捏了一下王希之的脸蛋，手感不错哟。

“唉，我都很努力融入集体了，可出事儿的时候，所有人看我的眼神，就三字，不靠谱！伤心，可我又不能真的拍拍屁股走人，我是庄神带来的，要是这样灰溜溜离开，岂不是打脸？”

“庄神叫得还挺顺口。”唐休笑，“不过职场就这样，你现在打算怎么办？”

“不知道，我要好好想想。”王希之拿着筷子戳着菜，一口没动。

“啊——啊——，开动脑筋啊！”唐休在一旁捣乱。

“哎呀，唐姐别闹了，十万火急。”

“好的，一休。”

“唐姐！”

“怎么了，一休？”

王希之真是对唐休没脾气，明明在外人面前骄傲高冷得不得了，怎么私底下这皮呢！

“要不要我出马？”唐休敛起玩闹。

“还有三天，我已经确认过了，曼特奥公司在这么短的时间最多只能给我们提供二十万个，我已经下订了。”

“不错哦。”这下唐休对王希之真有点刮目相看了，天大的委屈，她倒是没有一味地沉浸其中，反而积极地去弥补。

“我想了想，剩下的十万，要不就去市场上找替代的产品。”

“这么大的量，且是不同的款式，做工也有差异，你怎么和读者解释呢？”

“啊，我想到了！就像抽奖一样，告诉大家吉祥物中混有小奸细，找出不是吉祥物的小商品，就可以兑换大号的吉祥物。哈哈哈，唐姐，我是不是很厉害！”王希之豁然起身，她现在就去挑选小奸细，十万个，她要在两天的时间里买够送到仓库！

“哎，希之，你去哪？”唐休看着王希之拿起包就匆匆往外跑，这饭还没吃呢！

“唐姐，谢谢你啊！”王希之开心地挥手。

“真是个小傻瓜。”唐休看着王希之跑没的身影，噗嗤一声笑了。

第十五章 打破的三不原则

一下午的时间，王希之跑了不少小商品批发市场。

“老板，你这个怎么卖？”

“一个十块，十个七块。”

“这还有多少个我全要了，再便宜点吧。”

这样的对话出现在了无数个摊位前，王希之边寻找，边用手机拍照记录，还拿了个笔在本本上抄下数量。

有的货有几百个，有的只有几十个，要买够十万，还真是大工程。

“喂，你在哪？”

“啊，庄神，我在外面。”

“你叫我什么？”

“我在外面，挺吵的，听不清楚，回去再说。”

挂电话的时候庄景还听见王希之在那儿叫着“剩下的我全要了。”

吉祥物的事他已经知道了，当事人王希之不知道跑哪去了，杨连和周妙然惴惴不安，以为是说了重话，她受不了跑了……

一下午的时间，订购了一万多个，地址留的都是仓库那边，王希之坐地铁的时候还在用手机加数字，等回去碧空阁，都快晚上九点了。

一进门发现庄景竟然在等她，心里“咯噔”了一声，不会是准备把她骂得狗血淋头吧？看神情挺高深莫测的。

“去哪了？”

王希之倒是没有什么隐瞒，连中午和唐休吃饭的对话都汇报得一清二楚，当然还有自己的解决思路、操作方法以及实际成效。

“嗯？这些为什么没有提前跟我说，知道杂志社的人因为你下午没有上班而担心你吗？”当然还有他，得知这件事情的时候，他第一感觉就是王希之必定十分害怕，毕竟没有在职场上经历过，是不是因此被吓跑了？或者躲在什么地方哭？倒是没想到她这么生龙活虎，害他白跟着担心了半天。

额，是忘了跟大家说一声了。

“那个，时间紧，任务重。”在庄景犀利的目光之下，王希之惭愧地低下头：“对不起，我下次会提前跟大家说。”

“最重要的是对我说。”这句话庄景特别认真。

王希之一想也对，他是她的直属上司：“嗯，我记住了。”咧嘴笑。

“好了。累了吧，洗洗早点睡吧。”庄景突然伸手摸了摸王希之的头。

欸！摸头杀！竟然是摸头杀！这辈子第一次被人摸头杀啊，还是庄神，好激动，好激动啊！

王希之震惊地看着庄景，害得他跟触电了一样收回手，还假装若无其事：“你该洗头了。”

“欸？”

庄景却是看了下手，很嫌弃的样子：“脏。”

“欸！”

进了洗澡间王希之还在摸自己的头发，还揪着一缕凑到自己鼻子跟前闻了闻，脏吗？她每天都有洗啊，是不是跑了一下午的缘故？真可惜，她的第一次摸头杀还没尝出来是什么感觉，不行，她一定要把头发洗得清清爽爽略带清香，让庄神碰触过后的手，也有余香才行！

第二天一大早，庄景看着王希之狼吞虎咽，不由得出声：“慢点，小心噎着。”

“今天收拾洗碗的重任就交给你了。”王希之放下碗，吐了口气，一双手沉重地拍在了裴思远的肩膀上。

裴思远立马敬礼：“保证完成任务！请回来检阅！”

还有八万多个，今天最少要买到四万多个才行！

地图搜了不少市场，王希之规划了下路线，背着包包就出发了。

只不过今天特别不顺利，类似的商品很不好找，一天下来只买了两万多个，回来之后，都有点垂头丧气了，但还是鼓足了精神给自己打气：“没关系，说不定明天会很顺利地找到一堆小奸细！”

早上又是一通狼吞虎咽，临出门前接到了杨连的电话。

王希之根据杨连的电话坐车到了人民广场，却见杂志社所有的成员都在这里。

“大家这是？”王希之有点蒙，这是准备集体翘班旅游吗？

“希之啊，你的解决方案庄主编和我们说了。”杨连打着太阳伞。

“简直完美，混在吉祥物中的小奸细，很有趣啊！我们杂志本来就是青春阳光活泼有趣，特别切合主题，像这样的小游戏，今后都可以多多策划。”王迈瑞猛给王希之点赞。

“希之，真不好意思，这件事情误会你了，聪明已经告诉我们了。”周妙然愧疚，毕竟是冲王希之发了那么大的火。

“没关系的。”王希之笑得双眼好似月牙弯弯。

元聪明也低着头走了过来：“希之，对不起啊，我当时就是害怕。”这两天被愧疚折磨得睡不着觉，尤其是王希之没来上班，更加让她忐忑不安。

昨天下午听庄神说了王希之的解决方案后，心里更是觉得自己很不堪，她一口气承认了错误，慢了怕自己退缩。

当时周妙然就责备了她，但看在她知错能改的份儿上，让她将功补过。

同样的，所有人对王希之也有了不一样的看法……

看着这姑娘愧疚不已的样子，王希之瞬间就释怀了，大大咧咧地抱了她一下：“没事没事。”

“回头呢，聪明摆个和事酒，我们作陪，给希之压惊，好不好！”杰瑞在一旁圆场。

“好了好了，别忘了今天我们大家是来找小奸细的！”杨连兰花指那个一竖，大家顿时哄笑了。

“行了，连姐，分配任务吧！”

“那，慧慧你和赵照去这几个地方，莎莎和聪明去这里……”

众人拾柴火焰高，下午三点一刻的时候，十万个小奸细就买齐全了。

众人闹着要请王希之吃饭，她还想给庄景打电话请示，手机就被莎莎拽走了：“不许给庄神打电话。”

“就是，庄神来了，希之就喝不好了。”

“我不能喝。”哈哈，是他们不能喝好了吧，她还记得上次吃饭，庄神一来，大家顿时都正经得不得了，生怕给庄神留下不好的印象。

“那就吃好！”

好嘛，王希之深切感觉到之前不疏远、不亲近、不得罪的三不原则被完全打破了，大家肆无忌惮地讨论庄神，还有各种集团里面的小秘密，互开玩笑，毫无节制，形象全无……

她有种自己终于成为《萌爱》一员的深切感觉，还带头举起果汁：“干杯！”

这样的感觉，真棒！

当然，回去之后，黑着脸的庄景，对她很是冷嘲热讽一番，类似于房东竟然得给房客等门之类的。“今后回来晚就给我打电话，一个人这么晚回来不安全。”

“主编这是要去接我？”她歪着头，不敢相信。

“嗯。”庄景鼻子哼了一声，却又跟着补了一句：“油钱还是要给的。”

一句话让原本兴奋的王希之低低地切了声，就知道庄神不会做白工。

庄神上楼前，又强调了一次：“记住了？”

人在屋檐下啊，她仰头笑道：“记住了。”这一期杂志一发行就被抢购一空，吉祥物团子的问世可以说是好评如潮，网上很多人都在晒图片，而寻找小奸细的游戏也被公布在了官方网站、微博、论坛等宣传阵地上，顿时，又勾起不少读者的热情。

杂志社当然是定制了不少大号的团子，等着拥有小奸细的人来把它们带回家咯。

“团子真的很火爆，微博话题讨论量都快超过《萌爱》啦。”

“现在杂志的销量一期比一期高，换做以前我简直不敢想象。”

“希之，福将呢！”

“这就叫塞翁失马，焉知非福！”

“哈哈！”

晚上大家要订庆功宴，私下说不带庄神，王希之那个汗啊，上次一身酒气回去被庄神用飞刀一样的眼神戳了个浑身是洞，这回，她是真不敢了……

这一期杂志一发行就被抢购一空，和慧慧那边要开心死了，作为杂志社的小透明外联助理，随着《萌爱》杂志的火爆，现在联系他们杂志社的明星也是一打一打的，谁都想抢杂志封面这块资源。

还有那些广告商，敏锐得不行，花样百出地请她吃饭，换做几个月前，她还在求爷爷告奶奶不让广告撤资呢！

早上就带了自己做的蛋挞，分了一圈。最后却是凑到王希之跟前："希之啊，新更的我有追，皇上是不是喜欢谢恩了？"

面对期待剧透的目光，王希之神秘一笑："你猜？"

"哎呀，你太坏了，蛋挞我给你留了两份，你就告诉我吧！"正当和慧慧软磨硬泡时，就有人敲门："请问这里是《萌爱》杂志社吗，我是花无缺鲜花店的。"

"是的，你找谁啊？"元聪明特别好奇，好大一束玫瑰花啊。

"王希之。"

庄景今天在松果文学部处理公务，肖静静在一旁透过厚重的眼镜片不着痕迹地观察，自那天加班写《恋爱指南针》后，她越想越不对劲，庄神，洛神集团神话一般的存在，总是孤傲冷峻地站在高处俯视芸芸众生，对待任何女性都不假辞色的主编大人啊，怎么会突然想知道喜欢到底是什么感觉的呢？

难道真的有喜欢的人了？

可从外观上好像也看不出个所以然，庄主编不管做什么都不动声色波澜不惊。

"肖副主编在想什么？"

"啊？"

"这是我叫你的第二声。"

"对不起。"

肖静静推了下眼镜，有点尴尬，自己竟然盯着庄主编在神游，这这这，太不应该了。

"咳咳，我只是在想，《萌爱》也已步入正轨，集团总编一职已经正式提名，主编是不是不用那么辛苦身兼双职了。"

庄景闻言顿了一下，如果不是肖静静提醒，他都忘记了当初只是答应将《萌爱》的销量提升，提升之后自然就没再多想，可如今，想到离开《萌爱》，脑海里第一时间浮现的竟然是在那儿噼里啪啦敲键盘码字的王希之。

"在《萌爱》无人接手之前，暂时维持现状。"

闻言，肖静静突发奇想，难道庄神喜欢的人就在《萌爱》！

王希之翻着手中的卡片，玫瑰花老大一束，让她兴奋不已，从小到大，这是她第一次收到花哎！

只不过卡片上没有署名，就写了一行字：今天，因你而甜蜜。

"粉丝！绝对是粉丝！"和慧慧大叫。

杨连呢，莲花指一竖："怎么不说是咱们希之的追求者呢！"

这话一出，杂志社立马沸沸扬扬了，把王希之闹了个大红脸。

一直到庄景来，这边还在闹着呢。

还是周妙然先看到庄景，讶然啊，今天主编不是在松果文学部吗？却是大声问好："庄主编好。"

立刻，所有人作鸟兽散，哗啦啦翻书的，噼里啪啦敲键盘的，还有摸东摸西假装自己很忙的。

这场面让王希之震惊啊，要不要这么速度啊，她手里还捏着卡片没反应过来呢。

庄景却是径直走到了王希之这边，很不经意地就从她手中拿过了卡片。

王希之那个尴尬啊，她也不知道为何尴尬，收花而已嘛，不管是粉丝还是追求者，难道不都应该是理所当然的吗？

可这家伙果然怂了起来，尤其是在庄景古井无波的注视之下，她指着玫瑰花："粉丝，肯定是粉丝。"

"来我办公室一趟。"

王希之关上办公室的门，外面瞬间就窃窃私语了，一是因为庄主编的突然到访抓包大家没好好工作，二是因为庄主编对王希之那高深莫测的态度……

唯有莎莎，看着窃窃私语的诸位，心中再一次脑补了庄主编和王希之之间轰轰烈烈的爱情故事……

"这一期的书评看了吗？"

王希之原本心虚不已，说实话，收到花被庄景看见为何心虚，这是未解之谜，可真实反应就是有点怂、有点怕。

庄景突如其来的问话，倒是让她松了口气："还没有。"

"喜欢玫瑰花？"

"啊？不是。"

否认了，可庄景一副等着她继续说的样子，嗯，她因为收到花而兴奋地酡红脸蛋还没退呢，想想又没什么大不了，壮了胆气，开口却软了三分："第一次收到花。"

庄景闻言若有所思，但这个话题好像就这么过了，因为接下来，庄景说了这样的话。

"需要我给你报个恋爱培训班吗？"

"欸？"不懂何出此言。

“看书评。”

“哦。”

打开电子杂志小说区，原本一片盛赞的评论区出现了负分评，顶高的热门竟然也是负分。

朋友推荐看的，这篇小说真没说得那么好看，吹得太过，男女主到现在连感情的苗头都没有，弃文了。

求皇上表白，下一期还不表白就不看了。

作者是不是恋爱白痴啊，这么简单的感情线都处理不好。

皇上这么保护谢恩，谢恩太不知好歹了。

脑残作者，小白文还不撒糖，弃文。

……

王希之一行行看下去，半晌没吭声，心里头特不是滋味，她现在特别想马上去回复一段：既然不想看，就请右上角点叉叉！多谢！

想到庄景说的话，给她报个恋爱培训班，她突然就有点憋屈。

“有什么想说的。”

“没什么想说的。”有点赌气，收花的好心情已经完全消失了，她现在最想做的事情就是蒙头回家睡大觉。

“不觉得自己存在很大问题？”庄景挑眉，出现负评在预料之中，哪个作者没被拍过砖？众口难调他当然明白，但如果所有人的评论都针对同一件事情的话，就代表小说存在问题。

庄景从不亲自处理这些事情，这是第一次。

王希之从没感觉到负评带来的负面情绪，这也是第一次。

所以，王希之不高兴，很不高兴，她嘴硬了：“不觉得。”

裴思远在试装，大明星大制作大导演《大风起兮》男五号的定妆照，戎装在身精神焕发，宝剑在侧所向披靡，摄影师拍了几组镜头用来做宣传，裴思远不管哪个表情都百分百到位，如此节省时间让摄影师特别满意，对他好感倍增，这一看就是个私下没少付出，平日努力向上的。

刚拍完电话就响了。

“什么？心情不好怎么办？”师兄竟然会特意电话问这样的问题，他看着自己手中的宝剑，突然豪放一笑：“当然是一醉解千愁了！”

王希之今天的心情很不好，她虽然很想去评论区一较口舌之高下，口水战谁不会似的，论打字她也可以是实力雄厚的键盘侠！

但一忍再忍，安慰自己何必与他人一般见识呢？

可忍了又忍，心情就郁结了。

为什么大家会那样说她的小说呢？明明已经很用心在写了，每一章都是写完了再逐字逐句去审，还要考虑逻辑上有没有漏洞，删了又改，改了又删，自己看了满意才会交稿的！

而且，她明明已经对于皇上和谢恩的感情做了铺垫，为什么大家动不动就说弃文这样的话，还有骂她脑残弱智小学生之类的……

杂志社的诸位见王希之从庄景办公室出来情绪十分低落，纷纷过去小声安慰了一番，王希之勉强笑了笑，却打不起精神来了，庄景在办公室，她不想进去，在外面打开了个空闲电脑，手放在键盘上，眼看着空白的文档，却是一个字都打不出来了……

“王希之，出来吃饭。”

门外是庄景，换做平常，她肯定一溜烟跑过去，低头哈腰叫着房东大人。

可现在，没精神，躺床上不想动。

“不饿。”

“先开门。”

“真的不饿。”

“我有钥匙。”

言外之意就是再不开门，他自己就进来了。

门刚打开怀里就被塞了一罐啤酒。

“喝。”庄景说。

“欸？”她愣神。

“一醉解千愁。”

“啪！”一声，王希之拍案而起，剑指一竖，横眉瞪眼：“放肆！竟然敢在我的书评区妖言惑众！嗝！拉出去重打五十大板！”

庄景呆了，两罐下去王希之就成这样了，面上晕红，人却兴奋得上蹿下跳。

你看她还冲过来，一把抓住自己的领口，凶巴巴：“连我的话都敢不听？”

庄景先是呆，而后竟然笑了，低低地笑，却一本正经回答：“不敢。”

却见王希之努力瞪大眼凑上来，额头都快抵着额头了：“咦？我怎么看你这么眼熟啊？”

当然眼熟了，刚才还给他放话说自己在学校号称不倒翁。

果然不倒，喝多也不倒。

“啊，你是皇上！”

这，怎么突然又角色代入了。

“皇上，我是谢恩啊！”

改抓他衣襟，抓得还挺紧，很入戏的样子。

“他们都说我感情内敛，一直没有对你表白。”

泫然欲泣。

“其实我一直想告诉你，我喜欢你。”

“你说什么？”突如其来的表白，让庄景心中一紧。

王希之眼神坚定地看着他，一副要为革命英勇就义的表情，深呼吸：“我喜欢你！皇上！”

“吧唧！”

是的，“吧唧！”

王希之迅猛强悍地吻住了庄景，温热柔软的嘴唇就这么贴着他，舔了舔啃了啃，庄景感觉自己的心脏在怦怦声中就要跳出来了。

“滴”一声，裴思远进门了，抬头却差点蹦起来，那是目瞪口呆啊，我的妈呀，他看到了什么？

师兄！希希！不是吧，他得缓缓！

又退了出来，“咯噔”一声关上门。

转过头，嘴巴还张着呢，还是手动合上的，心里头却是惊涛骇浪。

“哼！”王希之得意退开，“我已经向皇上表白了，看你们谁还敢在评论区说我是恋爱白痴！”

“王希之，你知不知道自己在做什么？”

庄景站了起来，不像刚才坐那儿任由王希之宰割，如此居高临下危险至极，王希之却毫无所知。

闻言甚至嚣张：“当然知道，我在表白。”

“对谁？”

“当然是皇上了！”

“我是庄景。”

“哎？庄什么？”

“庄景。”

王希之看向庄景，在他一再强调之下，也可能是酒气散了不少，她好像认出了眼前的人，房东大人，主编大人，庄神！

下一秒，她的后脑勺儿就被扣住了，那张脸几乎要与庄景贴上，就听庄景的声音如微风拂面：“我是庄景，记住了。”

而后，小嘴就被堵住了，王希之的双眼缓缓睁大，她这是，被庄神，强！吻！了！

裴思远看了下手机，嗯，已经过十分钟了，该结束了。

第十六章 爱到深处自然黑

“滴！”进门。

我的老天爷呀！

“咯噔！”关门。

站在门口，裴思远感觉自己今天不只是视觉上遭受了冲击，他的精神上更是饱受狂风海啸的摧残！

师兄，竖起一根指头，希希，又竖起一根指头，对对手指，不会吧！

说是不相信，可事实如此啊，怪异？都诡异了好吗？

“叮”一声，电梯门响了，唐休拎着纸袋踩着高跟鞋走了出来。

“唐姐。”尬笑。

“庄景改密码了？”问得直接。

“我能去你家坐坐吗？”里面亲得昏天地暗，不知道什么时候结束。

“不能。”拒绝得干脆。

“唐姐！”这一声百转千回，里面的内容也丰富多彩，别看只有两个字，音调的婉转不下数回，意思是我们都那么熟了还是邻居只是进去坐坐这么简单的要求如此拒绝是不是太不近人情了。

“早点睡，晚安。”

唐休对裴思远微微一笑，“啪嗒”一声关上门。

裴思远呆住，不是吧，就这么被拒绝了？他还以为跟唐休已经是朋友了。

唐休呢，从电子屏上看裴思远傻愣愣地站在那儿，有点于心不忍，可是，她拆开纸袋，这是她抢购到的限量版手办，国内发行不到一千个。

再看向客厅，整面墙的手办很是震撼。

这让裴思远看见了会怎么想她？

可裴思远孤零零地一直在走廊里，她也心神不宁，总是盯着电子屏，看裴思远扩胸扭脖子垫脚尖原地蹦跳，偶尔还会沉思自言自语表情丰富夸张。

她顶着兔耳朵绷带，刷着牙噗哧一声笑了，喷了一电子屏的白沫沫……

头疼。

王希之刷着牙，敲敲脑袋，庄景的法子挺管用，一罐下去她就不省人事了，醒了之后心情果然好了很多，想的最多的事情就是，她在恋爱反应上是不是真的很迟钝，要不，真去报个恋爱培训班？

吃饭的时候想要征询庄景的意见，可裴思远顶着熊猫眼用怪异的目光看着她，看得她心里头毛毛的，伸手在裴思远眼前晃晃：“没睡醒？”

“希希，你没有什么想要跟我说吗？”

这话说得不明不白，王希之一脸不懂：“没有啊。”

“师兄，你呢？”裴思远晃悠悠转而看向庄景。

“你想听什么？”

裴思远怨念：“我想听一醉解千愁。”

玩笑归玩笑，吃完早饭趁着王希之在厨房收拾的时候，裴思远还是一脸郑重地堵住了庄景：“师兄，希希她还小，人也很单纯。”

想了一晚上，师兄的洁身自好，希希的单纯无知，他都知道，可不搭啊！

就师兄那身家！不是还有个志在必得苏小曼吗？

如果师兄不是认真的，那么希希怎么办？让他眼睁睁看着希希受伤吗？

“我喜欢她。”

“欸？”他还没把话说完，师兄就这么干脆给他堵上了。

可这四个字，还是震得他神魂晃荡，师兄喜欢希希？想当年在学校追庄少的人有多少？这后来在职场里如狼似虎的追求者又有多少？

而师兄从未动过心，裴思远手指一掐，仰头看天，难道是红鸾星动？

红鸾星动了没有不知道，前方红灯是亮了的。

“还记得你昨天做了什么吗？”

“欸？”这问话让王希之苦思冥想了半天，才小心翼翼地回答：“不是喝多就倒下睡了吗？”

果然忘得一干二净。

“嗯，下次我会记得录像。”

“欸？”难道她昨天喝多了之后撒泼耍赖又哭又闹了吗？

可从庄景的神色上，又看不出个所以然来，想问，又怕问出的话是给自己挖坑，于是干脆装聋作哑，反正喝多了，不管做了什么都不算哈！

王希之和庄景是一前一后进杂志社的。

一进去，一大把玫瑰花映入眼帘，王希之呆了一下，卡片上没署名，依然是一句话：爱你，是我唯一的选择。

卡片再次被庄景抽走，看到上面的字，眉头一紧：“喜欢玫瑰花？”

王希之赶紧摇头，直觉告诉她，摇头是最佳的选择。

“嗯，那就扔掉吧。”

“扔？！”

王希之不敢相信啊，杂志社其他人也震惊啊，但没人敢喘气，整个杂志社掉根针都能听见。

庄神这是什么意思？

庄景意识到自己的话不妥，很不妥，话是脱口而出的，如今不着痕迹地挽回只有一个解释。

“嗯，我有花粉过敏症。”

似乎所有人都带着怀疑。

于是庄景，打了个喷嚏。

所以，玫瑰花被顺利地扔掉了。

谁也没有看见庄景在走进办公室时，那微微上翘的嘴角。

可是，庄神有花粉过敏症的事情还是席卷了整个集团，不管是群聊单聊当面聊，都是这个话题。

“大新闻啊，庄神有花粉过敏症。”

有人记在了小本本上，上面有庄神的爱好、厌恶、忌讳等，密密麻麻还有各色记号笔标注，足见其功夫下得多深。

“难怪上次表白庄神看都没看我一眼。”

“怎么了？”

“我捧了一束白玫瑰，对庄神说，如果愿意接受我，就请收下我的白玫瑰。”

“……”

“可怜我今天才知道真相，不行，我要再次表白。”

“……”

王希之在敲字，敲得很慢，因为她脑海里突然闪过一个镜头，就是她把庄景给强吻了，嘶，她倒抽一口凉气，不可能，一定是做梦，一定是做梦！

深呼吸了几次，终于稳下心神，不过，经历昨天的一醉解千愁，今天终于能平心静气地看书评了。

和慧慧凑了过来，书评的事她知道，甚至还披了马甲上去理论，见王希之在看，赶紧出言安慰：“希之，这些书评你别太较真，你这写杂志小说的还好了，青葵小说网那边有个大神因为忍受不了恶意书评，人身攻击，都封笔了。”

莎莎也凑了过来道：“希之，你也可以这么想，现在这个时代，没有真爱粉脑残粉黑粉怎么能火呢，一定要撕起来，你看最近当红的流量小生小花，粉丝战斗力越强撕得越厉害，就越火嘛。”

“论起徒手撕天下，我们集团也有个神人。”和慧慧激动了。

“谁啊？”

“唐休啊！”她和慧慧的偶像啊，公关能力堪称翻手为云覆手为雨。

想当年，某大明星事业巅峰被对手公司陷害出轨，眼看这明星要被逼得退出娱乐圈，对方的经纪人就找到唐休。唐休连夜发了三封千字文，论做人的底线，论被侮辱的艺术，论娱乐圈的水到底有多深，那是力挽狂澜，局势一晚上就逆转了，这个明星不仅一下子成了大家同情的受害者，甚至连以往的黑料也洗得一干二净，简直就是公关界的教科书。

像这样的事情，不胜枚举，就像庄神一样，唐休在公关界，一样能封神了。

“哎，扯远了扯远了，所以希之，成功的道路都是过五关斩六将一路淌着血过来的。”莎莎肯定地说着，“咱们希之将来是要封神的人，对待书评，要在战略上蔑视它，战术上要重视它，加油啊！”

“嗯！”王希之重重地点头，其实她明白，大家都在变相地鼓励她，可能是她昨天突然的颓丧让大家担心了。其实没什么的，既然下定决心走上这条路，她就预料到了不平坦，但她是不会退缩的，披荆斩棘勇往直前，人挡杀人佛挡杀佛!

她也没披马甲，开着大号就上了战场，不是来撕逼的，而是来理性讨论的。

她把所有人的评论都回复了，夸赞她的，她回以微笑报以谢谢，指正她的，她虚心接受。

因为她知道，这条路上，她就一新人，想要成长，就只有不断地磨炼自己，完善自己，把自己打磨得闪闪发光，才会有一天在众人面前大放光彩不是吗?

当然也有书评是谩骂主角谩骂她的，她也回以不软不硬的礼貌问候：请用文明用语，共建美好萌爱!

这其中一个在评论区骂娘的，抨击她最为激烈的 ID 蚊子在哼哼哼却很快跟着回复：我眼没被狗屎糊吧？大尾巴兔酱？真人真号？确定本人?

大尾巴兔酱：嗬嗬嗬 ——你的眼睛没有被狗屎糊住，确乃本兔酱。

蚊子在哼哼哼：哎呀哎呀，回复我了，我太激动了，我他么特爱你这小说，谢恩跟皇上太好玩了。

王希之震惊了半天，她又翻回去看了看评论，确定这位的评论惨不忍睹：你确定？难道这位粉丝就是传说中的爱到深处自然黑？！

蚊子在哼哼哼：当然啦！就是皇帝不急太监急，谢恩跟皇上的感情进展太尼玛磨叽了，我看的是蛋疼菊紧，你就不能让他们俩赶紧的干柴烈火一点就着吗？我看他们荷尔蒙都快冒烟了，就是你磨叽，不给他们创造机会，气死我了！一看你就没谈过恋爱!

大尾巴兔酱：(一△一) 这都能看出来?

蚊子在哼哼哼：竟然被我说中了!

诈我！王希之差点掀桌，不过，想想也是，因为缺乏恋爱经验，导致她在写小说的时候下意识就会回避掉感情上的描写，认真思索了半天，又把其他人的评论仔细地看了几遍后，也彻底明白自己的问题到底在哪儿了。

蚊子在哼哼哼没见王希之回复，不停地在评论区刷大尾巴你还在不在？在不在？在不在?

你等着哈，我会在最短的时间内掌握恋爱的精髓，必定让你心悦诚服在我的文笔之下，哈哈哈!

说完这么一段，王希之发了个告辞不必相送的表情，就下线了。

“请假？”庄景挑眉。

“嗯，我报了恋爱培训班。”

意识到不足，就要积极去改变，也希望自己将来不会犯同一个错误。

因为自己不是正式员工，所以只需和庄景说一声。说来惭愧，洛神集团正式员工是要经过笔试面试，重重关卡的，以她的学历阅历肯定一早被淘汰。

她真的只是换个地方码字而已。说白了，就像家长上班没地儿带孩子就偷偷带来公司一样，她就是被庄景带来的，比较光明正大而已。

“准了。”裴思远说得果然没错，一醉解千愁，可她却把昨晚那些放肆的举动给忘得一干二净，她的吻，青涩霸道，他的吻，霸道青涩。

想到这里，心底竟然略有不快。

他的喜欢，好像只是他的喜欢，没有得到任何回应。

于是，在肖静静难得约会，男方好不容易近身，空气飘浮着暧昧的味道，她觉得胸前的衬衣扣子随时能够随着一呼一吸崩开的时候，手机响了。

在男方的欲求不满的神情下，肖静静正襟危坐。

“如何让一个人回应自己的喜欢？”

“主编，我……”

“写个报告，明天。”

“……”

“恋爱，是一门学问，当今社会高速发展，让通信变得快捷，人与人的交际看似方便，实际上却是疏远了，我们第一堂课首先就是放下手机，面对面聊天，这位同学，请不要在课上玩手机。”

王希之顿时满脸通红，弱弱地开口：“老师，我就是看一下时间。”

老师是名年轻时尚的帅哥，闻言，指指黑板上面的挂钟……

第二天饭桌上，王希之拿出课堂笔记及心得体会与庄景分享，好家伙，抄了密密麻麻一小本，信心十足：“老师教地简单易懂，我听得豁然开朗，受益匪浅。”

这让庄景都好奇了，翻开了本本，上面写的理论倒是一套一套的。

王希之指指点点：“老师说了，学满一个月就可以去实践了，保证能在恋爱这堂课上拿满分。”

“哦，那我倒是期待了。”庄景的话意味深长。

只是王希之没听出来，还在那儿兴致勃勃地传道中，毕竟第一次上这种培训班，特新鲜。

杂志社这边，每天还是能收到一束鲜红的玫瑰花，但鉴于庄神有花粉过敏症，大家也就在可惜声中毫不犹豫地扔掉了。

生活过得是充实的，今天是庄景在松果文学部办公的日子，鉴于杂志社的成员都十分照顾她，她昨天也花了很多心思做了豆乳盒子，果然收到了不小的赞美呢！

“听说了没有，集团副总何立从分公司那边调回来了。”王迈瑞从外面进来的时候，一脸大消息的模样。

“主管传媒那一块的何立？”莎莎问。

“是啊。”

能放在这儿讨论，那肯定是话题人物啊，听起来何立是标准的女强人，四十岁左右，圈子里极负盛名，更出名的是她的脾气，对属下要求极为苛刻，一丁点错误就能被骂得狗血喷头，但也非常护短，谁要得罪她的人，基本上在集团也甭想混下去了，是整个集团第一号得罪不起的人物。

不过，像《萌爱》，基本上与何副总主管的业务没有什么联系，唯一的联系恐怕就是摄影师杰瑞和造型师赵照了，杂志的封面以及内页一些重要图册都需要在摄影棚完成。

摄影棚制作部门都属于何副总的管理范围。地邪啊！说曹操曹操到，何副总大驾光临杂志社了。

来人一身黑色西服，偏分的短发十分利落，有股傲气凌人的感觉。

她扫视了一圈《萌爱》杂志社，对着众人盛气凌人的一指：“你叫什么名字？”

王希之不知道来人是谁，看大家反应猜是领导，她倒是赶紧站起来：“我叫王希之。”

这位何副总眼睛细长，冷冽地看着她：“你跟我过来。”

大家面面相觑，不知道何副总叫王希之过去做什么，难道说，她也喜欢看《战斗吧，谢恩》？

王希之头顶丸子头，穿的是格子衬衫、牛仔裤，身上还有点挥之不去的学生气。

王希之觉得眼前这位打量她时，仅穿衣一项眼底都是满满的鄙夷。

对方一言不发，走路不紧不慢，一旁有人打招呼了，她才知道这位就是何副总。

跟着这位何副总上了几层又七拐八拐，竟然到了集团制作部的摄影棚，里面正在拍摄一组模特照。

灯光“咔嚓嚓”闪烁个不停。

“小飒你过来。”

立马有个戴着鸭舌帽的眼镜男跑过来：“何副总，你找我。”

“这是王希之，你的新助手。”

“哎，我。”她什么时候变眼镜男的助手了。

可没人听她的，眼镜男立刻就招呼她：“小王是吗？过来弄这个。”

“何副总。”她叫了一声，得解释一下自己的身份。

“我们这里拍摄时间很紧，你是让大家都等你耽误我们的进度吗？”何副总冷漠的脸上露出了不耐烦。

王希之一转头，果然，那边拍摄停了下来，所有人都在看她。

她总感觉事有蹊跷，可没有人给她时间问，只是催促着赶紧干活。

干什么活，全部都是体力活。

“小王，你爬梯子上去，举着这个灯。”

她骑在摇摇欲坠的梯子上，肩膀上扛着碗口大的打光灯，并且保持着一个动作，一组照片拍下来得几十分钟，她胳膊酸，肩膀疼，她问了一句好了吗？惹得摄影师不快，说是打扰他的拍摄。

“小王过来，举着这块反光板。”

王希之举了半晌胳膊都开始发抖了，可周围的人的确忙忙碌碌的，她觉得自己得把这事儿给说清楚，怎么莫名其妙的，就跑这儿来打工了？

终于能休息一会儿了，她去找小飒想说明情况，可人家不等她开口就说：“最近我们任务特别重，大家都加班加点在赶，何副总也是四处抽人来帮忙。小王也是抽过来的吧，看你样子刚毕业吧，怎么，连这点苦都吃不得了？摄影棚可是最锻炼人的地方，辛苦点没什么坏处。”

莫名其妙被抽到这儿来还不让问了？她不是不能吃苦，但不能不明不白被欺负了吧？可现在说什么都给你扣上个不能吃苦的帽子来，何况也根本没人听她说什么。

工作是一件一件毫不停歇地丢给她。

搭建道具，拆卸收拾，好像整个摄影棚到处都在叫她：“小王过来，把这个摄影架扛那边去。”

“小王，把这个搬到这边来。”

“小王，动作快点，要开始了。”

王希之感觉自己分身乏术累得像只狗，就这半天工夫，整个后背都湿透了。

忙碌的她，当然没看见，摄影棚那边何副总冷冷地眼神，嘴角嘲讽一笑。

还好，中午吃饭的时候，她对小飒说下午有培训课，他竟然没说什么。

哦，原来就是让她帮半天的忙啊，呼了口气，笑眼再开："大家辛苦了，祝大家工作顺利。"

班里一堆年轻漂亮的美眉们围着帅哥老师不停地问问题。

"老师，我每天都有很多新奇的想法，我感觉都跟爱情有关，老师可不可以给我留个电话，让我随时把那些闪光的想法都告诉老师。"

"老师，我可能得心脏病了，一见到老师就心率加快，呼吸急促。"

……

汗颜呢，这哪是来上恋爱培训的，分明就是来泡帅哥老师的啦！

这位帅哥老师大约是见惯了这样的场面，应对得体游刃有余，甚至举手投足间还让那群美眉尖叫不已……

"好了，大家都快回到座位上，开始讲课了。"

帅哥老师一发话，大家都依依不舍地坐到位置上。

"抱歉，我是不是来晚了。"

"哇，帅哥哎，好帅好帅！"

王希之抬眼，这人有点眼熟啊，哦，是安倩的男友，那个《STAR》杂志的主编，林晟！

他怎么会在这儿？难道有女朋友的人，也会来参加恋爱培训班？

林晟不管旁人的目光，很自然地坐在了她旁边，还冲她微微一笑，这个笑容好像泛着光一样，杀伤力很强，连声音也让人如同沐浴春风般好听："还记得我吗？"

他伸出了一只手，指节分明漂亮。

"记得。"对方如此礼貌得体，王希之赶紧跟对方简单握了一下。

谁知道，对方紧握着她的手，反过来看了一眼："手背上也有小酒窝，很可爱。"

肉肉的手一直是王希之的痛，她喜欢的是修长的手，小说中的形容词就是，修长瓷白完美，这是一双天生弹钢琴的手。哪像她的手，天生适合做红烧猪蹄。

林晟的举动可没让她觉得受宠若惊，反而像受到惊吓一般赶紧抽手，连笑容都不自然了："安倩没有来吗？"

“看来你对我有误会啊。”

“两位同学准备好上课了吗？”

帅哥老师的目光投向他们这边，眼神带点戏谑，像在看一对情侣。

林晟见状却是对她眨眨眼，低声说：“一会儿下课我请你吃饭，把我们的误会解开。”

汗，这个林晟是不是搞错了一些事情，她跟他之间，能有什么误会？

第十七章 事出反常必有妖

对于这种天生自来熟的，王希之这种慢热型的，毫无招架之力。

下课后有美眉凑到林晟这边问电话，他笑容可掬地拒绝了：“我有约了。”然后主动帮她拎起包包：“走吧，想吃什么。”

“不用了，我还得回去。”王希之拒绝。

可对方没有把包包还给她的意思：“是不好意思吗？没事，误会解开我们就熟了。”

在旁人的眼里，林晟一定是温柔体贴的，不知道为什么，王希之此时竟想到了庄景，霸王龙先生如果跟她一起逛街的话，那么，她肯定是嘴巴咬着袋子，脖子胳膊上挂满纸袋，左右手还拎着，肩膀上还挎着，一路小碎步追着西装笔挺的背影。想到这儿她不自觉地笑了，谁知那少女怀春的笑看得林晟一呆。

“我们之间应该没有误会吧。”

与其说是跟着林晟，倒不如说是跟着自己的包包来到了附近一家格调不错的咖啡厅。林晟帮她点了果汁和甜点。

“怎么没有。”林晟还挺委屈，“你不是一直误会我是安倩的男朋友吗？”

“难道不是吗？”同学会上，安倩几次三番强调，大厅不是还隆重介绍了吗？

“当然不是！”林晟失笑地摇头，“安倩是我朋友的表妹，那天他托我照顾她，虽然不知道她为什么称呼我是她男朋友，但当着那么多人的面，我怎么也不能不给她面子不是。”

“哦。”王希之恍然，原来安倩也是找个帅气多金的男人假扮男友，什么在我交往的男人之中，此人只能算是中等之姿。

“噗”她笑了。

林晟好奇：“想到什么有意思的事情了，说来听听？”

“没……”

王希之觉得自己跟林晟真的没话说，但他很健谈，所以也没冷场。这方面跟庄景简直天壤之别，一个能说会道，一个惜字如金。

“我在美国留学的时候，就有开办过自己的杂志，本来是玩闹性质，谁知道一下子就做起来了，还包揽了当年时尚杂志不少的奖项。”林晟聊起自己侃侃而谈，“当年也算是声名鹊起，还没回国，国内就有很多时尚杂志联系我。”

“哦，那你还挺厉害的。”这是真心话，海龟，精英，可望而不可即。

“嗯，凡是叫得上名字的杂志几乎都给我发过 Offer，对了，《萌爱》杂志也给我发过。”

“欸，真的？”头一次听说，难道不是一开始就交给庄神的？

“不过，我最终选择了《STAR》，因为我更注重团队，《STAR》的团队很成熟，最主要的是它是全精英阵容，具有最前沿的时尚观念，目的就是打造国内第一时尚杂志，甚至我有信心在我接手之后能将它推向世界，最近我们就有争取到一个国际一流名牌的广告合作。”

呃……

“那个，你为什么给我讲这些？”王希之有不好的预感。

林晟却哈哈笑了：“希之，你是不是觉得我想要挖你？”

难道不是吗？

看王希之一脸狐疑的样子，林晟失笑：“我说了，我们《STAR》是全精英阵容，好像不太适合你哦，希之。”

这话说得王希之一脸尴尬，说起来，她在《萌爱》也不过是一个签约的草根作者，难道是《萌爱》火了之后，她也跟着自我膨胀有点认不清自我了？

这个可以回头再审视：“那你为什么请我吃饭？”

林晟微微歪头，目光很真诚，轻声地问：“玫瑰花还喜欢吗？”

“什么？”林晟就是疯狂粉丝？！“是不是不敢相信？”林晟自嘲：“我也不敢相信，那么多漂亮的女孩子，为什么我就偏偏在第一眼时，就喜欢上了你！”

“欸！”今天的惊是吃不完了：“不不不不，不会吧！”

王希之站了起来，一副我得逃的样子，开嘛玩笑呢，一见钟情，大哥你演戏啊！

“别走。”林晟站起来抓住她的手腕，很着急的样子：“我吓到你了？”

“没有没有，不是，是我那个，我家狗伯爵饿了，我得赶紧回去。”王希之挣脱林晟的手，嘿嘿憨笑，转身就落荒而逃了。

妈呀，今天是愚人节么，喜欢她？

可对方摆明了没挖她的意思，一脸的真诚，不不不，不可能！

回去本来想问问庄景，对《STAR》的主编了解多少，可人刚回来，就看到庄景在收拾行李。

“要出去吗？”王希之跟前跟后帮忙。

“嗯，晚上的飞机，出差一周。”

“一周啊，时间好长啊，现在就走吗？要我去送你不？”王希之表现得很热情。

这话让庄景心中一暖，他站起来，摸摸王希之的脑袋：“在家里乖乖的，我很快就回来。”

王希之脖子一缩，第一反应竟然是，今天的头发不脏吧，必定能让庄景手有余香！

庄景觉得王希之真是越看越可爱，有时候他总有种养了一只萌宠的错觉，总是很想摸摸她，而她的反应也很可爱，精明古怪的黑眼珠骨碌碌转，就是不看你……

王希之带着伯爵看着庄景坐上车绝尘而去，不晓得为什么，她心底竟然有点依依不舍，甚至感觉自己都开始想他了。

她蹲下来给伯爵一个摸头杀：“你也想他吧。”

伯爵吐着舌头看她，突然伸出爪子搭在她的脑袋上。

呃，最近流行摸头杀吗？

第二天上班，她叼着三明治挤地铁，因为功力浅薄，脸被挤得贴在玻璃门上，三明治都挤成方的了。

刚刚坐下来，牛奶还没拆封，就听到有人叫她：“小王，你过来。”

王希之心里“咯噔”了一下，小飒的声音，可不是就帮一上午忙吗？

“现在各部门都要做年中汇报，大家都很忙，你看，这都是锻炼人的机会，多少人抢着来，小王你可不要不珍惜啊。”

小飒说得冠冕堂皇，但这或许就是职场新人潜规则，帮忙她是没意见啦，当然，在她看来，身为作者，这就是体验生活啊。

庄神曰：作者能体会到的情绪多少，直接关系到书中对人物情绪的描写。所以，她也不排斥，虽然累得肩膀胳膊腰腿都是疼的。

况且她对摄影棚，真还挺好奇，昨天赶鸭子上架，一头雾水都没来得及一探究竟。

今天是个大牌明星的代言广告，电视上看着很亲切，现实却好像不是那么回事儿。

远远地戴着墨镜坐在那儿，有人给她举着剧本，有人弯着腰在她耳边说着什么。

对方带有自己的团队，但道具还是由小飒和她来准备。

她刚把三脚架扛过去，那边就有人向她招手。

“你过来。”

好像是明星身边的助理。

她跑过去，对方的助理颐指气使：“去外面买杯低卡咖啡，快点，一会儿就开始拍摄了。”

好嘛，她跑上跑下紧紧张张买回来了一杯咖啡，只不过那明星就喝了一口，皱下眉，然后助理就随手扔垃圾桶了。

路过她身边的时候，那助理还很不高兴：“连杯咖啡都不会买。”

小飒也不高兴，黑着脸：“谁让你跑出去的，到现在都没开始拍摄，都因为你！”

“我不是去……”

话说个开头，小飒就不耐烦了：“别废话了，赶紧的，把这个搬到那边去。”

大写加粗的委屈，她一边干活，一边心里头细细品味起这种情绪，她得记下来，说不定将来写小说用得着。

不过，小飒好像盯紧了她一样，整个摄影棚都是他的声音，小王这边……小王那边……她还在想，作为新人，是不是要用热情洋溢来征服整个摄影棚？

所以，小飒吼着她，她也很热情地大声回吼：“飒哥等着，我来了！”

“太慢了！”小飒不耐烦。

“快着呢！快着呢！”王希之自我鼓励。

别说摄影棚的工作人员了，就是外人也看出来了，这小飒就是故意的，眼前这个小女生，活儿没少干，骂没少挨，关键是她挺生龙活虎的，脸上的笑都没断过。

不知道是真傻，还是假傻……

中午吃饭，她又在员工餐厅的角落碰到了唐休。

“唐姐，你做新人的时候是什么感觉？”

“新人啊，无非就是多干活少说话，劈头盖脸被人骂。”唐休总结了一下，刚入职的时候，为了跟进几个项目，要找媒体，找明星，这个行业潜规则太多，什么都不懂的时候，错了也没人告诉你，大多数人都是事不关己，冷眼旁观，就算有人提点你，那也是话说开头，其他的自己悟去。

连着一周吃闭门羹，被人骂得狗血淋头，警告的狠话没少听，现在想想，好像一切都还在昨天。

唐休的话让王希之深以为然也，频频点头。

“怎么了，我们希之也有新人的烦恼吗？”唐休调侃她。

王希之大拇指食指捏一起挤眼睛：“一丢丢。”她吃了几口大米饭：“不过，我会用新人的魅力征服他们。”

“什么魅力？”

“精力旺盛！百折不挠！初生牛犊不怕虎！”

吃过午饭回到《萌爱》杂志社，她打算眯一会儿。

杨连凑过来：“希之，你被何副总叫过去都做什么了？”

“摄影棚帮忙啊。”她刚才在洗手间看了下，因为一直帮忙扛器械，两个肩膀竟然都黑青了，心里头阐述了小飒的恶形恶状，但她绝不退缩，这个局面，她一定能扭转。

杨连想了想，下定决心一样小心翼翼地问：“那，有没有人欺负你。”

“欺负？”

“嗯。”

“我还真觉得他们在欺负我！”王希之煞有其事地点头：“没事，虽然很累，就当进了新人集中营，等着我逆袭吧。”

杨连脸上闪过于心不忍的神情，张张口想说什么，却又忍住了：“希之，真不行，就给庄主编说一声，毕竟你也不是正式员工，是我们这儿正儿八经的签约作者，天天跑摄影棚帮忙去，也不合适。”

王希之若有所思，庄神正在出差，为了这点小事打扰他不好吧，算了，再过几天他就回来了，再说吧。

下午依然是恋爱培训班，毫无疑问，林晟也在。

糟糕的是，下课前帅哥老师让他们互相实践，而她跟林晟分到了一组……

林晟呢，深情款款地盯着她："希之，看着我的眼睛。"

王希之盯着林晟的眼睛看。

"你看到了什么？"林晟声音缓缓，故意压低了声音，带点沙哑的诱惑。

她眨巴眨巴眼："什么都没有啊。"

"仔细看。"林晟有点琢磨不透王希之了，是故意装傻吗？他已经感觉自己制造的空气足够暧昧了，他的眼神一定是情丝万种。

直觉告诉她林晟这个人得敬而远之，暧昧的眼神，诱惑的声音，让她起了一身鸡皮疙瘩。他的表现太偶像剧了，事出反常必有妖啊……

看着他伸手去拂她耳际的发丝，她头歪到右边给躲开了，他又改用左手去拂，她赶紧头歪左边……

这种行为让林晟火大，他有点想按住王希之，拨乱她的头发。

然后，王希之比他行动更早更快，"啪"她的手放在他细软的短发上，像在摸一条狗头揉揉，自己还在那儿配音："无敌摸头杀。"

帅哥老师还在台上讲着："两个人相处，最重要的就是肢体语言。每一个眼神，每一个动作，都是情绪最好的表达方式。"

……

带伯爵出门溜达，没多久，竟然下雨了，她买了个一次性雨衣，把伯爵裹严实，带着它一路狂奔。

"在做什么？"

擦头发的时候收到庄景的信息，心情突然雀跃，抱着手机盘在沙发上回："报告，刚带伯爵遛弯儿回来。"

还把伯爵雨衣照发给庄景看。

庄景这一天的行程很紧张，这会儿好不容易得了空，突然很想知道王希之在做什么，这应该就是肖静静报告里写的，因为喜欢而产生的思念。

看到伯爵的照片，他不禁笑了。

这样让骄阳都黯然失色的笑容，王希之是看不到了，两个人聊的话题十分无趣。

晚上吃了什么？

吃了这个那个，你呢？

吃了这个那个。

那边好玩吗？

没时间玩。

等等之类，特没营养，换做以前，庄景根本不屑一顾，可现在他不得不承认，爱情果然是世界上无比神奇的存在，它自有一种魔力，哪怕再琐碎的家常也能让人欲罢不能。

王希之继续跟庄景东拉西扯，什么伯爵今天拉了几泡屎，门口超市大降价，她买了调味料，巴拉巴拉……

也不知道聊到晚上几点，双方互道了晚安。

王希之看着手机屏幕上庄景发过来的晚安，心底突然有一丝丝的甜，还把前面的聊天记录看了又看……

“喜欢一个人，有一个很明显的征兆，那就是重复看对方发过来的信息，或许是一个表情，或许是一声晚安，都要反复地看，而且总能看出点不同来。”

王希之听得目瞪口呆，如果帅哥老师说的这一段话是个恋爱公式的话，套进去，不就是她昨天晚上对庄景的反应吗？

难道，她喜欢庄景！

在她震惊的一瞬间，脑海里突然闪现而过的竟然是庄景深吻她的画面，不会吧，上次做梦她强吻了庄景，难道昨天晚上做梦，庄景强吻了她？

此事对她冲击太大，以至于下课的时候，完全没听见林晟说的后天周六帮她报名去游乐园的事儿。

“小远哥，这会儿有时间吗？”

“有啊，刚收工，正往酒店那边去。”

电话那头的王希之沉默了一下：“小远哥……你说喜欢一个人是什么感觉？”

“哟，你这是动了小春心啦？谁啊谁啊，我认识么？”

“……”王希之无语，这浓烈的八卦之火，隔着屏幕熊熊燃烧是怎么回事。

“没啊，前段时间我不是被粉丝吐槽不会写感情戏么，我这是做调研呢，好啦，你好好休息，我做饭去了。”

这厢挂断电话，裴思远真是喜忧参半，希希和师兄，总感觉有点不搭，他这又当娘家人又当婆家人的心情谁能懂，好吧，顺其自然！

裴思远收起手机，正准备过马路，却看到一个熟悉的身影，竟然不管不顾地闯红灯。

唐休?

裴思远赶紧追过去，唐休走得很快，那边猛刹车，一个司机探出脑袋来骂，裴思远赶紧跟着赔不是。

转过头，唐休都走到拐角了，他赶紧跟过去，远远地叫了几声，对方好像没听见一样。

然后，他看到她的高跟鞋卡在了铁篦子上，她脱下鞋，用力一拽，“咔嚓”一声，鞋跟断了。

唐休拎着高跟鞋，光着脚继续往前，路过一个垃圾桶时，高跟鞋就这么被扔了。

“唐姐！”裴思远在后面担心地叫着。

似乎是听到了他的叫声，唐休停了下来。

裴思远追过去才发现，她在哭，没有声音，眼泪却不停地涌出来。

唐休的眼泪，一定很值钱。

这是裴思远第一次见到唐休哭的时候想的，当然，熟了之后发现根本不是这回事，那也是后话了。

这是第二次看到她哭，哭得让人很心疼，一个在他心目中叱咤风云的女子，就这么倔强地哭着。

“发生什么事了？”

“不要问。”

唉，他在心底叹口气，低头看着唐休光着的双脚。

“我帮你叫个车。”

“不想坐。”

唐休说完继续光着脚往前走。

裴思远看着她倔强的背影，还是忍不住跑到她前面，半蹲了下来。

“做什么？”

“当然是背你啊，你又不愿意打车，你看这脚，长得跟月牙一样多好看，这要一路走过去，月牙就要长泡了，你忍心吗？”

唐休的情绪好像稍微平静了些：“还是把我的鞋捡回来吧。”

裴思远从垃圾桶里把鞋捡回来，唐休直接把另一只鞋子的高跟给掰断了。

“这样可以了吧，我可以走了吗？”

“唐姐，你现在心情很不好。”

“嗯，所以呢？”

“要不，我们去喝点小酒？一醉解千愁？”

唐休果然好酒量，几罐下去，除了默默流泪，却不发一言。

可裴思远不行啊，六罐下肚，他就是浑身发软东倒西歪了，眼花的时候还不忘数数：“唐姐，你喝了十瓶了。”

十瓶啤酒，唐休也开始头晕晕的，但人却很兴奋：“喝十瓶算什么，我可是要成为海贼王的女人！”

“欸？你说什么？”

“怎么，惊讶？呵呵呵，我会的东西多着呢。”

“例如呢？”

“抓娃娃机。”

商场里，一个服务员慌慌张张从娃娃机那儿跑出来：“又抓空了一台。”

好嘛，靠墙放的娃娃机一共有十二台，这会儿被围得水泄不通，大家都在看热闹，什么热闹？

一对喝多了酒的男女在这儿展示抓娃娃的神技啊！

逢抓必中，有时候甚至是一托二。

不错，这两个人正是唐休和裴思远，出于习惯，喝多了的唐休还是在抓娃娃前做了适当的伪装，鸭舌帽，普通墨镜，甚至还弄了一把清水洗干净脸上的妆。

素颜的唐休眉眼依然精致，裴思远晕晕乎乎还称赞了一句：“唐姐，你可真好看。”

拎着两大包的娃娃，两个人又跑到了游戏厅。

唐休扬起下巴：“你行吗？”

裴思远哼笑，活动手指：“哥当年也是一个游戏币就能打通关的人。”

好嘛，比赛车，比滑雪，比打地鼠、打僵尸，还在跳舞机上群魔乱舞。

因为男帅女靓，吸引了不少人的眼光。

还有妹子发现唐休的高跟鞋，指指点点。

不过，Who cares？

唐休只觉得疯起来什么都不想心情会很好，当然，裴思远也疯，可能原本就有一颗自由飞翔的灵魂吧……

因为想到自己很可能喜欢庄景，王希之开始害臊了，还有点忧愁，苏小曼果然没防错。只是还没来得及梳理小心思，一到杂志社，就又被小飒抓去劳动了。

这下连元聪明都觉得不对劲了："希之不会是得罪谁了吧？"

众人也一副很有可能的样子纷纷点头，可庄神不在，希之只能任由宰割。

莎莎一副若有所思的模样，尤其是看到杨连一副坐立难安的样子时，江户川•莎莎的眼角突然精光一闪。

第十八章 我是为了看太阳

“老实说，希之被何副总叫过去干活的事情跟你有没有关系。”趁着就他们俩在咖啡间，莎莎压低声音问了一句。

话一出口，杨连差点惊叫，自己捂住嘴巴，惊骇地看着莎莎一副果然如此的模样，然后小声问：“你怎么知道？”

“到底是怎么回事？”

杨连犹豫了一下。

“是不是好姐妹？”莎莎狠下心，“到时候庄神回来，这事也瞒不住吧。”

杨连闻言苦着脸：“其实我觉得没什么大不了的，就是当初庄神接手咱们的时候，何副总那边很看好，执行培养草根成神的计划时，何副总给了我一份大纲，是她侄女的，我也很努力推荐了，那不是最后还是庄神拍板么。”

“哼，自己不敢找庄神，倒是敢拿下面的人开刀。”莎莎很不满。

“就是啊，何副总一调过来就找希之的麻烦，我看着也很心疼，可谁敢得罪她呀。”

“还专门找了庄神不在的时间。”

“就是说嘛。”

“可怜希之了，摆明了是整她，她却还真的以为那边缺人手。”

“我都已经给希之提醒了，希之可能有点心大。”

“希之是不想给庄神惹麻烦，你想啊，她是庄神带来了，要是她有点啥事，那可都是庄神的麻烦事儿。”

“那怎么办？”

“只能再看看，希望何副总看在庄神的面子上，不会太为难希之。”

“何副总会看人面子吗？”

“那就只好等庄神回来亲自解决这件事了。”

“小王，举着鼓风机从上往下吹。”小飒在下面指挥着。

王希之骑在高高的梯子上，扛着鼓风机对着模特那边呼呼地吹着。

手酸肩膀疼，她还在努力坚持，坚持坚持，下面就能拍出美美的海报来了。

可突然有人撞了一下梯子，王希之尖叫一声，整个人差点掉下来，鼓风机更是“嘭”一声，脱手掉在了地上，一堆人都被吓傻了。

小飒三步并两步赶紧先把鼓风机停了下来。

王希之惊魂未定，整个人被吓得腿都发软了，晃晃悠悠地从梯子上下来。

“你是怎么做事的！”小飒劈头盖脸一顿吼，“连个鼓风机都扶不稳，真不知道是干什么吃的，是不是在学校学傻了！”

王希之刚受了惊吓，人还在蒙，难道不是有人撞到梯子才变成这样的吗？吼她干吗！

摄影棚很安静，众人默默地看着，也没人站出来为王希之说一句话。

正在这时，何副总过来了，后面还跟着秘书，看了一眼摔在地上的鼓风机，冷冷地瞥了一眼王希之：“怎么回事？”

小飒气急败坏地说了一通。

何副总上下打量她：“你是从《萌爱》杂志社那边抽过来的吧？”

“是。”

何副总低声哼笑：“庄景带的人，看起来也不怎么样。”

王希之闻言顿时气得发抖，一开始就觉得小飒有点针对她，今儿看来对方摆明了在整她，而且明显就是冲着庄景去的。她也看出来了，这些人根本没有兴趣听她解释。她生气了，真的很生气，她要做好，做到最好，做到整个摄影棚的工作人员都挑不出毛病来。绝对不会给何副总留个说庄景不是的话柄。

想到这儿，也不顾手脚发软，她神情倔强：“何副总，不管怎样，只要不耽误你们拍摄不就行了。”

“你行吗？”何副总的声调总有一丝轻蔑在其中，眼前这可怜的小女孩脸色还白着，手指甚至还在微微发抖。

“行。”王希之咬牙。

在众目睽睽之下，王希之先试了试鼓风机，嗯，没有问题。

然后扛着鼓风机一点一点爬上人字梯，梯子没人扶，摇摇晃晃的。

站在何副总身边的人看着这一幕忍不住咽了一下口水，还小心翼翼看了一眼何副总。

没人说话，大家就看着王希之一点一点爬上去，骑在梯子上，纸白一样的脸色，声音还有丝发颤：“好了，可以开始了。”

“好了好了，继续。”小飒拍着手，众人又开始忙碌起来。

何副总出来的时候，身后的秘书忍不住开口：“副总，毕竟是庄主编那边的人，这样不好吧，万一真摔下来。”

“那也是她自己好强摔下来的。”何副总冷酷地接话。

你有没有得罪过人啊?

王希之躺在沙发上，一边用脚给伯爵挠痒痒，一边给庄景发微信，她没打算把最近发生的事告诉他，她又不是那种动不动就哭哭啼啼告状的小女生。

更何况她猜这位何副总跟庄景是死对头，她只是被迁怒的小跟班，不知道能不能从他这儿问出点什么来，说不定有助于改变现状呢。

很多。

庄景很快就回了过来，王希之撇嘴，也是，以庄景的臭脾气，不得罪人才怪。

你什么时候回来?

想我了?

王希之一屁股坐了起来，脸上热辣辣的，为什么这三个字让她心头如同小鹿乱撞一般，她盯着手机，半晌，一拳捶到胸口，别撞了，撞死得了。

是啊。却是满不在乎的口吻。

我也想你。

“嘭”一声，王希之掉地上了，屁股蛋子也不觉得疼，庄景什么意思？啊啊啊，为什么她感觉这么的，幸福?

哎呀呀，羞煞老夫也!

这会儿，电话突然响了。

深呼吸，再深呼吸了。

“喂？”

“掉地上了？”

“欸，你怎么知道？”

庄景在笑，她听到了。

“王希之，恋爱实践对象找好了吗？”

“还没。”

“嗯，时间紧迫，那我就勉为其难吧。”

“欸？”

“傻子。”

电话挂了，一波小鹿乱撞后，换小兔乱踹了，她觉得坐也不是站也不是，隐隐的感觉，庄景，是不是也喜欢她呀？

关于王希之的优点：勤劳、善良、纯真，是个积极向上的好青年。

关于王希之的缺点：手胖，腿短，脑筋直，易冲动……

握着猪头笔，把自己的优缺点一项项列在本子上，对比十分惨烈，这样的自己，他真的喜欢吗？

周五，小飒例行公事使劲折腾她，哼，谁怕谁？姑娘我上学时，被人尊称壮士好吗？

人争一口气，佛受一炷香，抱着这样的想法，王希之大有越战越勇之势。

这不，来拍时尚封面的某明星看着她面不改色扛着道具全场跑，都忍不住想挖墙脚：“这姑娘战斗力好强，能不能弄来当我的助理？”

呵呵呵！

“她好像干得还挺开心。”何副总秘书推了下眼镜，这王希之才来摄影棚几天啊，恐怕除了小飒，其他人还都挺喜欢她，谁不喜欢能干的人呢？

王希之一副乐在其中的模样，反而让何副总的目的落了个空。

谁不想看到一个柔弱的小女生在职场这个如狼似虎的地方被啃得渣都不剩呢？

何副总的脸色果然不好看，她想看到的是一个敢怒不敢言，委屈地像个小媳妇儿一样，躲在厕所里哭哭啼啼，最终只能向庄景告状的王希之，而不是现在精神百倍冲谁都是个大笑脸，所有人都刮目相看的王希之。

王希之搬了一箱水分给大家：“辛苦了。”她笑起来露出浅浅的梨涡，可爱又阳光，让周围的人好感倍增。

“小飒接着，辛苦了！”

小飒接住愣了一下，没吭声。

王希之被通知换地儿了，让她下周上班换个摄影棚报道，不知道是不是出于好心，小飒临走告诉她，那边的摄影棚正在拍戏，不论是导演还是明星都是出了名的难伺候。

王希之呢，感觉自己打响了胜利的第一枪，果然呢，不管在什么地方，抱着最好的心态，就一定能把事情做到最好！

周六是培训班约好一起去游乐场的时间。

一大早，王希之穿着休闲装，戴了顶鸭舌帽就出发了。

刚下车，就看到游乐场门口，被一堆女生围着的帅哥老师和林晟了。

男生们站在一旁，都有点怨念了，你当他们真的是来报恋爱培训班的吗？他们也是想借这个机会脱离单身狗的好吗？

眼下，除了男男配对，好像也没有别的方法脱离单身了……

“希之，这里。”林晟很热情，大步走过来给她撑伞。

“同学们把身份证拿出来，我去帮大家买票。”帅哥老师招呼着。

“这么多女同学都需要老师照顾，跑腿的事情我来吧。”林晟自告奋勇，收集了大家的身份证，还冲着王希之眨眨眼：“我很快回来。”

“哇，林晟冲着你在放电呢，希之。”

“他放电的样子好迷人啊，简直就是我心目中的男神。”

王希之在心里头翻白眼。

买票没花多长时间，很快，林晟就招呼她们一起进游乐场了。

云霄飞车啊，海盗船啊，大摆锤啊，极速漂流，鬼屋……

一天玩下来是又累又开心，聚餐结束，在大家瞎起哄下，王希之只能坐上了林晟的车。

“我知道附近有个风景特别漂亮的地方，现在带你去看看。”

“谢谢，我累了，想回去休息。”

“不会耽误太多时间的，拐一下就到了。”

“我不……”

林晟已经拐道了，王希之那个凌乱啊，早知道死也不上车了。

“到了。”

是不远，十分钟的车程，半山腰的一个地儿，能饱览全城。

天微黑，灯火像星河，不得不说，还挺美的。

林晟靠着车，摸了根烟点上，微眯了双眼，看着迷离又颓废。

王希之呢，有点惴惴不安，她可能跟苏小曼一样有被害妄想症了，感觉林晟随时会从后备箱里拿出个刀叉剑戟，把她给剁了。

沉默的羔羊？

开膛手杰克？

德州电锯杀人狂？

“很多人说我这个样子很迷人。”

林晟突然出声把王希之吓一跳，脑子里正胡思乱想着呢，从这个角度看过去，林晟的样子甚至有点阴郁。

“怎么，我吸引不了你吗？”

“也不是，我就是觉得天太黑了，看不清楚。啊，伯爵还在家里饿着肚子等我，要不我们先回去吧，今天太累了，改天再来看风景。”

假装很随意的样子去开车门，哪知道，手腕突然被抓住，只觉得被人一甩，天旋地转一般，自己就靠在了车门上，而林晟则双手撑在她两侧，眼睛眨也不眨地盯着她。

妈妈呀，好吓人。

这辈子第一次被壁咚，竟然不是庄景！

王希之眼珠子乱转，林晟的气息都喷她脸上了，刻意地低沉沙哑：“这样是不是就看清楚了？”

王希之嘿嘿憨厚一笑，眼睛眯得跟小月牙一样。

“我不如庄景吗？”

欸？

“一线杂志《STAR》的主编，难道还不如二流杂志《萌爱》的主编吗？”

欸？

林晟哼笑了一声，有点自嘲的意味，人却缓缓向王希之靠近。

阴影来袭，王希之骇然啊，整个人贴在车上使劲垫脚尖，想要避开林晟，甚至还想到了胯下一击。

“砰”的一声，“哎哟”！

为了躲避林晟，她猛地一仰头，后脑勺儿磕车上了，疼得眼泪都飚出来了。

林晟盯着捂着后脑勺儿眼泪汪汪的王希之，突然退后一步，目光有点阴晴不定。

半晌才开口：“我送你去医院。”

王希之摇摇头：“回去拿冰敷敷就好了。”

一路无话，林晟突然换了个人似的，面无表情。

也就是下车的时候，他微眯了双眼看着小区的名字，碧空阁。

“你在这里住？”

“是啊。”王希之下车整理了包包：“今天多谢你了。”

林晟没再看王希之，车窗缓缓上升，车子猛然发动“嗡”的一声绝尘而去。

这更让王希之觉得，林晟这个人阴阳怪气，还是敬而远之的好。

回家就收到了庄景的微信，这下好了，所有的事情都抛之脑后，专心致志沉浸在毫无营养的话题之中……

夏乙辰上头条了，作为某大佬新欢的标题出现在各个热搜榜中，标题下方还有照片为证，照片很模糊，有点似是而非的感觉。

裴思远拍戏的时候，周围就有人拿这个事情当笑话聊，也不是笑夏乙辰，因为这个名字大家还记不住，聊的是这某大佬，换女人的速度究竟有多快。

听说圈子里有不少女星都是某大佬捧红的，所以，想巴上这位的人可是源源不断……

“喂？”

接电话的声音很娇媚慵懒，带点刚刚醒过来的沙哑。

“今天的娱乐新闻你看了吗？”他还是不敢相信，前一段时间，夏乙辰刚刚跟他保证过，脚踏实地地磨炼演技，不求功成名就，但求成为一名优秀的演员。

“就这事啊？娱乐圈的新闻九成九都是假的。”夏乙辰满不在乎，“照片上的人是不是我，思远你还看不出来吗？”

他就是一眼看出来，照片上的人是她，才打的电话。

“你在哪？”

“裴思远，你有完没完啊，总是疑神疑鬼，说了不是我，你这么不信任，那我们分手好了！”

“啪”一声，夏乙辰将电话挂断。

“小宝贝，你生气的样子可迷死我了。”

挂断电话的夏乙辰赫然在酒店的大床上，一旁有个大肚便便的男人，向她扑了过来，夏乙辰边回应边抱怨：“照片拍得很模糊，根本看不出来是我。”

“哎，你懂什么，照片绯闻只是第一步，紧接着去出席各个活动，再演一两部戏，不就什么都有了。”

“那亲爱的，我今天一定要好好表现了。”

听夏乙辰说分手这两个字不是第一回，从最开始的惊慌失措，到现在，心里竟然一点波澜都没有。

也许，他们真的变了，追求的也不再是同一个目标。等拍完这部戏，也该好好谈谈了，分手也许是最好的选择。

王希之还挺好奇的，《叫我小魔头》是个小说改编的玄幻仙侠剧，听说外景拍摄差不多了，这个摄影棚搭建的都是绿幕，主要是为了做后期特效。

威亚上面还吊着几个人，武术指导在那儿比画着。很快，她就被副导分到了威亚组，其实也就是试验品，需要有人试威亚效果的时候，都由她上。

这一上午啊，吊来吊去飞来飞去翻滚。

一开始还觉得新鲜好玩，时间长了，就很受罪了。

浑身上下跟散架了似的。

可脸上却挂着大笑脸呢，那边一叫：“小王你来试。”

王希之“噌”就到跟前了。

至于下午的恋爱培训班，林晟杵在那儿，就是阻挡她去上学的动力。

剧组这边又说时间很紧，不打算放人，威亚又给她吊上了。

下午结束的时候，大家都在收工，王希之还在空中吊着。

“让她多吊一会儿再放下来。”

副导发话了，大家自然是装聋作哑各做各事，很快都开始下班走人了，王希之心里大骂这帮人渣，人在空中叫了半天：“还没把我放下来呢！”

可没人管啊，管这事的人接了个电话，说老婆生病了，人一急，也走了。

灯光一灭，谁还看得见王希之啊，最后临走的人，耳朵里塞着耳机跟人聊着天呢。

王希之惊慌失措地大叫，偌大的摄影棚在“嘭”的一声关门中，陷入了绝对的安静和黑暗……

庄景是赶回来的，本应该后天回来的他，晚上十点就到了，伯爵很热情，跑出来在门口撒了泡尿，庄景眉头一皱，王希之没回来？

果然没见人，打了无数个电话也没人接，庄景生平第一次，慌了。

王希之在唱歌，她跟自己说了不害怕，可恐惧还是揪着她的心脏不放，她开始唱歌壮胆，唱万里长城永不倒，唱男儿当自强，唱海阔天空……

不知道过了多久，她开始哭，开始喊，有没有人啊！放我下来！

然后号啕大哭，哭停了，又开始自言自语。

“总有一条……”

手机响了，但手机在下面的桌子上，她看着手机屏幕的亮光，听着铃声响，可她接不到电话。

手机一遍又一遍地响着，王希之在空中大喊：“庄景！庄景！”

“滴”一声响，王希之心里“刷”地凉了，低电量提醒。

电话没有再响，一切再次陷入到黑暗和寂静中。

王希之害怕了，她开始大声地背诗：“我来到这个世界是为了看太阳，和蔚蓝色的田野。”

“我战胜了冷漠无言的冰川，我创造了自己的理想。”

“我的理想来自苦难，但我因此受人喜爱。”

“我来到这个世界是为了看太阳，而一旦天光熄灭，我也仍将歌唱，歌颂太阳，直到人生最后的时光！”

“啪”一声响，整个摄影棚的灯光亮起。

王希之狠狠地闭了下双眼，再睁开时，看到的是带着紧张之色的庄景冲她跑了过来，因为跑太快，还打了个趔趄。

王希之笑了，眼泪和鼻涕还在，她狠狠吸溜了一下。

庄景把王希之放下来的时候，王希之已经站不起来了，但她抱着庄景的脖子，脸上还笑着，眼泪却哗哗地流，嘴巴里不断地重复：“你回来了，真好真好。”

庄景紧紧地抱着王希之，他的身体微微发抖，后怕心疼，各种情绪交织在一起，他安抚着她，也不断地重复着：“没事了没事了，我在这里。”

保安组长和摄影棚的组长都在，当庄景给他们气急败坏打电话时，他们都不敢相信摄影棚里还吊着一个女孩，如今看到这样的场景，心里头害怕到了极点。

庄景抱着王希之离开时，摄影棚的组长紧张地跟在后面：“庄主编。”

“明天再说。”冷酷的语调，像寒冬腊月。

庄景带王希之去了一趟医院，医生那边说身体无碍，受了惊吓，需要休息一段时间。

王希之仰头看着庄景，感觉自己像个迷妹，看他为自己紧张，抱着自己在医院跑来跑去，眼睛都不眨一下。

“好好睡吧。”庄景坐在书桌旁的椅子上，随便拿了一本书打开：“我在这里看会儿书。”

王希之看着庄景，他不走哎，他要陪着自己，她突然觉得有很多话想说，开了口却成了：“我想喝水。”

庄景给她端了杯温水过来，还喂她喝。

王希之觉得卧在床边的伯爵看他们之间的眼神都显得意味深长。

“不是说要到周三吗？怎么提前回来了？”

“忙完了。”

“哦。”安静了一下，又问：“你怎么知道我在那里？”

庄景合上书：“手机定位，睡不着吗？”

“嗯……有点。”王希之的眼珠子乱转了一番：“我想听故事。”

“想听什么，我放给你听。”庄景已经开始在手机里找了。

王希之双手抓着被子：“我想你念给我听。”心里头怦怦跳，这对霸王龙来说，会不会过分了，可她真的很想听他的声音，那会让她感到温暖和安心。

“好，想听什么？”

庄景答应得太干脆了，都让她有点不敢相信，于是随口而出：“我想听《萌宠当家》。”

“从头？”

“第四十八章，我看到那儿了。”

于是庄景低缓的声音在屋里响起：“微风荡漾，整个草地都弯了身子，越尘就躺了下来，看蔚蓝天空上飘浮的云。羲和从花丛里钻了出来，就看到了这么一幅景象，一个白衣的美男子，躺在草地上，闭上了双目，脸上浮现着一抹若有若无的笑容。羲和呆了一下，连脚步都放轻了，她走过来细小的沙沙声，被风带了很远……”

她眨也不眨地看着庄景，他的声音很苏，苏得让她脸上不自觉开始发热，咚咚咚的心跳声，感觉整个房间都能听得一清二楚。

庄景没有发现王希之的异状：“等羲和回过神，自己距离越尘的脸庞只有一寸的距离，她呆在了那里。就这么直愣愣地看着越尘，鬼差神使一般，羲和略显笨拙地将自己小小的嘴巴贴在了越尘的眼角。”

庄景读到这里时突然抬眼看向了她，四目相对，她害臊地转过头：

“看我干吗？”

半晌没有动静，她再转头，庄景那张富有冲击力的俊脸就近在咫尺了，她觉得他的眼神泛着淡淡的光彩，里面好像有千言万语，然后，他距离她越来越近，越来越近……

第十九章 SSS难度的外联

他吻上了她的额头……

她不自觉闭上双眼，感受水润润的嘴唇带来的温度，暖暖的，她的心也是暖暖的。那些恐惧和不安，奇迹般地烟消云散了……

王希之睡着的模样很是可爱，小嘴微嘟着，好像随时都能吐个泡泡出来。

庄景没想到这段时间她在集团里一直备受刁难，但她每天与自己聊天却从没有提过，真是个倔强的丫头。明明可以选择他的庇护，她却偏要凭借一己之力去改变困境，但不就是这股子勇往直前的冲劲，让他心动不已么。

是的，他喜欢她，喜欢她的倔强，她的阳光，她的笑脸，还有她傻傻的模样。

缺点也好，优点也罢，他喜欢她的一切。

从今往后，她就是他想一辈子守护的女孩！

早上刷牙的时候，王希之还在回味被庄景温柔亲吻的场景，耳鬓厮磨恐怕就是昨晚那种境况了，从额头到脸颊，最后就是她的初吻！

哎呀呀，好甜呢！

脸蛋酡红，初吻哎，可突然她又感觉不对，仔细回想，再回想，突然，“啊！”

牙刷掉水池里了，整个人震惊当场，她全部想起来了……

何副总年逾四十,一直保养得体，很多人初见她都觉得只有三十出头，女人，哪有不为这样的事情而暗自得意的。

何副总也不例外，她看起来很冷厉，却特别注重养气，哪怕天塌下来，她也是举止优雅不动如山。

只不过，今天，她遇到了庄景。

“童副导、聂组长、张组长他们的情况我写成了报告，何副总审阅下看看有什么遗漏的地方。”庄景坐在她对面，面无表情，眼神冷冽。

她把报告扔到一边，庄景只是个主编，她是集团的副总，虽然不是对方的主管，但也不必看他的脸色：“他们没有什么地方做得不对，只能说职场新人还有很多地方需要适应，社会是残酷的，难道庄主编也这么天真？”

庄景也不在意，低头看了下时间：“这个时间段，他们应该收到集团的辞退信了。”

“辞退信？”何副总按了总机电话，很快就得到了回复，“啪”的一声摔了电话，怒不可遏：“庄景，你不通过我，就敢动我的人？”

庄景站了起来，将一旁的报告放在桌子上：“所以说，何副总还是将报告审阅一番的好。”

“为了一个小女生，你选择和我作对？”何副总不怒反笑，“庄景，你不会连这点衡量都没有吧？”

庄景却没和她多费唇舌的意思，倒是出门前说了句很诚恳的话：“何副总要多注意休息。”他回了头，“毕竟是更年期。”

何副总当然不会善罢甘休，一向护短的她，一直找到了汪总那边。陈述了一大堆，并且强烈要求将那些人恢复原职，而且庄景必须道歉。

“小何，庄景的报告你看了没有。”汪总总是笑眯眯的，让人感觉很亲近。

何副总听到这样的话，心里咯噔了一声，嘴硬回道：“没什么好看的，无非就是夸大其词。”

“还没看啊，那就看看吧，我这里刚好有一份。”

何副总接了过来，打开一看，里面根本没有提王希之的事，却是把他们手上的项目中的安全隐患、管理漏洞等梳理得井井有条，让人无法反驳。这样算起来，辞退，对那几个人而言已经算是轻的了，否则按照公司章程上处理条例执行，他们还要承担一笔赔偿金。

何副总哑口无言。

“小景的大局观一直很好，有些人要忍痛割舍，有些事要提前防范，有不足就去改正，有漏洞就去弥补，这样，一个集团才能健康长久地发展下去，小何说是不是啊？”

“汪总说的是。”

“我知道你们亲自培养一些人才很不容易，这样吧，这次集团招人的面试工作就交给你来主持吧。”

这算是打一棒子给个糖吃了。

汪总说得这般清楚，何副总再有怨言也只能吞下去，她原本想说庄景带人上班违规，那她肆意整治对方，岂不是故意为之。更何况，庄景在整件事情中，一副对事不对人的态度。这种表面上大局观，实际上变相地维护，在她看来令人发指，可她没办法。

庄景到《萌爱》杂志社的时候，大家都很安静，但却无心工作。

杨连感觉特别对不起王希之，心里愧疚得不行，扭捏了半天才开口：“主编，希之没事吧？”

事情大家都听说了，他们知道王希之被吊了大半夜，都很生气，何副总欺人太甚。

“嗯。”庄景的回复异常简短，早上他出门的时候，王希之还在呼呼大睡，梦里还呵呵笑了两声，应该没什么事了。

“主编，希之住哪儿啊，要不我们去看看她吧。”莎莎提议。

“我也要去。”

庄景想了下就告知了地址，也好，省的她一个人在家无聊。

于是众人拼单买水果点心牛奶，大兜小兜，跑碧空阁去了。

“你没事吧！我们来看你啦！”杨连代表众人慰问。

王希之忙把众人迎到客厅：“你们怎么知道我住这儿？”

“问庄主编啊。”和慧慧笑，“主编还能不知道你这个签约作者住哪吗？”

“啧啧，希之，你可是深藏不露啊，复式楼啊，好有钱。”王迈瑞环视四周感慨万分，“我那六十平方米都把我的血汗钱给榨干了。”

“不不不，我是租的，租的房子。”王希之尴尬，老天，咋办？她要实话实说吗？那不成大新闻了？

让庄景的八卦在集团内部熊熊燃烧起来吧？

震惊！《萌爱》的签约作者与主编同居一室！他们之间到底有没有……

“哇塞，希之，这房子租也不便宜吧，这沙发是我相中了好几年那款进口的，超级贵超级舒服。”

“这款地毯，别看它貌不惊人，好像也价值不菲的样子……”

是啊，满屋子都是低调奢华，王希之吐槽，她都不知道。

好嘛，所有人都直直看着她，一副等待答案的模样。

伯爵见状也溜到了众人旁边，蹲坐着吐着舌头。

王希之瞪眼，你是我这边的！

僵持中，她装傻一笑：“渴了吧，我去给大家倒水。”排排坐吃果果，大家聊八卦正起劲呢，此时“滴”一声，门开了，所有人都侧着脑袋看过去，然后看到庄大主编熟练、自然地打开鞋柜，换好拖鞋进屋了！

王希之只觉得天旋地转，这是妥妥地被撞破“奸情”啊。

“原来希之租的是主编的房子啊。”大家都憨厚地笑着，眼神却意味不明。

王希之给大家倒水，庄景在一旁问：“吃药了吗？”

“吃了。”

“晚上想吃什么？”

“海鲜粥。”

庄景点头，上去换了家居服下来进了厨房。

“庄神居然亲自下厨，会不会是黑暗料理？”王迈瑞对着莎莎咬耳朵

“出得厅堂入得厨房，怎么办，怎么办，我的少女心要炸。”和慧慧一脸花痴。

他们还想多待一会儿探听更多不为人知的秘密，无奈庄神穿着围裙问了句：“你们也想吃海鲜粥？”

这凉飕飕的语气，大家哪能没眼力见儿，说了一番多喝水多休息的话，呼呼啦啦就走人了。

等电梯的时候，大家都很沉默，今天的信息量有点大啊，消化消化。

莎莎最先发言：“别说，希之跟主编还挺搭。”

“嘘，在公司可不许乱说啊。”杨连警告大家。

众人纷纷点头，就在这时，“叮”一声，电梯门开了。

双方都吓了一跳，电梯里竟然是，公关部门的唐休！

“唐经理也是来看希之的吗？”杨连满脸堆笑。

唐休很快反应过来，得体一笑：“不是，我就住在这里。”

“啊！”大家心中无比凌乱，难道唐经理也跟庄主编他们住一起？人

精唐休哪能不知道这些人在想什么，她微微一笑，指着自己的房门："庄景的隔壁。"

大新闻，天啊，今天的信息量已经撑着了，大脑内存告急。

在唐休以探望之名实为蹭吃蹭喝，且毫无电灯泡自觉时，庄景就不爽了："做公关的情商要高。"

唐休笑了："哟，喝你一碗海鲜粥，都上升到情商了。"

"裴思远不在。"庄景还是很敏锐的。

唐休不以为然："我是来找希之的。"

"我有三个字送给你。"

"不想听。"

王希之头大，只能赔笑。

"不识趣。"

"谢谢赞美。"唐休拿纸巾擦嘴，"下次我想喝鱼片粥。"

"好啊！"王希之抢在庄景之前笑着答应，任由发展，会不会打起来？她在桌子下面牢牢地拽着庄景的手："我们下次请唐姐喝鱼片粥。"

我们?

庄景闻言觉得这个词，是那么完美无缺，心情突然就飞扬起来。

王希之暂时不去上班，家里又剩下她一个人了，没事干，除了打扫卫生就码字呗。

小女孩死了。

她的遗愿是见见爸爸，因为爸爸在国外开会未能及时赶回来。

谢恩呆呆地坐在太平间外的长凳上，皇上心疼：谢恩，你别这样。

她突然异想天开：我们可以倒流时光，完成她的遗愿。

目前的科技是不能完成时间逆转的。皇上觉得自己说这话一定很残忍。

可谢恩主动握住了他的手，她的手很凉，声音也微微颤抖：我可以。

于是，第一次，他们回到了五分钟前……

第二次，一个小时前……

皇上看谢恩脸色惨白，皮肤上附了一层密集的水珠，他抓着谢恩的肩膀：谢恩，你看着我！

谢恩看着皇上，看到他眼睛里对她的担心，心里突然一暖。

谢恩，不管你信不信，我不想你出任何事，因为我，喜欢你。

谢恩盯着皇上的眼睛，突然有点慌乱。

皇上改为拥着她：你也喜欢我对不对。

谢恩恐惧了，有种被人窥探到内心私密的恐惧。

我们现在不说这个，先完成她的遗愿。

不能再用超能力了。皇上心疼，恨自己无力。

再试一次，再试一次，我一定能做到。

谢恩哀求着，如果她没有让小女孩等自己，是不是她就可以逃过一劫。

最后一次。皇上说。

于是，“哗”地一下，他们到了陌生的花园。

这里是？唐糖生日会的酒店花园？

却听见有个温柔地女声问：“小妹妹，你在这里做什么？”

“漂亮大姐姐去给我买冰激凌，我在这里等她。”

谢恩和皇上循声望去，看见一个穿着黑色风衣的女人，她背对着他们，却不知道对小女孩做了什么，就见小女孩昏倒在地。

是她！抓住她！

谢恩怒极想用超能力追过去，可什么都没发生，反倒是鼻腔里灼热，一股股热流滑落了下来。她摸了一下鼻子，流血了，好多啊。

然后，就在皇上紧张的呼唤声中陷入了黑暗中……

隐藏在大学食堂里的美食选题被大家一致通过。

在她恢复上班的第一天，刚进杂志社头顶“嘭”的一声响，无数彩带纷纷飘下。

“欢迎回归！”

“恭喜选题通过！”

“希之，实力瞩目啊！又当作者，又做策划，你让我们其他人怎么办。”王迈瑞调侃。

和慧慧扑过来抱住她，假装流泪：“行行好，给条活路赏口饭。”

元聪明送上百合满天星：“希之，祝你早日成为大神！”

“谢谢！谢谢，怎么这么大的阵仗？”

“我们还以为你不会再来上班了。”周妙然说。

在《萌爱》最艰难的日子里，他们相互扶持，用辛勤劳动换来《萌爱》的一次次逆袭，他们就像一家人，缺一不可。

庄景十点过来开例会的时候，整个杂志社还在开茶话会，热闹得很，黑亮的皮鞋踩在满地是彩带星星的地板上，人群中，他一眼就看到了满是兴奋之色的王希之，她就像个太阳，有她的地方就有挡不住的热情。

杨连率先发现庄景，立马正色吩咐："聪明，赶紧打扫一下，十分钟后开会。"

"主编，咖啡。"王希之把杯子放在庄景面前。

"主编，下期主题我们想做美食。"杨连递上资料。

"市场核查已经开始了，希之前期准备工作做得很棒，节省了我们不少时间。"王迈瑞夸道。

王希之心情微微激动，第一次做选题策划，竟然被大家这么肯定。

"找出小奸细的名单会在这期公布，并且会将大号团子跟着发下去。"周妙然汇报工作。

"这期'校园里的阳光男神'封面投票结果已经出来了，这次有难度哦。"莎莎晃着笔。

所有人都看向她，莎莎耸肩："这次是传媒大学的校草，主题没跑偏。"

"不会投出个大明星吧？"和慧慧惊讶。

"明星中的流量担当，李小白，百分之九十六的高票当选。"

根据《萌爱》杂志一贯发扬的契约精神，他们曾许诺每一期的封面人物都由大家投票选拔，前几期的封面人物都是普通学生，有清纯的，有可爱的，有健康的，这一期选阳光形象，没想到竟然选出了李小白。

李小白是童星出道，小小年纪就出现在各大火爆的电视剧中，电影界的导演也特别宠爱这个男孩。16 岁的时候，他主演的电影横扫各项国际大奖，年纪轻轻就站在了影帝这个对大多数明星遥不可及的位置。

他今年 20 岁，在传媒大学表演系读大三。

形象阳光，气质清新，微笑天使，几乎就是他的代名词。

只是他能看得上他们《萌爱》么，多少一线杂志上赶着邀请他拍摄封面啊。

"而且，我还有一个小道消息。"莎莎叹口气，"李小白的现任经纪人，好像跟何副总关系还不错。"

"何总不会落井下石吧？"

"所以，很可能是个请不动也请不来的结局。"

庄景思索了下，点头："既然选出了李小白，我们就先试着联系对方，看看对方的反应，毕竟涉及我们杂志的信誉问题，另外再准备一套应急方案。"

"好的"

"加油吧！慧慧。"

"对方咖位在那儿摆着，怎么可能会答应。"

"试试呗，有志者事竟成，破釜沉舟，百二秦关终属楚。"

"苦心人天不负，卧薪尝胆，小白封面愿来拍！"

"哈哈哈！"

看着同事们苦中作乐，王希之自告奋勇："报告主编大人，我想申请跑外联！你看，我稿子也交了，选题也做了，闲着也是闲着。"

"我拒绝。"

"为什么？"

"这次外联成功率不足百分之五十。"庄景摇头，事实如此，他不想看见她受挫。

"不管能不能成功，只要努力就一定会有好的结果。"

庄景看着王希之认真又坚决的模样，陷入了短暂的沉思。

当初突发奇想让她进杂志社，是因为看她对《萌爱》是发自内心的喜欢，而且又能把她与苏小曼分开，避免扩大战火，给她一个安静的码字空间。当然，这其中也有他自己的小私心。

可什么时候，她就突然成长了呢？永不服输的模样仍在，却褪去了当初的青涩，而今由内而外散发着自信。

这样的改变让庄景感到新奇，他的成长顺风顺水，生平信奉的是优胜劣汰，见多了因恐惧未来而听天由命的人。何况，现实就是努力也不见得有回报。他都快要忘记世间还有一个名词叫拼搏。幸好，幸好遇到她，她身上的纯粹和美好，让他不至于渐渐麻木，沦陷在唯利是图、唯以成败论英雄的泥潭里。

"可以。"庄景答应了，"不过我有一个要求。"

"什么？"

"晚上我想听你读小说。"

"好，我念给你听，你想听什么？"

"《萌宠当家》，第四十八章。"

"……"

王希之突然觉得她这辈子都看不完《萌宠当家》了……

外联一直都是和慧慧在做，周妙然偶尔会参与。

“这次是 SSS 级别的。”和慧慧认为这次任务已经突破了她的难度上限。不过，和对方联系的时候，对方倒是给了她们一个与李小白经纪人见面的机会。

这让和慧慧和王希之充满了希望，两个人身上战魂“轰”的一声就燃烧了，一个号称是女战神雅典娜，一个号称是东方不败……

时间约在一个明媚的上午，为表诚意，两个人提前半个小时就到了，不过助理告诉她们，有人来访，需要等一下。

于是她们就开始了漫长的等待，水没敢多喝，怕上厕所的时候，人家让进去，随着表上的分针有条不紊地转了一圈，她们十足的希望已经落到了八成。

乐观还在。

又过了半小时，办公室的门开了。

竟然是林晟！

“梅姐，我在大唐阁订的月满人间，一会儿来接你。”

梅姐，全名王梅，四十岁出头，名字普通，手段了得，早年是当老师的，后来跟着朋友转行，一脚踏入娱乐圈后，登时就显现了非同一般的才智，好像天生就是吃这碗饭的人。

她捧的人不多，但个个都是站在影视圈顶峰的明星。她人不高，却很胖，穿皮衣像皮球，穿黑白相间的衣服就像足球，颜色再靓丽一点就像瑜伽球……总之这位球姐，呃不，梅姐，可是娱乐圈的一号人物。

“王希之？”林晟惊讶的样子很夸张，像装出来的一样。

“你们认识？”梅姐笑呵呵的，乍一看像个老好人。

“勉强算得上是同行。”林晟笑着解释，转而看向王希之：“你们也是来请小白拍封面的？”

“是。”再遇林晟，此人已经完全没有了当初对她的热情，反而眼神中总是闪着带点算计或者看好戏的光芒，让人很不舒服。

“我觉得，你们《萌爱》的定位可能还有点不准确，小白的情况你们应该了解吧，你们站在这里，会不会有点。”林晟抿抿嘴，“太自不量力了？”

“你！”和慧慧都想冲过去打人了，什么人这都是，会不会说话。

王希之拉住和慧慧，双眼盯着林晟，这才是真面目吧？先前不论他因为什么目的接近她，又因为什么原因突然就销声匿迹，但今天见到的才是真正的林晟吧，嗯，真面目真是丑陋。

“是不是自不量力，也不是林主编说了算的。”王希之露齿一笑，转而看向了一旁的王梅：“是不是啊，梅姐。”

明里暗里的针锋相对王梅不知道见过了多少，她依然弥勒佛一样笑着：“《萌爱》杂志社吗？庄景没来？”

这让和慧慧和王希之心中都是一凛，总觉得事情不是那么简单，同一时间来找王梅谈杂志封面的问题，竟然是《STAR》和《萌爱》两家杂志，《STAR》是国内一线时尚杂志，对方杂志主编亲自到访。而她们，《萌爱》撑死了是个二线，来的还是两个不起眼的外联……

果然，她们把准备充足的资料放在王梅面前，她连看的兴趣都没有，倒是一直在和她们聊庄景，话头也不往拍摄封面上拐。

“久仰庄主编大名，一直没有机会见一见，还以为今天能见到。”王梅笑呵呵地说，“我没什么爱好，就是爱看书，前段时间有人找我写自传，推荐了一些指导写作的书，庄景写的内容角度独特，言简意赅，对我有很大启发，一直想找个机会当面聊聊。”

就这么拉拉杂杂的，两个人听她聊了一上午写作，对方愣是没让她们把拍封面的事儿提出来……

第二十章 娱乐圈也谈梦想？

“堵得慌。”和慧慧出了办公大楼就捶胸口，以前闭门羹没少吃，但还是头一次这么憋屈，碰哪儿都是软钉子。

王希之想到林晟就觉得不对劲：“慧慧，《STAR》跟我们《萌爱》有什么牵扯吗？”

“有什么牵扯？对方是国内一线时尚杂志，目标定位是国际一线，我们《萌爱》更偏少女系，定位不一样，针对的人群也不一样，就算是同行相忌，我们之间也八竿子打不着，不过《STAR》的主编实在，啧啧，不咋地，对了，你跟他认识？”

“同学的朋友，不熟。”

两个人吃过饭回杂志社汇报进度。

“《STAR》杂志也去约封面？还真是巧。”周妙然皱眉。

“是啊，对方不会是知道我们要选李小白，故意针对我们吧？”

“不能吧，《STAR》和《萌爱》都不是一个类型好嘛。”

“好了，慧慧，希之，你们也别气馁，我们这边的应急方案已经快做出来了，你们那边再努力努力，真不行，我们集体给读者道个歉。”

“好了好了，开心点，别为工作烦心啊。”

虽然大家说《STAR》针对《萌爱》不可能，但王希之就是有这种感觉，毕竟林晟先接近她，玩了一打的花招，突然就跑了，谁能保证林晟这次不是得知她们要请李小白，故意添堵呢？

本来就难以争取，又有《STAR》插手，《萌爱》能请到李小白的机会真的很渺茫。

但是，不能放弃！不到最后一秒，说什么也不能放弃！

为此，下班之后，王希之还在研究李小白的资料，从他的兴趣爱好，乃至各种经历，还有相关人士的评价……

庄景看王希之有好一会儿了，杂志社的人都走完了，她好像完全进入了自己的小世界，全神贯注地查资料，做笔记。他突然很想摸摸她，他记得第一次见她时，她的头发刚好过肩，现在已经长了不少，他倒是很喜欢她散开头发的样子……

伸个懒腰，以前没怎么关注过，如今看来这个李小白，真的跟《萌爱》一贯提倡的精神很符合，粉丝们还是很有眼光的。

"结束了？"

"呀！"王希之猛然转身，发现庄景拿着本书，就靠在后面的桌子上，"你在啊！"

"啪"庄景合上了书，"饿了吧，要不要先去吃饭？"

"欸！都快九点了！"庄景不提醒还好，这肚子，已经饿得前胸贴后背了。

晚饭是在夜市上吃的，臭豆腐散发着独特的味道，恰恰是庄景最不喜欢的气味，而王希之一口一个，腮帮子鼓着，惊喜地给老板竖大拇指："这个好吃，真心好吃！"

"好吃常来啦，小姑娘！"摊主是四十多岁的中年大叔，超热情。

王希之边吃边点头："嗯嗯。"

夜市人特别多，街两边全是小吃，她用竹签扎了个臭豆腐喂到庄景嘴边："可好吃了，你尝尝。"

庄景本想撇头避开，但看到她那期待的眼神里泛着亮亮晶晶的光芒时，他还是张开了口，顿时咸辣的臭豆腐充斥了整个口腔，他顾不得其他，猛然就囫囵吞了下去，滋味不大好受。

王希之还在那儿扬扬得意："好吃吧？"却看庄景，眼睛竟然红了一圈，"不是吧，都好吃到要哭啦？"

庄景缓了一下，才镇定地回答："嗯，还不错。"他吃不得辣，除了辣味，他真没吃出来什么味道。

"老板，这个土豆来一份，不要辣哈。"王希之大声嘱咐着。

庄景很自觉地付钱，心中却是一动王往希之无辣不欢他是知道的，特地要求不要辣，难道是照顾他？

果然在接下来买的烤串之类，王希之也都特地吩咐了不要辣。

他心中特别暖，甚至想就地抱一抱她了。

“小姑娘真有福气，男朋友跟明星似的。”烤串的老板娘大嗓门地夸着。

王希之闻言双颊酡红，她刚想否认，庄景突然冒了一句：“是在夸我吗？”

“是喔，你这个长相很少见了，一看就是不得了的人。”老板娘持续大嗓门，“小姑娘要抓紧你的男朋友了，免得被人拐跑了。”

这都什么跟什么啊，可一向在外比较清冷的庄景却一本正经地对她说：“我不会被任何人拐跑的。”

王希之感觉脸上开始冒热气儿了，赶紧把装傻充愣转移话题发挥到极致：“老板，再给我加根鱼肠。”

庄景总是一本正经地不正经，让她防不胜防，可每次，他说了这些话，她心里那头撞死的小鹿就复活了……

回去的路上，她给庄景扯工作。

“我会再约一次梅姐，不过得由你来说服对方。”

“我？”王希之惊诧，虽然不是没有幻想过自己口若悬河让对方签下合同的场面，可事实上，她没有丝毫经验啊！

“没有信心吗？”

这么一句轻飘飘地问话，突然就激起了她的斗志，她的人生信仰里可没有不战而退的道理，于是她像军训一样高声回答：“有！只有不努力的锄头，没有挖不倒的墙！”

时间约在三天后，杂志的日期可不等人，他们已经没有多少时间了。

经过一夜的思索，一上班王希之就拉上了和慧慧：“我有一个想法。”

“希之，我刚好也有一个想法。”

“做采访！”

“做视频！”

两人对视一眼，异口同声，默契！

“我们可以采访看《萌爱》的学生，让他们说说选择李小白的理由。”

“对对，然后剪辑在一起，做成视频。”

“我们选择李小白，原本就不是看重他的商业价值，不是为了蹭他的知名度来提高杂志销量。不管成与不成，我们必须转达粉丝的美好意愿。”

“嗯，我们杂志最提倡的一点就是做真实的自己。”

“所以。”

“所以！”

王希之激动地与和慧慧抱在一起，理念相同啊，堪称知己！

把想法给大家一说，大家纷纷赞同，他们选择李小白的原因就是这么纯粹，又何必挖空心思去吹嘘一堆虚名呢！

他们要展示最真实最纯粹的一面，来争取这次机会！

“时间上有些紧，考验我们的时候又到了。”杨连深吸一口气，难得说了这么一句中气十足不含娘气儿的话。

“那我们两人一组，出发。”

“你好同学，请问你看《萌爱》杂志吗？”

“我们两个都看。”两个女生冲着镜头挥手。

“我有个问题想问你们，回答之后会送给你们两个团子哦！”

“哇，团子吗，我好喜欢的，有什么问题尽管问！”

“你们为什么选李小白当阳光男神？”

“我觉得他特别有邻家大哥哥的感觉，《萌爱》是我最爱的杂志，新版的《萌爱》给人一种向上的阳光感，就像田野里大片大片的向日葵，而李小白就是我心目中的向日葵哥哥。”

……

再次来到王梅的办公室，不无意外又见到了林晟，看来这位大经纪人安排事情真的有那么点意思。

只是林晟再见他们时，眼神里闪过一丝惊讶。

办公室里还有一个肤白貌美个子高高的大男生，给人一种很清爽的感觉。

这个男生大家都认识，李小白。人很有礼貌，互相介绍之后，他还微微躬身与他们握手。

林晟是与他们面对面坐在沙发上，中间那截儿没人坐，显得他们之间泾渭分明。

李小白就坐在王梅身旁的小凳子上，很乖巧的样子。

林晟是不怎么高兴，也没忍住：“梅姐，我们上次不是说好了吗？怎么今天签约还有外人在场？”

王梅笑呵呵：“最近为了锻炼小白，牵扯小白的项目都会让他来选择，所以今天特地把大家请到了一起，这个事情啊，我做不了主，得让小白来定。”

“还有什么可选择的？”林晟摊手，“小白，你应该知道我们《STAR》杂志，一直都是业内抢手的时尚资源，也是你人气的象征。我们上一期拍摄的封面人物可是红透半边天的大花旦，而且，我想我们杂志给出的价位，应该是国内首屈一指了，绝对不是那些不入流的杂牌能比的。”

说这话的时候，林晟挑衅地看向了庄景。国内一线时尚杂志的地位给了他不小的自信，而王梅的举动，的确让他很不舒服。

庄景却是完全忽略掉了林晟的眼神。他还是那副冷静的模样，让对手永远无法看透，他到底为什么胸有成竹，他手里握着的到底是怎样一张底牌。

李小白的样子很谦逊，他笑了笑，牙齿洁白，仅是笑容就让人倍生好感：“林主编合同上的条件我看过了，比我接触过的同类杂志都要优渥很多，只是庄主编也是特地抽时间过来的，所以，我想听听庄主编怎么说。”

林晟低下头，嘲讽一笑，整个人往后一靠，双臂横着搭在了沙发上：“小白说得对，我也想看看，庄主编能说点什么。”

“梅姐，小白，文字资料的表达太有限，我们专门做了视频，视频不长，不会耽误大家多少时间。”

闻言王希之立刻站了起来，稳稳地走到壁挂的液晶电视前，插上了优盘。

王梅与李小白对看一眼，眼神里透露出了一丝兴趣。

林晟却是不屑地笑了笑，小杂志就只能整一些幺蛾子。

屏幕是黑屏的，正中间出现了一行白字：第166期《萌爱》封面活动“校园阳光男神”投票活动截止。

白字滚动，出现了另一行：李小白96%高票当选。

紧接着画面切换，校园里一个戴着厚重眼睛的女生面对着镜头紧张万分，双手紧捏着裤子两侧：“投票我选择了李小白，因为他和《萌爱》一样，在我最晦暗最绝望的日子里，给了我这个世界的光明，他们都是我心目中的太阳。”

画面再切换，是个帅气的男生：“《萌爱》让我认清人生的方向，李小白是我最喜欢的偶像，我像夸父一样，追逐在这条路上，永远不会退缩！”

“我会选择李小白，因为他是我心目中的向日葵哥哥，《萌爱》就是我心目中的一望无际的向日葵田野！”

“没有原因啊，看到封面，脑海里闪过的就是李小白的身影。”

“我不追星，但《萌爱》选择阳光男神，那必定是李小白，没有人比他更适合。”

“我是《萌爱》和李小白的双重粉丝，马上要出国了，我觉得李小白如果出现在《萌爱》的封面上，我会永远珍藏它，并且带着这期杂志游遍全世界！”

“因为李小白是学霸，学霸就是男神，男神就发光，所以我投他！”

还有一个胖大哥像干部总结发言：“我选择李小白，因为我觉得他有种催人向上的力量，不仅是我们校园需要这种力量，就是将来踏入社会，我们也需要这种满满的正能量。”

“所以。”

画面开始不断地切换无数学生的镜头：

“只能是李小白。”

“向日葵哥哥。”

“我选择李小白。”

“是他是他就是他，李小白！”

……

画面陷入黑暗，黑暗中有一丝亮光，白字渐渐出现：《萌爱》杂志社全体成员诚挚邀请李小白同学一起合作！

字体滚动：让我们一起为这个世界传递爱和光明！

林晟率先哼笑出声：“庄主编，雇这些学生花了多少钱？也许凭借庄主编舌灿兰花，一分钱都不用出吧。”

一直不怎么说话的王梅这个时候带着她弥勒佛式的笑容开口了：“庄主编，我能看看你们的合同吗？”

“当然可以。”庄景淡笑。

林晟却坐直了身子，笑得有点不自然：“梅姐，谈也谈了，看也看了，是不是该签合同了？”

王梅认真翻看着合同，却是吩咐李小白：“小白，给林主编倒杯茶。”

茶放在林晟面前，李小白礼貌微笑：“林主编请喝茶。”

当然李小白也没忘记给庄景还有王希之上茶，王希之连忙接了过来，弯腰小声道了一句谢谢。

林晟哪有心情喝茶，到了这个节骨眼上，王梅不会是要变卦吧？放着他们《STAR》这种几乎要成为国际一线的杂志不接？接个对李小白毫无人气帮助，也根本称不上时尚资源的二流少女杂志《萌爱》？这不是笑话吗？

的确是笑话，因为当王梅看完合同之后，二话没说拿起笔："庄主编，条件我很满意，希望我们合作愉快。"

林晟震惊了，什么时候娱乐圈也谈梦想了？也谈纯粹？谈什么传递爱和光明了？

谈名谈利才对吧？这个金牌经纪人王梅，不会是疯了吧！

他愤然起身，咬牙切齿确认了一遍："梅姐，你看清楚合同了吗？"

王梅听人说过林晟非常自傲，今日一见，倒是略见一斑，她笑呵呵道："怎么，林主编觉得我四十三就开始眼花了吗？"

林晟一时语塞，可继续留在这里确实没什么脸面，他走过去拿起自家的合同，掠了一眼王希之，对上庄景："今天的事情，我记住了。"

庄景都没抬头看他，这更让林晟觉得灰头土脸，这是他许久许久都没有过的感觉，也让他回忆起了曾经一些很不好的回忆。

"梅姐，我希望你不要后悔今天所做的决定。"林晟说完这么一句话，转身甩门离去。

林晟走后，在场的人像没见过他一样，见惯风浪的王梅更是呵呵一笑："庄主编，我还想了解一下合作细节。"

这当然是由庄景与王梅沟通了，王希之在一旁听得仔细，频频点头，对方不愧是见多识广的老江湖，考虑问题的角度和多面化是她根本就想不到的，受教受教。

而庄景她就更崇拜了，他回答的一字一句都很严谨，却不会让人感觉古板无趣，反而在无意间能站在一个主导话题的位置上。

连王梅都跟着点头了。

"选择你们不是意外，小白不缺时尚资源和人气，他需要的是形象，良好的形象对他将来的发展很重要。而且，见到庄主编之后，我就知道《萌爱》不会停留在二线杂志太久的。"王梅笑着，微微侧了身，让他们看到在她身后的书桌上有一打杂志，正是《萌爱》，旁边好像还有类似的调查资料。

庄景神色微动。

王希之更是深感对方对选择杂志的认真和慎重，只是拍摄一个封面，而且他们的杂志还不够起眼，但对方依然用了最严谨的态度去做了他们的功课。

临走前，王梅意外地聊起了何立："我的发小何立，你们应该认识，我可是听她提过庄主编，那时候她的面色可不大好。"她笑呵呵的眼角闪过一丝狡黠。

“何副总是有大局观的人。”庄景了然，何立很强势，她的护短表现在，在集团护自己人，出集团护集团所有人。

王梅大笑：“难怪书中总是说，敌人才是最了解自己的。”

何立知道庄景来找她签封面合作的事情时，曾经气得发抖：不许签，签了就是跟我作对。

可过了三分钟，她就说：算了，再怎么也是我们集团的事情，你就让他公平竞争。

又过了三分钟，她又怒了：只要给他机会，这次合作肯定就是他的。

一晚上又怒又犹豫，自我矛盾得不行。

这让她对庄景产生了无限的好奇，见了第一面就觉得这人不一般，在这个年纪的她，可没有庄景这番气度，倒是不虚一见。

果然，只是寥寥数语就感觉到对方游刃有余，说话无形中让人有种信服力，难怪让何立那么忧愁了。

临走庄景从王希之的包里拿出一本书送给王梅：“听说梅姐正在写自传，这是我即将要出版的写作书籍，里面有对写自传的浅薄看法，希望对梅姐有帮助。”

王梅愣了一下，接了过来，突然调笑道：“是不是今天这合同没签，这本书就不送了？”

庄景“嗯”了一声。

别说王梅了，王希之和李小白都跟着愣了一下。

王希之觉得尴尬了，可王梅却哈哈大笑，连李小白的嘴角都有了古怪的笑容。

王希之忍不住挠挠鼻子，庄神就是不一样啊！

李小白签约了，这让整个杂志社都疯狂了。

赵照颤抖地翻着造型册：“你们说小白来了，我要给他做个什么样的造型？我的手艺会不会太糙了，现在去进修还来得及吗？”

杰瑞也抚摸着他最贵的那款私人珍藏版数码相机，表情凝重，像抚摸着自己最心爱的女人：“又到了你重出江湖的时候了。”

总之，大家兴奋得不行啊！

这一期杂志卖疯了！

销量突破了三百万册后还在飙升，每天都能听见慧慧的尖叫：“加印！加印！”

为了追逐光明，我从不停歇……

大片大片的向日葵前，站着一个侧脸迎着光的大男生，李小白完美的侧脸在光影交汇中散发出了夺人心神的光彩……

向日葵哥哥的称呼直接飞跃到了各大搜索排行榜第一。

这让李小白的人气再创新高，并且获得多个殊荣，此后参与了不少公益慈善活动，向日葵哥哥更是家喻户晓……

李小白的这张封面照也被誉为迄今为止最完美的影像，之后，这张封面图包揽了 2017 年各大杂志封面的奖项。封面人物金奖、封面摄影一等奖、人物造型一等奖……

杰瑞和赵照不知道激动地躲起来哭了多少回……

当然，这都是后话。

第二十一章 霸王龙的醋也是酸的

王希之病了，可能是前段时间精神太过亢奋，加上又赶小说又做美食选题，人都瘦了，免疫力一低，她就华丽丽地倒下了，还把伯爵也给传染感冒了。

一人一狗窝在一块打喷嚏，庄景给她放了假，闲着没事，她就刷刷微博、朋友圈。

此时，萌团群里，莎莎问了句，庄神什么时候感冒？

这让王希之莫名其妙。

慧慧接了句：接吻会让病菌传染得快一些。

王希之的回复让所有人绝倒：我没和伯爵接吻……

《萌爱》杂志社

“很奇怪。”

“怎么了，慧慧。”莎莎问。

“我觉得希之写得很好啊，皇上表白了，剧情也惊心动魄，X组织嫌疑人已现身，我特别特别期待接下来的情节。”

“然后呢？”

“你看评论区。”

果然，《萌爱》电子刊下面对小说的评论是一片狼藉，有人大段大段分析里面的内容，说什么作者三观不正，这种书竟然也能连载。

什么时候《萌爱》沦落到刊登三流小说的地步了？

作者写得真没意思，文笔又烂得一比。

这大尾巴兔酱是不是有后台啊，这种内容都能火？

作者不是《萌爱》搞的草根成神计划吗？没关系能被选上？

莎莎一页页翻下去，发现好的评论全部被淹没，有人在评论区里带节奏，不停地抨击作者、抨击小说甚至直指他们《萌爱》暗箱操作。

杂志社其他人也凑了过来，杨连皱着眉看完，不由得跟莎莎对看一眼，王希之被何副总整了一番，庄主编又让何副总吃了大亏，难道是何副总搞鬼？

“《萌爱》销量一直在上升，不停在刷新历史纪录，评论倒是没影响到这方面，但这对作者影响很大，毕竟舆论这一块有人已经开始要求《萌爱》换作者了。”周妙然在会议上向庄景汇报。

毕竟评论区大规模黑小说，甚至开始扩散到论坛、微博等有影响力的网络媒体，他们必须重视。

“主编，会不会是何副总？”莎莎小心翼翼地问了句。

“不会。”庄景否认得很快，尤其是经历李小白签约事件后，他对何立的认识更加鲜明：“何副总或许在待人处世方面有欠缺，但她绝对不会做出损害集团利益的事情。”

哦，众人纷纷点头。

“那会是谁呢？”

“既得利益者。”庄景眯了下双眼：“《萌爱》的销量已经突破四百万，足够让人眼红了。”

大家闻言突然感觉紧张起来，是的，《萌爱》打了个漂亮的翻身仗，有一半是依靠草根成神计划，而王希之的小说角度新颖有趣，剧情紧凑吸引人，的确在短时间内为《萌爱》凝聚了不少人气，在《萌爱》不断壮大的情况下，就一定会损害同行的利益，目前杂志市场的容量饱和，《萌爱》上升，就一定有人下降。

“调查一下《STAR》杂志近半年的销量。”庄景突然开口。

众人面面相觑，《STAR》杂志，那可是国内顶尖时尚杂志，难道《STAR》还真把他们当对手？哇，这个未雨绸缪太早了吧？何况非同类型啊！

不过，既然是庄神吩咐的，就一定有他的道理，他们必定把调查做得更详尽一些才是。

散会的时候，莎莎突然问了一句：“主编，希之会不会看评论？”

庄景一怔，他倒是没想到这茬儿，的确很担心她能不能承受这件事情。

正巧此时，电话响了。

评论，当然会看了！

上次评论辣么差！她都报恋爱培训班了！

这次应大家要求，该表白的表白，剧情迅猛发展，自己满心欢喜地去看评论，谁知道一划拉下来，满屏幕血红的差评！

作者赶紧滚出《萌爱》，文笔玷污文学界！

什么大尾巴兔酱，傻白甜，白莲花！

作者缺爱吧，天天都 YY 帅哥？俗套死了。

剧情压根儿有逻辑问题，这样的小说都能发表？

谢恩恶心，谢恩恶心，谢恩恶心。

……

满屏幕啊，想找个正常的评论都没有。她愣了大半天，然后不死心，继续划拉，划拉了好久才发现淹没在后面的好评。

皇上表白了，好爱作者大大，继续加油！么么哒！

我成了黑衣人的迷妹，~o(>_<)o ~，给作者大大加鸡腿，求加我女神的剧情。

……

王希之眼眶湿润了，然后用手背猛擦一片眼泪，仔仔细细把后面的评论都看了。

里面还夹杂着蚊子在哼哼哼的刷屏：哪来的一帮水军，我刷刷刷，大尾巴兔酱，我永远支持你！

说来也怪，好的评论全部淹没在后面，反而是不好的后来居上，还在不断增加，又看看往月的评论量除了刚开始一千左右，后来基本上都是三千左右，这个月的评论量都达到三万了！

电话一接通，王希之非常严肃：“主编大人，我怀疑有人雇水军黑我。”

这件事情，《萌爱》处理得很及时，迅速联系了集团各部门，尤其是公关部，杂志社所有人都觉得果然物以类聚，神人也只会和神人做邻居。这件事唐休处理得干净利落，凭借手腕和人脉，刹那间将网络上所有针对王希之的不利言论清除一空。

“我查过那些账号，的确是水军，看来有人要对《萌爱》出手了，看这种规模和组织，对方应该还有后手。”

“一步一步来，料越报越大？”庄景挑眉。

唐休哂然一笑：“庄主编很懂娱乐圈的规则嘛。”说着她一把揽过王希之，“希希，你放心，我会保护你的，会让伤害你的人付出惨痛的代价。”

王希之特别感动，回抱唐休：“唐姐你真好，爱你么么哒。”

却是被庄景抓住了衣领给揪了出来，冷眼看着唐休：“心意领了。”

“嘭”门给关上了。

唐休得意，庄景果然黑脸了，哈哈！

“我跟唐姐话还没说完呢。”王希之愤愤不平。

“不要随便对人表白，女的也不行。”

“哪有这样啊！”王希之抱胸，气嘟嘟。

“总有一条……”

电话响了，庄景一看是裴思远，顺手就接了。

“希希，你没事吧，哥最近拍戏拍傻了，都忘记关心咱希希了。希希不哭，有哥在呢，哥的肩膀随便你靠，温暖的怀抱也随时为你敞开……”

“希希这两个字，你不许再叫了。”庄景的脸又黑了一个色号，看到唐休紧紧抱着王希之的时候他就觉得刺眼，他都没那样抱过，现在又听裴思远叫得如此亲热，顿时觉得非常刺耳！

“欸，师兄！？”

“啪”电话给挂了。

王希之贴着墙根溜着走，庄景吃干醋的样子有点小可怕：“那个，我去做饭？”

“回来。”

赶紧立正。

“今后谁都不能叫你希希。”

王希之觉得庄神别扭起来怎么这么可爱呢，不由得想怼他。

“那我爸叫怎么办？”

“……”

“还有我妈。”

“……”

“还有我爷爷奶奶七大姑八大姨……”

“嘭”一声，啊！啊！她终于被庄神壁咚了！

欸？她为什么要说终于？

她微微张着嘴巴，她觉得这个样子一定很傻很跌份，可她控制不住，她终于知道被喜欢的人壁咚是什么感觉了！像被圈进他独一无二的世界里，温暖而满足。

她看着庄景缓缓靠近，他的眼珠很黑，黑的清澈黑的闪亮黑的像带了神秘的魔力让她再也无力逃开。她的心扑通扑通狂跳着，这个时候是不是要闭上双眼，还有她感冒还有没完全好，会传染的吧？会吗？就一次而已。

庄景的呼吸轻轻喷在她的脸上，说不出的撩人……

她听到他魅惑的声音在耳边响起："希希，我饿了。"

闻言王希之脸蛋爆红，饿了，哪种饿法？！啊呀，会不会进展太快了……不行不行，可拒绝会不会……

正当她陷入天人交战，快要精分的时候，庄景突然起身，很是一本正经："希希，该做饭了。"

她狠狠地瞪了庄景一眼，可在庄景看来，这是女孩子娇嗔的一眼，很阔爱呢！

裴思远瞪着被挂掉的电话，心里头那个海啸啊，瞬间就吞没大陆了。他在外拍戏期间，家里头到底都发生了些什么骇人听闻的事情，等他回去，会不会"啪嗒"一下，小侄子落地了！瞧着师兄这波涛汹涌的醋意，这扑面而来的霸道总裁范儿，不知道杀青回去后，偌大的复式楼里还有没有他的一席之地呢？

王希之感冒好得差不多了。她一上班，莎莎就在一旁感慨怎么病这么快就好了，庄主编怎么还没感冒之类，话里有话，让听出来的人憋笑，听不出来的傻笑。

她不愿意了，跟演讲一样大声宣布："我跟庄神不是你们想的那样！"

所有人都看着她，慧慧极感兴趣地接了句："那你们应该是怎样？"

"才不告诉你们，工作了！工作了！"

"你这就不对了，我们是关心你——还有主编的个人生活过得是不是顺心，这会直接影响到我们大家的工作环境质量，对不对！"王迈瑞也加入调侃大军。

此刻庄景却是突然到访："关心我什么？"

顿时没人接话了，可元聪明还是乖乖地报告："关心主编和希之的私生活。"

庄景看了一眼王希之，抑扬顿挫道："我们，很好。"

这略带暧昧的回答让整个杂志社成员都无声地惊讶了，一个个嘴巴跟能塞鸡蛋似的，让王希之恨不得立马买一筐鸡蛋专门给他们塞嘴巴了！

不过，庄景就是过来拿个文件，他一走，杂志社就又炸锅了！

庄景却在门口稍稍顿了一下，听到里面在闹腾王希之，嘴角微微一翘……

自上次水军大规模出动被团灭后，已经三天没有动静了，颇有点暴风雨之前的平静意味，谁也不知道对手还有什么损招，不过，大家心态都很好，兵来将挡，水来土掩！我们不怕。

"主编，雨沐春风的新书没有和我们签约。"肖静静汇报情况。

"嗯？"庄景继续翻看着手中文件："签了哪家？"

"她没签文学网站，反而是签了杂志社。"肖静静小心地观察庄景的反应。

"《STAR》？"

"是。"肖静静点头，"雨沐春风是我们松果文学的成名大神，这次出走可能会带走很多铁粉，对我们松果文学是一大损失。而且，听说《STAR》会专门为雨沐春风隆重召开记者会，宣布她成为签约作者的同时，也要宣布他们的品牌合作和一系列改版规划。"

"《STAR》作为时尚尖端杂志，一直做的是时尚资讯，突然改版做小说连载，如此本末倒置，可不是什么好事。"

"可毕竟雨沐春风的铁粉很多。"肖静静推了下眼镜，她还是挺担心的。

"依靠雨沐春风的铁粉，《STAR》在前几个月销量会有所增长，但很快就会偃旗息鼓，甚至会掉出一线时尚杂志的行列。这么多年来撑起《STAR》的可不是雨沐春风的铁粉。林晟，果真还是没长进。"

庄主编认识《STAR》的主编？肖静静讶然。

庄景却把这件事情放在了一边，反而问："我让你准备的报告呢？"

"在这里。"肖静静怨念，主编每次打电话的时机总是掐得那么准，都让她怀疑主编暗恋自己并在自己身上装了什么高端摄像头！

昨夜，男朋友送她回家，那个缠绵悱恻的吻，让她神魂颠倒，一切是多么的完美和谐符合天地法则自然规律，人类的未来都在她身上了。

可是，手机响了，男朋友按着她的手腕："不接。"

无奈电话铃声一声高过一声，绵绵不绝，誓有不达目的决不罢休之态。

她眼镜都没戴，只好气喘吁吁给接起来：“喂？”

“约会的执行方案给我一份。”

她抓着凌乱的衣服，被男朋友按着吻，还是腾出一只手坚决地开车门，她突然感觉，也许不是为了事业，而是为了欣慰地看着主编在自己的报告分析中，恋爱成功吧。

于是就有了今天厚厚的报告——《约会大作战》！

“我们要去哪？”

“看电影。”

“欸？”

庄景这是要和她约会吗？

哎呀，怎么没早说，上次花了上万买的那件约会战裙还没穿几次呢！如今这一身纯色短袖搭牛仔裙，丝毫没有约会的浪漫感。

她和庄神的第一次约会，郎还是那么帅气，女貌么，破灭了。

庄景已经注意到王希之的表情包开始发作了，开心、纠结、委屈、绝望……

“爆米花。”看着这超大桶的爆米花，她更加崩溃了，w（ﾟДﾟ）w，第一次收到庄神送的花，竟然是爆米花！

“希希，你在想什么？”庄景不懂她为何一脸的生无可恋。

“我的第一次约会搞砸了！”王希之懊恼。

原来，她竟然一直在纠结这个！庄景笑了。

“笨蛋。”

“什么？”

“我说你是笨蛋。”

王希之不乐意了。

庄景摸了摸她的头发：“谁说是约会来着？”

不是吗？她想多了？心里头还跟着狠狠抽冷了一下。

“今天就是请你看电影。”庄景笑，伸手捏了下她的鼻子，“约会嘛，另行通知。”

欸？

大反转，心潮起伏，王希之捂着被捏痛的鼻子，止不住咧嘴笑了。

“傻了？该进场了。”

“嗯。”抱着爆米花桶，任由庄景拉住了自己的手进了影厅。

手牵手哦！好温暖！

裴思远回来了，可怜迎接他的只有出门来撒尿的伯爵："伯爵，就你一个在家啊，你哥你姐没回来？"

这么晚了，干什么去了？想想，耸耸肩，先洗澡去。

洗完澡擦着头发就听见门响了，裴思远笑脸迎人："你们回来了。"

定睛一看，王希之那一脸娇羞！

再定睛一看，我擦，手牵手十指相扣，如胶似漆！

这发展速度，坐火箭了？他离家也没多久啊，明明是两只恋爱白痴，怎么突然就天雷勾动地火了。

"那个，希希。"

得，师兄那一记眼刀，内力深厚，他感觉接不了第二下。

"师兄，希之，你们这是？"总得给他个情况说明吧。

"如你所见。"

裴思远好不容易躲过庄景的盯梢，他一把拉过进厨房喝水的王希之："希希，借一步说话。"

看她一脸蒙蒙的样子，裴思远赶紧点醒她："你们到哪一阶段了？吃亏了没？要我说，你俩彼此真有意思，可得赶紧结婚，免得夜长梦多。"

王希之恨恨地瞪了裴思远一眼："说什么呢！只是看个电影而已。"

"希希来，摸着哥的良心再说一次。"

王希之假装羞怒："不正经，人家要用小拳拳捶你的胸口哦。"

"哎呀哎呀好疼啊，内伤了。"这边两人玩得正欢脱，裴思远突然感觉背后一阵凌厉的杀气，庄景不知何时倚门而立。好嘛，裴思远感觉这里已经容不下他了，三人行必有电灯泡啊！

《STAR》的新闻发布会确定周五在茜茜花园酒店举行，林晟给庄景发了邀请函，肖静静认为这是挑衅。

庄景玩着手里的小飞镖："林晟邀请我去，是为了让他将来更难堪吗？"只会在背后动小计量，成不了气候。

"主编跟林晟很熟？"肖静静忍不住还是问了。

"大学同学。"

"欸？"

"主编，你不会跟林晟结过梁子吧？"

"没有。"庄景否认，飞镖嗖的一声正中靶心："你最近工作很轻松？"

呃，她八卦到主编头上了，这是警告啊！

"不轻松，忙，加班加点都做不完！"

她说着，赶紧溜了出去，关上门才松了口气。

虽然庄神说了没有，可她感觉，《STAR》换了林晟做主编后如此针对他们，一定跟庄主编有关。

是夜，林晟晃着手中的红酒从酒店的高处看夜景，站在高处，是为了享受成功的快感和寂寞，成功的寂寞让人上瘾。

不经意地，就想起当年在学校的事情，他是学生会长，学校里的风云人物，如此优秀的他，某个午后在图书馆突然听到有人议论他。

“你这道题解法复杂了。”

“怎么会，这是学生会长给的答案。”

沙沙的演算声。

“哇，庄景你真厉害，这么简单就解出来了，你比那会长可厉害多了。”

他当时就记住了这个名字，庄景。

可紧接着他就发现，英语成绩在他之上，高数成绩在他之上，专业课成绩在他之上，连同一门的选修课的成绩也在他之上……

从那一刻起，他觉得自己活在了庄景的阴影之下。

他不断努力，通过别人把自己的成就放在庄景面前，可他却根本懒得看一眼。

这是羞辱，对他无声地羞辱！

不知何时，他的行为被人发现了，还被人编成帖子贴在学校论坛上《号外，学生会长林晟是猪脑子》，那是个推理帖，自然是把他暗地里和庄景较劲却被庄景无意间碾压个粉碎的事扒拉得一清二楚，一直到最后，证明得出他是猪脑子。

帖子热度很高，在榜单上连续挂了几个月，于是他出名了，比当学生会长期间更有知名度，因为不管他走在哪里，都有人议论他，林晟是猪脑子；啊，是那个猪脑子林晟吗？

这都是庄景害的！

他毁了，毁在那个无风午后的图书馆里！

他意气风发的学生生涯全部断送在了庄景手里，到最后他只能灰溜溜地选择出国，没人知道他在异国他乡有多艰难，没人知道他付出了多大努力才获得了今天的成就。

他，是国内顶尖时尚杂志《STAR》的主编。

而庄景，只是国内二流少女刊《萌爱》的主编。

只是他觉得不够，还不够，他想要的，是有一天能站在庄景面前，一无所有的 Loser 面前回敬他：庄景，你才是个猪脑子。

“在想什么？”

一缕女性的幽香飘到鼻端，有人从背后抱住他，他陶醉地深吸一口：“在想你。”

身后的女人很开心：“林晟，认识你，真的是我这辈子最大的幸福。”世界上这么帅，又有钱，还温柔深情的人真的不多，她感觉自己捡到了宝。

“雨沐春风，人如其名，认识你也是我最大的幸运。”林晟回过身，抱住眼前这个戴眼镜的白白胖胖的姑娘，他有点不习惯，但他言行维持得很好，不知怎的就想起了王希之。他本想将她挖走，只不过他费尽心思，想用魅力去征服她，可那个女孩却很精明，不管什么时候眼神里都透着戒备。

这样的心理防线是很难突破了，尤其是发现，那个女孩与庄景同住一处时，他就彻底断了挖走她的念头，不过，挖不走，他可以毁了她，就让她给庄景陪葬去吧……

第二十二章 就这么上了头条

“主编，出事了，快看各大媒体网站的新闻头条。”

震惊，知名主编与旗下作者未婚同居，原因竟然是这样！

圈子里的黑幕：被包养的当红作者！

“草根成神”还是“包养成神”？

阳光下的黑暗：圈子里的潜规则。

……

各种各样花里胡哨的标题都剑指《萌爱》主编庄景和草根成神计划中《战斗吧，谢恩》的作者大尾巴兔酱。

爆料编得有鼻子有眼，让人分不清真假 。

“果然来了。”知道对方有后手，雇水军、泼脏水、买营销，到处推送新闻的手段，倒是也不陌生。

集团公关积极应对中，而王希之一大早就接到同学们的电话轰炸：“希之，新闻上说的人是不是你？”

“你真的是被那个叫庄景的主编包养了？他是怎么看上你的？”

……

当中还包括安倩，甚至她还在高中班级群里刷屏了十几条关于她的新闻还有哈哈大笑的笑脸。王希之不得不关机以待。

电子书评论区更是炸得一片狼藉，已经分不清是水军还是友军，反正都是叫嚣着让作者封笔之类的话……

不知道谁还把她的住处透露给媒体，小区的几个出口都有记者蹲点，还有记者乔装打扮成快递、保洁、水管工人想要混进小区的。

裴思远把房间的窗帘都拉上，事无巨细："这些记者无孔不入，说不定拿着高倍长筒炮对着咱的窗户拍呢。"

这件事发生得太突然，虽然早有准备，但没想到对方竟然黑得这么光明正大声势惊人，庄景早上走得匆忙，却是交代王希之暂时不要露面。

毕竟对方来势汹汹，这个时候露面，不管怎么解释，都会被对方抓住一点放大，仅他们在一起住这一项就很难解释清楚。房东和租客，肯定没人信，反而会越描越黑。

裴思远打开电视，谁晓得上来就是财经新闻："洛神集团自上市以来股票首次下跌……"

"啪！"他又把电视给关上了，"别听电视上瞎说。"

"没想到我第一次上头条居然这么惨烈"┓(´∀`)┏。行得正坐得端，对待这次的网络暴力，王希之还是能坦然以对的，只是不知道庄景那边情况如何，她有点儿担心。

"我猜这次你是躺枪了，肯定是《萌爱》杂志挡了谁家的财路。枪打出头鸟，谁叫你是冉冉升起的作者圈新星呢。这种伎俩，哥剧本里见多了，放心，肯定活不过两集。"裴思远劝慰。

"那是，我才不怕呢。"王希之战意满满，"只是没法正面迎战，diss 对方，有点郁闷啦。"

事情没解决之前，《萌爱》杂志社各位的心里到底还是不踏实，毕竟圈子里还真有人就这么被黑得再也翻不了身。而这次丑闻确实闹得很大，都有个别大咖作者提出要净网，封杀以不正当竞争手段上位，投机取巧获得成功的作者。

"麻蛋，就是有人想搞垮我们杂志社。"

"四百万的销量都眼红，这心理是要多阴暗。"

"希之加油，我们绝对不能让对方得逞。"

"希之棒棒！"

王希之一阵感动："大家放心，我绝对不会被小人打趴下。"

"我们一起渡过难关！"

一排努力奋斗的表情整齐地出现在萌团群里，这不是一个人的战斗！

这次公关危机事件堪称现象级了，按理说，王希之最多只是小有名气，初出茅庐，而庄景虽然是知名主编，但并非公众人物。两人都不是具有广泛社会关注度的当红炸子鸡，这样的组合，不仅被全网黑，还黑得惨绝人寰，黑得惊天动地，黑得获得了全国人民的关心，也真是只此一家了。

到了中午，媒体舆论愈演愈烈，大家都密切关注着发展动向，集团高层紧急召开会议。这不仅关系着作者、主编、《萌爱》的名誉，更关系着洛神集团的荣誉。

"你好，你的快递，请签收一下。"

裴思远下楼签收了个快递，上面写着大尾巴兔酱收。

"会不会是刀片？"王希之看了看包裹，还晃了晃。

"也可能是定时炸弹。"裴思远开玩笑，真凑到盒子边上听了听"滴答，滴答"，顿时他冷汗就下来了。忐忑不安地拆开包裹，好在是个闹钟，只是有张纸条上写着鲜红的大字：去死吧！

王希之拿起纸条闻了闻，撇嘴："还以为是血书，原来是颜料，字也写得丑。"

裴思远调侃："没事没事，可能下个包裹才是刀片。"

没过多久又收到一个包裹，看来地址曝光了，也让有心人做了不少操作。

两人举着盒子又是晃了半天，裴思远调笑："这拆包裹，也是要望闻问切的。"

这次王希之自告奋勇："我来拆。"

"你可小心点。"裴思远叮嘱。

打开一看，确实吓一跳，里面是活物，一窝蛇，还有个纸板，血红血红的：咬死你！

这对活宝缓过神来仔细一看，竟然同时沉默了，还是裴思远先开的口："希希，这是黄鳝吧。"他俩小时候还一起抢着黄鳝打过架呢。

王希之盯了半晌后，随即喜笑颜开："黄鳝在菜市场卖四十块钱一斤呢，这么多能吃好几顿了！"

裴思远不由得眼神发亮："葱爆鳝段。"

"酱爆鳝丝！"

"蚝油鳝片。"

"家传秘制香辣盘鳝。"

两人互相报着菜名，还同时“咕嘟”咽了老大一口口水……

玩闹归玩闹，今天的时间却像度日如年，王希之几次想给庄景打电话，却又狠狠地压下了，不能打扰他，不能让他分神，虽然他一直没联系她，但不是总说没消息就是好消息么。

此刻，庄景和唐休等人正在分秒必争地部署最佳解决方案……

包裹没再收到，到了下午舆论风向隐隐被控制住了，热搜排名下降，集团放出旗下某大明星的婚讯，登时吸引了不少吃瓜群众的注意力。

庄景抽空给王希之回了个电话：“没事。”区区两个字，却安抚了她不安的心。

到黄昏的时候，各大主流媒体大版面刊登了很多唐休与王希之的合照，大多还是生活照，背景都是唐休的家。

各大媒体头条翻转：大尾巴兔酱与洛神集团公关经理唐休是房客与房东，有人在恶意引导不实言论，诬蔑《萌爱》作者和主编，洛神集团将追究到底。

事实胜于雄辩，已经有媒体记者前去考证了。

采访画面如下：物业管理员双拳紧握很激动，我上电视了吗？这是直播吗？

（画外音）是的，请先问答问题。

我早就觉得我们那位叫唐休的业主是大明星，没想到真的是，我都给我朋友打过赌！嗨，大明星，你有在看直播吗？我是你们小区的物业管理，在门岗的那个，有印象吗？（冲着摄像镜头不停地挥手）

（画面切换）记者证实了洛神集团发布的唐休与大尾巴兔酱一起居住的信息……

与此同时，洛神集团召开了记者会，唐休义正词严地发言：“近日有人恶意散播对我们《萌爱》旗下作者不堪、失实的言论，这对一个单纯的朝气蓬勃的新人可以说是毁灭性的打击。此种超越道德底线的行为，无耻至极，我们已经找到了造谣者，我们会用法律武器来保护作者……”

“既然唐休与大尾巴兔酱有这层关系，那当初《萌爱》提出草根成神的计划是不是为她量身打造的？”

“不是。”

庄景一开口，闪光灯咔嚓嚓拍个不停，庄主编的大名在圈内如雷贯耳。

“但我很感谢《萌爱》选择了大尾巴兔酱，也很感谢她选择了萌爱。在我们最早执行草根成神计划的时候，《萌爱》面临停刊危机。任何有名气的作者，甚至没名气的作者，都不会把自己的前途捆绑在这样一本杂志上。在我们联系大尾巴兔酱时，没人能预料到前路是成功还是失败。我们《萌爱》所有工作人员包括大尾巴兔酱，都是用我们的心血在赌，赌我们向社会宣扬的正能量是永不落时的主流。可以说，《萌爱》的草根成神计划成就了大尾巴兔酱的梦想，而她也促使了《萌爱》的成功转型，这是梦想与现实结合一起努力的结果。没有人可以用黑幕来否定这样的成功。”

“说得好。”

声音是从后面发出的，大家纷纷回头，只见这位经常上杂志封面的成功人士，洛神集团的汪总出现在了记者会现场，登时闪光灯“咔咔咔”打个不停。

汪总直直地走了过来，他脸上带着温和的淡笑接过了话筒：“我也来说两句，可能很多人都不知道，《萌爱》对我的意义，这是我过世的爱人创建的，也是我们洛神集团起步发家的第一本杂志。种种原因，经营不善，面临停刊，当初我赶鸭子上架，软硬兼施下强迫庄主编接手，也是放手一搏。短短半年，《萌爱》就从濒临死亡到如今这样朝气蓬勃，这里面少不了庄主编的指导有方，少不了杂志社成员加班加点的努力付出，也多亏了大尾巴兔酱的小说吸引了不少新读者。现在网上不少流言蜚语，有人造谣是好事，有人诽谤也是好事，这代表我们《萌爱》获得了极大的关注度。当然，我更希望大家这个关注点稍微修正一下，能更多关注我们《萌爱》作品本身。你们会发现《萌爱》还真挺好看的，又新颖又阳光，看完像吃了一份能量早餐。好了好了，我不能再多说了，多说就有做广告的嫌疑了。”

下面一阵哄笑，无数人鼓掌……

王希之和裴思远还在家里等消息，庄景和唐休回来的时候已经是晚上九点了，事情得到了有效控制，各大媒体的风向转得非常快。

有实证，还说什么空穴来风呢？这次恐怕《萌爱》反而成了最大的赢家，免费做了一次全民广告啊！连王希之这个大尾巴兔酱的笔名也上了搜索排行榜的前十。

“怎么变成我跟唐姐一起住了，还有啊，这些照片都哪来的，搞得跟真的一样。”王希之在客厅的大屏幕上刷刷地翻着关于他们的各种各样的新闻，照片尤为让她叹为观止，她自己都要信以为真了。

“合成啊。”唐休靠坐着沙发上，这一天真的很累。

“为什么不跟媒体实话实说呢？”王希之脑袋上冒了个问号。

“问庄景。”唐休看一眼裴思远，“有没有眼色，给我杯水。”

裴思远立马站起来：“Yes Madam！”

庄景端着咖啡走过来：“这件事情最致命的黑点，无非就是你我之间的包养关系。无论说是借住还是租房等等，都只会给他们增加想象空间，助长对方诬陷更加莫须有的事情来力证包养关系。所以，直接从根源上杜绝对方拿此事大做文章，才是高效快速的解决之道。”

王希之点头：“那到底是谁在搞鬼呢？”

裴思远把水递给唐休，庄景微眯了双眼：“如果我没有猜错，应该就是《STAR》杂志的主编，林晟。”

“林晟！”裴思远与王希之一起惊叫。猛然又看向对方：“你认识？”

“我当然认识了，那可是我们学校的风云人物，学生会长，就是成绩老在师兄之下，好像那个时候还有什么传言，什么千年老二，什么猪脑子林晟，听说后来留学去了，没想到啊，《STAR》杂志的主编是他？难怪跟师兄过不去。”裴思远若有所思。

“难怪是什么意思？”庄景挑眉。

“嘿嘿，师兄你可能不知道你在学校的时候给多少人造成过心理阴影，这林晟也是‘受害者’啊，现在跟师兄同行，肯定是想搞垮你，甩掉千年老二的帽子。”

庄景闻言微哼了一下，跳梁小丑，不足为惧。

“难怪啊，我说当初他怎么又送花又报恋爱培训班还莫名其妙表白，原来是想从我入手，打击主编大人啊。”

庄景听到这儿脸都绿了：“等一下，他追求过你？我觉得你最好把你们之间发生过的事情详细说清楚。”

“我敢肯定他说喜欢我是假的，我跟他之间没有任何关系。”看他严肃的样子，王希之急了，双手比叉。

“我知道，我的女人还轮不到别人惦记。”

“欸？！”

“怎么回事？”唐休杏目圆睁：“你们两个？”

“是不是透漏着恋爱的酸臭气息。”裴思远一脸嫌弃在一旁接话，“啧啧，我每天都被熏着。”

“庄景你很不厚道，既然你们是这样的关系，何必还拿我当挡箭牌，直接在媒体前承认不好吗？”唐休大觉对方不够意思。

“承认什么？”庄景扬眉，“让对方有借口否认希希的努力，抨击她是走后门的。”

王希之目瞪口呆啊，她和庄景还没正式确定恋爱关系好么？明明正在暧昧的阶段，怎么其他人已经把他们定性为热恋阶段了，还有这种操作？

可庄景的话，庄景的神情，庄景的动作，哎哟，这突然之间就害臊了到底是怎么一回事。

“我说裴思远，你们这间屋子恋爱的酸臭味真的很大欸。”

裴思远也学唐休捏着鼻子：“要不咱俩去外面透透气。”说着这两人装模作样竟然真的出去了。

关了门，庄景却很是一本正经：“咱们还是说说林晟的事情吧。”

王希之见状赶紧把前因后果事无巨细地说了一遍。

“游乐场的时候，林晟主动拿你们的身份证去买了票？”

“是。”见庄景若有所思，王希之也跟着紧张起来：“有问题吗？”

“没事。”庄景摇头：“我们还是接着聊你隐瞒林晟追求你的事情吧。”

“没有，没有，他形迹可疑，一开始就被我识破了……”

屋里面，王希之正在接受庄景亲密的惩罚，屋外面，唐休和裴思远肩并肩散着步，可气氛上不晓得为什么就微妙了起来。

“媒体公布的照片真的是你房间啊？”满屋子的手办，大手笔啊，自从上次和唐姐一块抓娃娃打游戏，他就知道她这人啊，精分。

唐休也没隐瞒：“嗯，想看？”

“可以看吗？”裴思远受宠若惊啊。

“当然。”

这下裴思远心里有点小激动了，有种自己终于被唐休认可的兴奋，就是人还有点小心翼翼，但当他亲眼看到整个房间都是手办的海洋时，他都感动得要落泪了。

“我上学的时候有个梦想。”裴思远一个个手办看过去，手老痒了，就是舍不得摸，唐姐收集得真全乎，这边有黑猫警长、一只耳、哪吒闹海，那边有七龙珠、海贼王、漫威等全系列：“就是长大后空出一间屋子来收集所有我看过的动漫电视电影的手办，没想到。”

“我替你实现了？”唐休从冰箱里拿了啤酒递给裴思远。

“谢谢。啊，你这儿还有王者荣耀全系列，你不会是？”

“不用怀疑，是。”

“段位呢？”

“王者 26 颗星。”

“给跪了，求带！”

“来一局？”

“来！”

……

风波平息得有点快，快得让林晟措手不及，他是很愕然，没料到王希之跟庄景并没有住在一起。所以，这次买了营销推送，对他们并没有造成伤害，反而是增加了不少人气。

这让林晟看起来十分的阴郁，一起吃饭的雨沐春风看着他阴晴不定的表情大气都不敢喘，鼓足了勇气让自己看起来善解人意：“晟，工作上有什么事心烦吗？可以告诉我吗？我想为你排忧解难。”

林晟看着眼前的女孩，怎么看都觉得很蠢，她这个样子是哪里来的自信觉得自己真爱她？又矮又胖，标准的屌丝宅女，给他提鞋都不配。现在合约也签了，得想个办法尽量不伤情面的甩掉她。

正想着，突然从窗外看到一个人，正确地说，是一个穿着银色西装后面带俩保镖的人。

“我还有事，你自己吃吧。”林晟拿起外套就往外走，头都没有回。

“哎，晟。”雨沐春风感到十分委屈，但她安慰自己，他肯定是因为工作的事情而心烦，她要理解他，不给他添任何麻烦。

“岳主编。”

岳卿成的标配就是走哪都跟随俩保镖，穿着银色西装的他太阳下闪着夺目的光辉，以至于林晟看到他的时候觉得有点刺眼。

“青葵小说网的岳主编，我没记错吧，我是《STAR》的主编林晟。”林晟笑得很热情，伸出了手。

岳卿成呢，低头看着林晟的手，一副就算你是天皇老子我为什么要和你握手的模样。

这让林晟感觉很尴尬，尤其是两边戴着墨镜的保镖直勾勾地看着他。归国之后他很少有这样的冷遇，第一次是在庄景那儿，第二次却是在这个传闻中的草包主编岳卿成这儿。

“有事吗？我的时间很值钱的。”岳卿成无时无刻不在注意着自己的格调。

林晟在心里大骂岳卿成这个二货，脸上却堆着笑："我有个合作想与岳主编谈，希望岳主编现在可以抽出宝贵的时间。"

岳卿成这个人他调查过，在洛神集团里处处与庄景作对是出了名的，找这个人合作对付庄景，不，他说错了，应该是利用这个人来对付庄景，一定能取得奇效……

庄景与王希之一起上下班，他们的关系在集团已经不是秘密了，一路行来，都是艳羡嫉妒的眼神。

"有些事，真是天注定，不可强求啊。"有人对暗恋庄景这件事情突然开悟了。

有人还沉浸在悲伤中："要是我也能够近水楼台先得月就好了。"

刚到《萌爱》杂志社，就听到一个熟悉的声音："庄主编，我就欣赏你这种准时上班的态度，不多不少，整九点零秒。"

杂志社的其他人都在龇牙咧嘴，岳卿成却是冲着庄景竖着腕表，笑得嚣张又欠揍。

可庄景还是从岳卿成面前视若无睹走过，岳卿成双手插在裤兜，甩了一下刘海儿回身："庄景，有没有听过一句老话叫，无事不登三宝殿。"

庄景也回身："难道那句老话不应该是，黄鼠狼给鸡拜年不安好心？"

"噗嗤"有人笑了……

保镖此刻很尽责："闭嘴，统统不许笑。"

岳卿成呢，压低了声音："庄景，林晟找我谈合作。"

庄景挑眉，岳卿成凑了过去："他想联合我一起对付你，我已经暂时应承下来，你放心，我才是唯一配得上和你做对手的人，至于其他人，哼，简直可笑，他们哪有资格跟我合作。"

"嗯，辛苦你了。"

这辈子第一次听到庄景说这样的话，岳卿成闻言眉开眼笑，却又赶紧咳嗽两声保持风度，继续压低声音："你不想知道他准备怎么做？"

庄景瞥了岳卿成一眼，岳卿成顿时感觉这一眼饱含了对他的鼓励，立马表忠心："他让我弄到王希之的亲笔签名，不过，我想不明白他要签名做什么，难道是王希之的书粉，哦对了，王希之是谁啊？"

庄景却直接吩咐："杨主编。"

"在呢！"杨连赶紧站起来。

这把岳卿成吓了一跳，那那那，他一看见杨连鸡皮疙瘩都起来了，他可是直男!

“拿一份不重要的文件出来。”

杨连赶紧找了一份关于《萌爱》阅读量的文件，庄景翻了翻，点点头：“在这上面签上王希之的名字。”

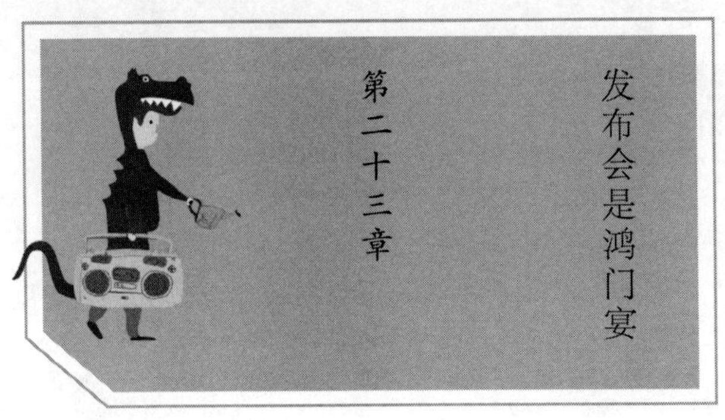

第二十三章 发布会是鸿门宴

“欸？”杨连不明所以，却也没多问，拿起笔就签下了十分秀气的王希之三个字。

王希之笑而不语，虽不晓得庄景是什么用意，但肯定有好戏看。

岳卿成拿着文件大感讶异，还贼贼地压低声音：“庄主编，这是引蛇出洞？”随后朗笑，让大家为之侧目：“庄景，你果然跟我一样足智多谋。”

所有人“……”

“走！”岳卿成在无比帅气的邪魅一笑后，领着保镖潇洒离去。

“世界上总有一些人会让人感觉到，仅是正常都是多么可贵的品质。”莎莎摊手。

众人对看，哗的一声全笑了，元聪明也跟着笑，推推眼镜：“不过我觉得岳主编还挺可爱的。”

“对啊，和你一样可爱。”和慧慧捏了捏她婴儿肥的脸蛋。

顿时，所有人再次爆笑。

“给，你要的签名。”岳卿成一副很不在意的样子把文件撂到桌上。

“这么快？”林晟一脸不可置信，看来岳草包也不全无用处。

“小事一桩，倒也不值一提，只是你打算怎么扳倒庄景，我们怎么合作？”岳卿成打定主意今儿个要把对方的计划给套出来。

林晟却是看白痴一样看着他。

“喂喂，你这个眼神是怎么回事，你让我很不开心，如果你再拿这样的眼神看我，我将单方面终止我们的合作，我给你讲！”

林晟却是拿起了文件，讽笑：“好啊，那就终止吧，不过还是要谢谢你替我弄到签名。”说完，转身就走。

岳卿成大怒：“拦住他，你还没告诉我你的计划是什么呢！”

两个保镖纷纷出手挡在了林晟面前，林晟头都没回：“岳主编，你就乖乖等着当总编吧！”

说完，用文件荡开两个保镖的手，扬长而去。

“他到底是什么意思？”岳卿成左盼右顾，“你们说他到底几个意思？”

两个保镖摇头，别说林晟了，岳卿成的意思他们也没懂。

因为没有套出计划，这让原本自信心爆棚，又在庄景面前夸下海口的岳卿成觉得十分没面子，不是十分，是太没面子了，这让他以后在集团还怎么立足？

没办法，最近只能避开庄景和王希之了。

“秃鹰，秃鹰，一号通道安全，over。”躲在角落里的保镖甲拿着对讲机小心谨慎地通话。

“老鼠，秃鹰收到，重复，秃鹰收到，over。”走廊不到十米处，保镖乙拿着个对讲机切了个频道：“雄狮，一号通道安全，over。”

王希之前后左右环顾四周，有点好奇地问保镖甲：“你们在拍戏？”

保镖甲吓了一跳，手忙脚乱拿着对讲机想通知情况有变，可为时已晚，就见走廊的拐角，岳卿成猫着腰溜着墙根儿跑了过来。

王希之笑着打招呼：“Hi，岳主编。”

妈呀，竟然是王希之，来不及找掩护了，于是，假装淡定地转身：“你认错人了。”

立马就跑啊！

保镖甲拿着对讲机焦急地喊着：“秃鹰，有情况，请迅速撤离，重复，请迅速撤离，over！”

汗……

王希之感觉，岳卿成的世界，没人能懂……

只不过这段时间，这样的场景出现在集团的各个角落，大家已经见怪不怪了……

时间过得很快，周五，庄景带着肖静静和王希之一起去了茜茜花园酒店，也就是《STAR》新闻发布会现场。

闪光灯中，林晟神采奕奕侃侃而谈，介绍了《STAR》上半年的成果，继而宣布了下季度的合作对象，此次合作的对象包括某国际一线品牌，这预示着《STAR》杂志在迈向国际一线的道路上又进了一步。

“当然，《STAR》能走到今天少不了大家的支持，接下来我要宣布一项对我们杂志非常重大也极具划时代意义的合作。这位是当今网络文学顶尖大神，“言情天后”雨沐春风，她将与我们一起打造全新的《STAR》，共创新辉煌，定不辜负各位厚望。”

林晟带头鼓掌，雨沐春风有些腼腆地站起来，镁光灯下，她白皙的脸庞红通通的，水润润的眼睛看向林晟时，好似在发着光。

“谢谢大家喜欢我的作品，我会继续努力创作出更多更好的作品。希望大家一如既往地支持我，支持《STAR》杂志，谢谢。”

“大场面啊。”王希之小声说着。

肖静静跟着点头，她的关注点始终在雨沐春风身上，这个可爱的姑娘这么突然就背叛了松果文学呢？就在刚才她突然灵光乍现，雨沐春风不会是喜欢上林晟了吧？

如此想着，她观察就更加仔细了，看着雨沐春风眉目含情的模样，不由暗叹，真是个傻姑娘。

庄景坐着很是淡然，倒是周围记者认出他后，都忍不住想把话筒和闪光灯往这边凑……

很快就到了提问环节，记者们的发问也很犀利，有人问，这次改版会不会影响《STAR》一贯维持的风格，从而导致杂志销量下滑？

林晟回答得很自信，《STAR》只会蒸蒸日上。

“我可以问雨沐春风几个问题吗？”有记者站起来。

雨沐春风用眼神询问林晟，见他应允，她才接过话筒。

“松果文学一手捧红了你，如今你选择离开老东家并和《STAR》合作，这其中有什么原因吗？”

雨沐春风还没有回答，林晟反而先开口了，他的目光不经意地掠过庄景三人：“有一句古话叫作良禽择木而栖，雨沐春风做出这样的选择，丝毫都不意外。”

挑衅，赤裸裸的挑衅，整个现场哗然！

几乎所有人都看向了在场的庄景，雨沐春风也不例外，只不过她马上不自觉地低头回避。

出走的消息传出后，网上有很多松果文学的粉丝称呼她是卑劣的背叛者，这几个字，压得她都喘不过气了。

林晟的话太有针对性了，庄景眉头微蹙，看来对方给他摆了一出鸿门宴，所以跳梁小丑这是终于要露出真面目了，那他就好好看看林晟今天是要唱哪出。

突然所有的视线都聚集在他们身上，王希之吞了下口水，却保持着尴尬而不失礼的微笑。

之前的记者接着八卦："林主编，我的直觉告诉我事情不会这么简单，你是不是还有所隐瞒？"

林晟紧盯着庄景，忽然眼神一转看向王希之，他看到王希之瞪他，嘴角习惯性扬起嘲讽的弧度，眼神中闪过凛冽的光芒："隐情，当然有。"

"主编。"肖静静有些担心，这怎么像是托儿，一问一答套好词的样子？

庄景没有回答，因为台上的林晟已经开始了他的表演："松果文学培养雨沐春风，对她有知遇之恩，如果不是发生让人难以容忍的事情，相信雨沐春风也必定不会出走。近年来，有关部门一直在加强对网文的规范管理，但依然能被人找到漏洞，投机取巧，比如抄袭！"

"松果文学的主编，也就是台下坐着的庄景庄主编，他同时也是《萌爱》杂志的主编，自从他接手《萌爱》后，用一部小说挽救了《萌爱》停刊的命运。这部小说的名字叫《战斗吧，谢恩》，小说火了，所谓的草根作者也火了，但却没人知道，这部小说的原创作者正是雨沐春风！"

林晟愤然地指着庄景："庄景监守自盗，他旁边就是那名靠抄袭走红的作者，大尾巴兔酱！"

王希之只感觉脑袋里"嗡"的一声炸裂了，抄袭者？她抄袭谁？！

大新闻啊！大新闻！

无数记者瞬间就把庄景三人淹没，王希之嚎出了愤怒的一嗓子："林晟！你血口喷人！"

庄景挡在王希之面前，隔开记者的狂轰乱炸，透过重重人影，他看到林晟得意的笑容。

"庄主编，林主编指控的是不是事实，你有什么要说的？"

"力捧大尾巴兔酱，不惜利用雨沐春风，庄主编，你们之间到底是什么关系？"

……

眼下的形式一边倒，这群记者中必定有林晟安排的人在带节奏，他们被围得水泄不通，问的问题也越来越离谱。

“雨沐春风因黑幕出走，松果文学是不是损失惨重？”

“你和庄景是不是包养关系？”

“你被包养多长时间了？”

面对眼下在林晟刻意引导下失控的场面，庄景把王希之护在自己怀里：“我们先离开。”

肖静静开道，三人努力往外走。

“抱歉，我们现在不方便回答任何问题，请让一让。”肖静静心里着急上火，人却表现得异常强悍，竟然凭借一己之力要杀出重围去。

林晟站在台上没有动，这一幕他想象了无数次，真正看见的时候，心里头已经不能用痛快来形容了，庄景你还不知道吧，接下来还有一出好戏呢！

他现在很想仰天大笑，纾解多年来心中的这股郁结之气！

侧过头却看到震惊到不知所措的雨沐春风，林晟一脸愧疚地捧着她银盘一样的脸蛋：“抱歉，宝宝，这件事情没有提前给你说。”

雨沐春风脸色有点苍白，她的嘴唇还哆嗦着，是她愧对松果文学，可林晟说了什么！他说庄主编利用了她，为了让大尾巴兔酱成名而抄袭了她的小说……

这完全是子虚乌有的事情，却被林晟说得像真的一样。

她不安，她太不安了。

林晟心疼地看着她，声音很温柔：“宝贝，你不是一直被网上的污名所困扰吗？现在不会了，大家都会同情你，你是受害者，而他们，才是背叛者。”

她看向林晟，他眼神里有着比石头还坚硬的东西，她看不出来是什么，可从他眼角溢出来的，是对她的爱和关心，她知道的，她最懂他。

原来是因为她，林晟才这样做的，原来都是为了她。

他为了她果然是上刀山下火海都愿意的，不管他做的事情是好是坏，这份心意，她必定珍惜！

为了不让林晟担心自己，她挤出个笑容：“我没事，晟，谢谢你！”

雨沐春风突如其来的笑容让林晟愣了一下，他的心里闪过一丝怪异的感觉，但很快消失，只觉得眼前的女孩，说什么信什么，真是个傻叉。

庄景护着王希之和肖静静一路挤到了酒店门口，却突然有两个穿制服的人走过来。

这一幕，让记者们都跟着安静了，眼睛睁得贼大，耳朵竖得贼高，好戏一出接一出，已经有记者开始怀疑庄景被人整了，还是光明正大地整，幕后的人，很有可能就是《STAR》的主编林晟！

“请问是王希之小姐吗？”

王希之有点懵，除了办理身份证，她这辈子还没和公检法打过交道呢，她点头。

对方给她看了证件：“我们是蔚海区人民法院的工作人员，有人告你重复签约涉嫌侵权以及抄袭侵犯他人著作权，现在方便让我们了解一下情况吗？”

安排好的，必定是安排好的！

这样的情况下，法院的人竟然会出现在这里，炸裂了后面一大堆记者，闪光灯啪嚓嚓响个不停，生怕慢一拍就错过一部年度大戏……

娱乐新闻炸了，网络头条炸了，是个能说话的地方都被刷屏了！

大尾巴兔酱抄袭雨沐春风

大尾巴兔酱重复签约

庄景《萌爱》黑幕 #……

《战斗吧，谢恩》电子书评区完全成了雨沐春风粉丝的集中炮轰地，抄袭者，不要脸，恶心，滚出去……

“侵权？抄袭？”王希之怒不可遏，只差掀桌子了：“我还告他们诽谤呢！”

“王小姐，你冷静一下，我们只是了解一下基本情况。”法院的工作人员一副见多识广的样子，公式化地问答。

他们没走成，情况已经不能用失控来形容了，没人关心真相是什么，记者只想挖出所谓的更爆炸隐秘的新闻。所以，他们直接在茜茜花园酒店开了套房，如今记者们都蹲守在门口，从走廊排到大堂，人满为患啊！酒店已经出动了保安维持秩序。

林晟带着雨沐春风离开时，还有记者围过来，林晟一副看好戏不嫌事大的模样，戴上墨镜，自得意满：“公道自在人心，我们坚决与黑暗抗争到底。”

雨沐春风的脸色依然发白，她很不安，但她感念林晟对她的这番心意，所以，那些话筒围过来的时候，她微垂着头，紧抿了唇，始终一言不发。

她这副样子，倒更加证实了她是受害者，直接导致她的书粉们花样百出地心疼……

“肖副主编，你联系集团的律师过来，希之，你过来。”

庄景脸上竟然没有一丝慌乱，好像已经看透了整个事件的始末，她跟着他到了另一间屋子。

一进屋子，庄景就把她抱在怀里，她第一次听到他用这么温柔的语气说话：“希希，没事的，有我在。”

他在担心她，也是，刚才那混乱的场面，那些记者的话筒都快捣她嘴里了，闪光灯闪得她现在看什么还带光圈呢。

可他，竟然看穿了她愤怒的表象下掩饰了的委屈和不安。

心渐渐安定下来，她在他怀里抬起头，眼睛闪亮亮的：“嗯，我相信你。”

庄景忍不住轻轻揉了揉她的头发：“希希，不管发生什么事情，我都会在你身边保护你。”

“不。”她否认，用力回抱了下庄景：“不管发生什么事情，我都想和你一起面对，跟你在一起，我什么都不怕！”一直以来，对于和庄景谈恋爱这件事，她总有种不真实的感觉，心也是飘飘忽忽的。她喜欢庄景，但她也清楚地知道，以前的自己并没有彻底敞开心扉。庄景太完美了，之前她一直纠结他到底喜欢自己哪点，生怕一个不小心，他的喜欢就消失了。说起来这还要感谢林晟折腾的这一切，让她一点点一滴滴看清了庄景的情，也看清了自己的心。

法院的工作人员再见到王希之的时候，发现眼前这个姑娘不像先前气得要跳脚的模样，反而冷静了许多，很是积极地协助他们的调查取证工作，两个人对看一眼，其实先前的场面也把他们吓了一跳，没想到在场这么多人，他们本以为要调查取证的对象只是一个稍有点名气的小作者，却没想到场面堪比国际巨星了。

“三年前，你是否与德音小说网签约？”

“没有。”王希之回答得斩钉截铁，“这个小说网站听都没听过。”

“那这个合约你还有印象吗？”啧啧，做戏做全套，还伪造合同，关键是合同书边上微微泛点黄，居然还做旧了！这次对付她，真是下了血本。

再看这份合约期限，十年！这哪是合约书啊，根本就是卖身契！

最为关键的是，这个合同上附有她的身份证复印件。

庄景眉头一动，拿过合同直接翻到末页，署名处签着王希之三个字，字体很清秀，怎么看都像女生手笔，这个签名果然就是当初他让杨连签下，岳卿成拿走的那个签名。

王希之跟着看过去，惊呼："这不是我的签名。"

"嗯，是杨连的。"庄景笑了，他们果然是仿了杨连的签名。

"我想起来了！那次游乐场，是林晟拿着我们的身份证去买的票。"说完自己却惊讶了，"不会吧，从那个时候就想到今天了？"要是真的话，林晟的心机该是有多深？

"我想他那时不一定是现在这个心思，要是他当时对你表白成功，你被他以爱的名义挖到《STAR》，这个东西就没用了。"

"呸，什么叫以爱的名义。"王希之脸红了，这段过往从庄景嘴里说出来，她就会感到心虚是怎么回事嘛！

肖静静在一旁若有所思地点头："我知道雨沐春风为什么能被林晟挖走了，原来是以爱的名义。"

所谓不怕神一样的对手，就怕猪一样的队友，说的就是林晟和岳卿成。

"我就不明白，林晟机关算尽，为什么会找岳卿成呢？"王希之摊手。

肖静静推了下眼镜："大概是因为敌人的敌人是朋友吧。"

没错，在集团，岳卿成时不时找庄景麻烦，一个是九天仙人，一个是地下蛤蟆，大家都觉得岳卿成脑袋当机了，才会天天跟庄景过不去。

可在她看来，岳卿成根本就是庄主编的迷弟，还是个别扭的迷弟，不管他平日表现怎样，如果真有人跟庄景过不去，岳卿成必定是站定庄景的。

所以，林晟找岳卿成合作……

肖静静咳嗽了两声，她是憋笑憋的。

两位法院的工作人员看着眼前这三个人扼腕痛惜的模样，不禁有点出戏，听他们的意思，这合约是伪造的，记下来，记下来回去好好查一查。

集团的律师很快就到了："庄主编，这事有点复杂，给我几天时间搜集材料。"

"好。"庄景点头，"德音小说网优先处理。"

虽然不知道德音小说网与林晟是什么关系，但起诉绝对能制造裂痕，当然，如果原本就有矛盾，这一激化就再好不过。

眼下最棘手的是舆论，林晟这出戏让全网沸腾，吃瓜群众在有人刻意带节奏之下，对当事人各种人身攻击，连带着松果文学和《萌爱》也沦陷了。

“你俩现在带的话题量堪比国际巨星啊。”唐休拿着个棒骨玩具逗着伯爵。

人是她接回来的，当看到酒店大堂里密密麻麻满是席地而坐的记者时，墨镜直接掉鼻子下面去了。

门口还有雨沐春风的粉丝团高举横幅：打倒假冒伪劣，维权从这里开始……

她盘个头发戴个鸭舌帽穿身运动装，挂上厚重的眼镜，再给鼻子旁边点个黑痣，副驾驶的裴思远都看呆了：“唐姐，你这是江湖中失传已久的易容术？”

“别废话了，你也伪装一下，准备上。”

“谁认识我啊。”跑了多年龙套，依然是个小透明。不过他还是依言穿上了唐休准备的外卖服，还有两份盒饭。

记者们也在分盒饭，大堂秩序井然，可见蹲守这种事情不是头一回，甚至有坐在一起的记者互相问候：“我是虎彻传媒的。”

“我是八道传媒的。”

“幸会！幸会！”

“卤蛋要不要？”

“不用，谢谢。”

聊得很投机，哪有空抬头看他们。

就是快要上电梯的时候，有人“喂”的一声叫住了裴思远，他与唐休对看一眼，这才若无其事地回头。

“有没有鸡腿？”那记者问，还是个女记者。

“有人订了。”

那女记者“哦”了一声，回身给其他人得意地说：“我就说这个送外卖的长得贼俊，都看到了吧。”

裴思远：“……”

逃亡计划是这样的。

裴思远换上庄景的衣服，庄景扮厨师，王希之扮酒店服务员。

唐休还从包里拿出一副龅牙道具：“庄景用不用？”

庄景的眼神让她觉得自讨没趣，倒是王希之可稀罕了：“我来我来。”

戴上后照镜子，竟然乐上了，还拉着庄景自拍。

“庄景可真听话。”唐休忍不住“啪嚓”一下，偷拍存照。

“那要看对谁！”裴思远摇头，过去提醒：“我们现在是逃亡啊，龅牙妹！”还有龅牙妹夫。

变完装，裴思远正面出击吸引火力，而他们则顺利从酒店后厨离开了，只是小区门口也有记者盯梢了，裴思远不幸被堵在庄景的车里悲愤感慨：“什么时候我也能有这排场。”

第二十四章 守护兔酱大作战

兵荒马乱的一天终于暂告一段落，三个臭皮匠凑在一起分析事态发展，商量对策。(唐休 & 庄景：臭皮匠说谁呢？作者：希希 Orz；王希之：(⊙ _ ⊙)?)

“林晟这个人，从里到外坏透了！那个良心是大大的坏！”

唐休逗着伯爵神情很放松，本性更是暴露无遗：“他有良心吗？”

“哼，被狗吃了！”王希之愤然，豁然看见伯爵看着她：“看什么，又不是说你吃的！”

伯爵委屈……

如今集团发了公关稿，声明《萌爱》作者没有抄袭！没有侵权！雨沐春风则是合约到期解约。并附上律师函，指出德音小说网伪造合同。

不明真相的群众开始站队，两方的水军更是势均力敌，掐得厉害，可群众不傻，有人表示围观，坐等实锤……

也有人提出阴谋论，认定大尾巴兔酱只是两大集团商战的牺牲品……

当然，占上风的依然是雨沐春风，谁叫抄袭是网文界深恶痛绝的事呢，她在微博上信誓旦旦，有板有眼诉说被“潜规则”的经过……

评论下果然热血沸腾，粉丝 + 水军 + 站队群众在有心人的带领下，自称是圣战士，要发动网文界的圣战！他们要对网文界的作者进行一场大清洗，首当其冲的就是大尾巴兔酱！

王希之的手机又炸了，看笑话的，关心的……这回还惊动了父母亲大人。

父亲大人灌了好大一碗鸡汤：“好，我的女儿就是巾帼不让须眉，不怕，大不了回家跟爸爸学厨，一样技艺在身，哪里都好混。”

让王希之汗颜不已……

“林晟的计划周密，可见预谋已久。”庄景分析：“跟娱乐圈泼脏水的套路一样，由小到大，环环相扣，让对方措手不及又疲于应对。”

这种套路倒是毁了好几个当红明星，倒是没想到自己一个主编也能有幸被人下功夫恶整。

裴思远若有所思：“他这么费尽心思是为了什么？证明自己不是猪脑子？”

“也许，这个外号真的给他造成了不小的心理阴影。”王希之说，可恨之人必有可怜之处啊。

庄景和裴思远却一同否认：“不可能。”

林晟当年在学校里别提多风骚了，猪脑子这个外号也没能挡住他要成为学校第一人的热情，私底下不晓得多少人羡慕着林晟呢，都天之骄子了心理上还阴影，别搞笑了好吗？

庄景和裴思远当然不知道，猪脑子这三个字如影相随，成为了他林晟这辈子最大的耻辱。

“也许，是恐惧。”唐休分析，“你和他是同学，又同是主编，心理上产生攀比很正常，虽然《STAR》是国内顶尖的时尚杂志，但《萌爱》最近的势头也是超级凶猛。”

庄景挑眉：“这就感到威胁了？”

“半年不到，《萌爱》从濒临灭绝跻身到了二线杂志的顶端，任何一个同行都会警惕《萌爱》吧，更会警惕你，庄景。”

王希之和裴思远频频点头：霸王龙先生这是完全没意识到自己对食草动物的威胁啊，还是旁观者清……

“不管什么动机，我们不能被他牵着鼻子走。先静观其变，找到他的要害，一击即中。”庄景总结。

“好了，公关方面我会安排，时候不早了，我回去了。”

“唐姐我送你。”裴思远连忙跟过去。

“今天谢谢唐姐了。”

唐休冷不防回身轻捏王希之的脸蛋：“亲爱的希希，你是在跟我客气吗？”

只不过这个称呼和动作惹地庄景眼神登时犀利了几分。

唐休咧嘴，被裴思远送了出去。

“过来。”庄景招手。

王希之立马走过去，却被庄景轻轻捏了捏脸蛋：“希希只能我叫，这里只能我捏。”

王希之脸慢慢地红了，她心中愉悦与羞涩交织，只觉得，哼，庄景好霸道，但是，她！好！喜！欢！

她抿抿唇想了想，学着庄景的样子，壮起胆子捏捏他的脸：“这里也只能我捏！我也要给你起个昵称！”

“好啊，你想给我起个什么昵称？”

“景景？”

“噗——”

真是不和谐的一声，裴思远登时不好意思了，他不是故意破坏气氛的，只是景景，糟糕，努力一下，憋住。

“对不起！”他赶紧退了出去。

关上门的瞬间，他就笑喷了，肉麻，真亏希之能叫出来。

只是，他好像暂时回不去了，看来，又要去唐姐家做客了……

林晟果然是铆足了劲，抄袭的话题愈演愈烈，小区门口黑压压堵了一片儿人，除了记者，还有挂着圣战标志的粉丝，一溜的横幅和纸牌：

大尾巴兔酱滚粗！

抄袭婊，道歉！

封杀松果文学，封杀《萌爱》！

王希之看着看着就有点红眼了，一半是委屈一半是气的。

“别看了。”裴思远把她拉离窗口：“没事的，师兄很快就会解决的。”

王希之忍了忍，鼻子有点酸，感觉因为自己连累了庄景。

“不是因为你。”庄景好像看穿了她的想法，“他们的目标是《萌爱》。”

洛神集团的门口也集结了很多人，尤其是自称圣战士的人，穿统一的大红色短袖，有个戴眼镜的小哥在领着，特别有组织有纪律。

“我得到消息说，这些自称圣战士的人，是从各地连夜赶过来的，各行各业都有，他们以维护网络和平为己任，自认为是正义的伙伴，人人都有一套强盗理论，所以，非常难搞。”

会议上，唐休简单作了报告：“这种情形不是个例，不过像现在规模这么大，还是很少见的。”

庄景翻看了一下资料：“瓦解信仰，不战而溃。”

汪总点头：“对方的信仰是什么？”

“所谓的行业黑幕，以及抄袭。”庄景把玩着钢笔，“目前舆论并不好控制，律师今天就会提出对德音小说网的诉讼。”

“嗯，这件事情我们已经通过媒体大规模推送了，不过效果不理想。”

“现在没人在意大尾巴兔酱是否双重签约，他们更关心所谓的庄主编潜规则的黑料。”

会议室与会三十几人，大家陷入了短暂的沉默，一集团高层提议：“如果，我是说如果，我们把这次的抄袭侵权等问题，都转化为大尾巴兔酱的个人行为，与我们集团没有任何关系，那么这件事情能否大事化小小事化了。”

话一出口，就有几个高层赞同，觉得这个方法简单省事也能维护集团名利，对他们而言牺牲个小作者有何不可。

“不行。”庄景和唐休异口同声反对。

“将现在的问题归结为个人行为的确能解决眼前的困境，但从长远发展看，对方能抓住一个大尾巴兔酱做文章，难道不会有第二个，第三个……何况我们如果真这么做，让旗下作者怎么想？弃车保帅让人心寒，这会动摇集团的立足之本。”

“我与庄主编想的一样，这只是治标不治本。”唐休附和。

其他高层纷纷跟着点头。

“庄主编有什么好的建议？”

“德音小说网会是个突破口，公关可以逼紧一些。另外，关于抄袭，我方已提供作者手稿及沟通记录供司法鉴定。当真相大白，所谓的圣战自然溃败。”

在高层紧锣密鼓开会之际，《萌爱》杂志社也是热闹非凡。

“真没看出来，那个雨沐春风竟然是个白眼狼，换东家就算了，还反咬一口，真阴险。”

“她的小说全一个套路，虐完女主虐男主，女主要是带个球跑了，那儿子必定聪明地跟借尸还魂似的，啧啧，这种水平还赖希之抄袭，气死我了。”

“原本她的粉丝就偏低龄化，不过，什么人都有自己的阅读群体，这个真不能否认，你十二三岁的时候指不定看什么书呢。”

“还有那个《STAR》的主编林晟！从他和我们抢封面拍摄我就觉得他不是什么好人，果然，上次黑希之的八成也是他。”和慧慧气得牙痒痒，那个林晟长得倒是人模狗样，没想到一肚子坏水。

“好过分，他们对付《萌爱》却拿希之开刀，没看网上把主编和希之都骂成什么样了。”周妙然也愤愤不平，有些人的舌头又长又毒，在网上骂得不堪入目，什么婊子戏精卖肉作者，看着就让人生气。

“新一期的杂志马上要出了，大家不要因为这件事情影响心情，《萌爱》打不倒，就用更高的销量来羞辱他们！”杨连豪气万千。

众人也都纷纷附和，一个个都憋着劲，心里的信念就是在这关键时刻绝不掉链子，他们唯一要做的，就是把杂志做得更好！

王希之也重重点头，她要用实际行动来表示，她的作品就是她的作品，从创意到正文，都是她完成的，现在也一样！

皇上和裴少侠在积极追查黑衣女人的下落，他们排除了唐糖和苏曼丽，但对方留下的蛛丝马迹太少，皇上怀疑对方是X组织的高层。

警报没有解除，谢恩依然待在基地，上次使用超能力过度，皇上给她下了禁足令。

但伯爵却告诉她一个非常不好的消息，学校里出现了一个叫谢恩的人，长得跟她一模一样，盗版谢恩欺负弱小，跟小混混勾三搭四，无恶不作。这应该是X组织的阴谋，目的就是逼她现身，伯爵让谢恩不要轻举妄动。

谢恩忍了又忍，但当她看到卫星监控视频里盗版谢恩放火烧学校时，终于忍不住了！不顾伯爵的警告，直奔学校。

“你终于出现了，谢恩。”盗版谢恩露出邪恶的一笑，身上顿时散出无数白光，光芒中身形慢慢拉高，竟然变成了一个穿着姜黄西装的男人：“这是根据光学原理设计的伪装术，能迷惑所有人的眼睛。很高兴认识你，我是林日成。”

谢恩打开了对方伸过来的手，林日成也不恼，从容收回：“谢恩，跟我走吧，你的超能力对我们很有用，组织会给你一个非常高的位置，有了你的加入，统治或者毁灭世界都在我们一念之间。”

“你做梦！你们这些只会使用下三滥手段的人，一群偏执狂！神经病！”谢恩破口大骂。

林日成根本不在意：“谢恩，你的生活已经毁了，现在别人眼里，你就是个人渣，没有人在意真相是什么，他们只需要一个结果，那就是你的消失。”

“那些都是假的，假的永远真不了！我可以用时间来证明我自己，但现在，我要打倒你！”

谢恩握紧了拳头，忽然身形模糊。

林日成眸中闪过精光，这些无知的超能力者就是这样，以为凭着一腔热血就能胜利。

谢恩的身影出现在林日成身后，一拳挥出，却打在空空的光影上。

林日成带着遗憾点着腕表：“看，光学伪装术不仅能欺骗普通人，也能骗过你。”

“咚”一拳，谢恩结结实实地打在了林日成的鼻梁上，她笑了：“我只需要快过光速，自然就能揍扁你！”

谢恩话音一落，身影就消失了，每次出现都能准确无误揍林日成一拳。

林日成不停地切换光影伪装术，却根本躲不掉攻击。

不过一会儿，林日成的脸就被揍得像猪头一样，牙还飞出去两颗，狼狈地无处可逃，只能贴着墙喘气，哪还有出场时的从容不迫。

谢恩的拳头都让林日成产生恐惧感了，听见拳风就赶紧抱住脸。

可就在此时，谢恩身后突然出现了一个黑衣女人的身影，她一个手刀劈在了谢恩的脖颈上。

“写得不错。”

王希之回头，看到庄景赞许的笑，于是，她也咧嘴一笑。

“开完会啦，有什么新的作战计划呀？”

“将计就计，瓮中捉鳖。”庄景心疼地摸了摸王希之的头，“我们会营造疲于应对的假象，让对手在得意忘形中露出破绽。只是这段时间，希希你再忍耐一下。”

流言蜚语对一个人的伤害有多大，他再清楚不过了，良言一句三冬暖，恶语伤人六月寒啊。

尽管这次他也被卷入其中，但承受最多伤害的还是希希，你都无法想想网上那些根本就不认识的人，怎么会用那么恶毒言语去攻击她。

“天将降大任于斯人也，我是什么人，我可是志在成神的人！”王希之大言不惭。

庄景低笑，很自然地抱住了她，下巴抵着她的额头：“我就喜欢这样的你。”

“欸？”王希之愣了一下：“你说什么？”

“没听清楚就算了。”

“哎呀，怎么可以这样，你再说一遍啊！”王希之揪着他的衣袖撒娇：“再说一遍嘛，就一遍，我刚才没仔细听。”

可庄景只笑不语要把她给急死了，她心里想，回头她要偷偷把话录下来，放个一千遍一万遍的！过足瘾去！哼！

林晟手里把玩着打火机，这是个古韵十足的包间，对面坐着个四十岁出头的男人，神色憔悴焦急，西装领带打歪了都不知道。

“林晟，我们当初可是说好的，这伪造的合同绝对没问题，可现在，我得到消息说，那个签名根本就不是王希之的，你这不是害我吗？”

林晟也很诧异，没想到那个没脑子的邱卿成竟然摆了他一道，按理说邱卿成不应该有这么精明的想法才对，那么问题出在哪里？不过这件事情进展得出乎意料的顺利，可见想《萌爱》垮掉的人不止他一个，他负责煽风点火，谁知道有多少人在不见光的地方使着力呢。

他仿佛已经看到《萌爱》垮掉，还有庄景，一败涂地、灰头土脸的那一天！

“这事儿是我考虑不周，这样吧，先前答应你们的条件不变。这官司输就输了，圈子里输了官司照样风生水起的人不在少数，对你们德音来说，还能增加点名气。”反正输官司已经影响不了目前的局势了。

“增加名气？”那人不敢相信林晟如此这么轻描淡写，当初是他说《STAR》开辟的小说版面将与德音合作，导致他一时糊涂，跟林晟喝了几杯酒称兄道弟了，干出这样的事。

等脑袋清醒了，又看了新闻发布会，才知道林晟口中的小说版面给了雨沐春风，他被林晟给涮了！

“林晟，我们德音要是丢了这次的风评，将来哪个作者还敢跟我们签约，这毁名声的名气能干什么？不行，你今天必须给我个说法，否则我就要对媒体说出真相，告诉他们是你指使的。”

林晟闻言笑了：“程老板，你这是威胁我？”

“是你先过河拆桥。”程老板急红了眼，当初以为遇到了贵人抱了大腿，哪知道竟被推入了火坑。

“行了，你也别急，官司就先拖着，要赖总不用我教你吧。”

“那要拖到什么时候？”

“拖到《萌爱》垮了，网上的唾沫星子都能淹死他们时，你那小官司谁还关心啊。”林晟笑了，眉梢都是得意，跟人斗，真的是其乐无穷……

王希之已经两天没上网看评论了，当然，新闻也没看，其实也没什么好看的，网上骂她骂得昏天暗地的，还编成段子和各种表情包。

不过第三天早上上班的时候，王希之发现洛神集团门口又多了一伙人，这伙人没有统一的穿着，但也举着横幅和纸板，当她看清字时，突然感动得无以复加。

上面写着：大尾巴兔酱，我们永远支持你！

“你安排的？”庄景问唐休。

他们这几日都是坐唐休的车上班。

“没有。”

“那这些人是？”

庄景看向王希之，大尾巴兔酱的粉丝？

王希之的脸都贴在车窗上了，真的吗？这些人真的是自发来支持她的吗？

“蚊子，你说大尾巴兔酱能看见吗？”有个戴着鸭舌帽的小姑娘问领头的那个大男生。

那个男生长得端正，高高瘦瘦的，穿着短袖、短裤、运动鞋，背着个黑色背包，特别斯文，因为高，他举着纸板的样子特别扎眼：“能不能看见都不打紧，总不能让她单方面受欺负吧，她雨沐春风粉丝战斗力强，网上话语权让他们全占了，我们人少也不能示弱，得用实际行动表示。这儿就挺好，记者多能给咱们曝光上新闻，这儿的老板看见了也知道咱们大尾巴兔酱是被冤枉的，而且，要是没人支持她，万一她心灰意冷不写了，我们看什么？”

正说话，有记者拿相机对着他们拍，所有人立马把横幅拉直、牌子举高，还一起喊：“大尾巴兔酱，我们永远支持你！”

当然，对面那帮自称圣战士们看他们的眼神特别不善，好像一言不合就会冲过来开架一样。

“蚊子，他们不会过来打我们吧。”

“给他们炖一锅豹子胆他们也不敢，这可是法制社会，别说这儿有记者，大厦门口还有仨摄像头呢。”被称为蚊子的男生说，“回头印些传单，再组织些人发下去。”

就在他们讨论传单印什么内容时，有个压低了鸭舌帽的人影迅速向他们溜了过来。

就在这人抬头时，蚊子惊喜地叫了出来：“大尾巴兔酱！”

见对方竟然认出她来，她立马嘘嘘，众人也都跟着嘘嘘，跟做贼一样四周看看，发现只是稍稍引起侧目之后，众人才放心下来。

毕竟大尾巴兔酱现在可是重点保护对象。

领头的那个男孩特别兴奋，他指着自己：“还记得我吗？我是蚊子在哼哼哼！”

“是你！”哇，她是真没想到，来支持她的，竟然是当初在评论区黑她的书粉！

太感动了！

众人也都很兴奋，还有人拿出《萌爱》杂志来：“兔酱，你能给我签名吗？”

王希之差点哭出来，这可是她第一次被人索要签名，也是头一次给人签名！拿着笔的手都抖了，太紧张了，此时此刻突然觉得自己应该去练练签名的！

签好了一个，也有人低低地喊：“我也要。”

“大家别吵，别让人给认出来。”蚊子在哼哼哼赶紧护着王希之：“别忘了我们是来做什么的。”

王希之特别感动，她弯腰和大家致谢：“我都不敢相信会有人来这里支持我，真的，我都不知道该说什么好了，特别特别感谢你们。”

蚊子在哼哼哼都害臊了：“兔酱，我们相信你。雨沐春风的小说我翻过，跟你的题材风格八竿子打不着，而且，她的小说文笔差你可不是一星半点的。”

书粉的夸奖让王希之抿着嘴笑个不停。

“对了兔酱，我还没给你介绍呢，这个是头顶一朵小花，这个是落落，这个是amma，还有她，是咖喱人，还有那个，是阿燎……”

“你们什么时候过来的？”

“我是从四川飞过来的，看到网上乱糟糟的，我就想问一问，有一句妈卖批不知当讲不当讲！”

“我是坐高铁来的，昨天晚上就到了。”

“是蚊子联系的我们，大家看到网上骂兔酱都很生气，也想为兔酱做点事情。”

“谢谢，谢谢。”王希之眼眶都红了：“太感谢你们了。”

王希之觉得自己这辈子都会记得今天，她一定不能辜负粉丝的信任。

因为是自己的书粉，她又开心又心疼，跟大家道别上班去了，过了一会儿偷溜出来给大家送水，又过了一会儿溜过来给大家送零食……

《萌爱》众人知道后，也纷纷给他们订餐还送太阳伞小板凳，这让蚊子在哼哼哼他们高兴得不行。

“看杂志的时候就知道《萌爱》一定是个有爱的大家庭，果然如此。”说话的是 amma。

“是啊。”蚊子在哼哼哼笑眯了眼：“兔酱人也很可爱。”

这一幕幕自然落在了圣战士眼中，对方那群人拆薯片、吃饼干、喝饮料，说不清楚地艳羡，他们从来没有过这种待遇，领头那人咽了口口水，为了稳定军心不屑地开口：“乌合之众。”

他们可是圣战士！圣战士的光辉不可阻挡！圣战士的尊严不可被亵渎！

第二十五章 稳住，我们能赢

大尾巴兔酱真粉支持这事，公关自然是大肆报道，热度持续了两天，对方的攻势也显出了疲态，而德音小说网在诉讼上气势不足，集团又提出了更多让人信服的证据。看热闹的群众也逐渐冷静下来，听专业人士的分析了。

而李小白也在一次采访中表态：他相信庄主编和兔酱。

松果文学那边不少大神作者也跟着纷纷发声，声援松果文学，声援庄主编。更有当红玄幻男作家爆料往事：称庄景接手松果文学时，有个名家作者被曝抄袭小透明，调查后庄景毫不犹豫选择帮小透明维权，封杀抄袭作者。

所以说，松果文学的风气是业内数得着的，那些红口白牙随便就说出不负责任的话去中伤他人，实在是不可饶恕的行为，希望大家擦亮眼睛，看清楚谁才是业内毒瘤。

林晟自然也不甘示弱，向媒体公布了雨沐春风的原稿小说……

“他还真能编！”王希之怒啊，这个林晟还真是，耍无赖的第一好手。

“秋后的蚂蚱，蹦跶不了几天了。”唐休冷笑，对方没有在第一时间把他们搞死，那就等着被他们生吞活剥吧。

“那个叫雨沐春风的，我和她是什么仇什么怨啊，她到底是为什么！”王希之就想不明白了，那女孩看着挺乖巧的，要不是因为此，网上怎么会有那么多人号称心疼她。

庄景回答：“肖静静说，雨沐春风让给你带一句抱歉，她知道自己在做什么，就是错的，也要坚持下去，因为她在维护的是一份真心。”

“白痴！”唐休翻白眼。

“真心！”王希之扬高了声调：“难道没人告诉她，林晟他还追过我呢！”

“没人。”庄景和唐休异口同声道，只是唐休满是幸灾乐祸，而庄景则一脸高深莫测。

“我就是就事论事。”王希之小声说，“我是觉得雨沐春风被骗了，她也太单纯了。”

“希希。”

“嗯？”

“我也想和你就事论事一番。”庄景淡淡地笑了。

王希之见状不自觉往后坐了坐，林晟那茬儿她已经汇报过一回了，难道还来！

裴思远特别机警，直接给伯爵套上绳子：“走喽，伯爵，散步去喽。”

唐休见状也很识趣：“我也出去走走。”

此刻是晚上八点，小区里淡淡的橘色灯光显得很温馨，两人一狗慢慢地溜达着。

裴思远总觉得气氛怪怪的，他原本以为唐姐就是找个借口出来，哪知道还真跟着自己遛狗啊。

“你的电影拍得怎样了？”唐休歪着头问。

“我的戏份都杀青了。”裴思远笑了：“不过丁导对我挺满意，走之前留了联系方式，说下次有适合的角色会第一时间联系我。”

“那就好。”唐休点点头。

两人有一搭没一搭地聊着，顺便帮伯爵铲屎。

等他们回到单元门口时，有个女人拎着小包站那儿不耐烦地看手机。

唐休一见到她脸色都变了，转身就走，偏这个时候那女人也看见了唐休，“噔噔噔”地走了过来：“唐休！站住！”

借着灯光，裴思远把这个女人看了个清楚，现在人不说年龄真看不出来，眼前这位身材姣好，保养得也十分得体，看着好像就 40 岁左右。

只不过从对方走路和说话的姿态来看就知道是个不好惹的。

“见到我就走，惠玲姐就是这么教你的？”

唐休嗤笑了一声："宋姨，有什么就说什么，别拿我妈说事儿，还有，你是怎么知道我住这儿的？"

"我想查你在哪很难吗？"宋姨瞥了一眼裴思远，没当回事："你不打算让我上去？"

"需要吗？"

裴思远明显感觉唐休见到宋姨之后，身上的刺根根竖了起来，好像随时准备战斗。

"我们之间的确不用套什么近乎，在这儿说也不是不可以，我上次和你说的事，你准备地怎么样了？"

"不可能。"

"唐休，这可不是我上杆子要来贴你的，你自己老大不小了，又是声名狼藉，啧啧，正常男人谁会要你，对方可是家大业大，条件高出你不知道多少，你爸爸已经同意了，我就是来通知你一声，让你准备准备。"

唐休闻言指甲都掐肉里了："我的事轮不到你们做主，你说的条件高，就是个离过婚还带着两个孩子的瘸子吗？"

裴思远算是听明白了，眼前这个人是来逼婚的，还逼着唐休嫁个二婚带娃的残疾人！

"呦呦，看你这样子还瞧不起人家了，人家肯要你还是看在和你爸爸的生意往来上，你别太自视甚高了。"

"宋姨，既然这样，你怎么不把童童嫁过去，我觉得挺门当户对的，宋姨不是还挺满意你那个女婿的，童童不是怕疼吗？过去直接有孩子了，不用生，多好。"

"唐休，你的心还真毒啊！从你小我就看出来你就是一个白眼狼，你爸爸花钱深造你，现在翅膀硬了，家里人说的话一句都不听。不过，我们童童可不像你，她有男朋友了，还是大鹏实业的二公子。"

唐休刚想反驳，裴思远突然插了一句话："哎，这位大妈，呃，不是，宋姨，宋姨是吧。"

当裴思远开口叫大妈的时候，宋姨的脸就黑了一层："干什么？"

裴思远却是突然揽过唐休的肩膀，这个动作让唐休瞬间全身僵硬，就见他笑眯眯地看着宋姨："你们童童有男朋友了，我们唐休也有。"

"谁啊？你？"眼前这个人看外貌就知道比唐休小有几岁的吧。

"对啊，我。"裴思远点头："唐休，你不给我介绍下。"

唐休只感觉心里怦怦跳个不停，她侧着头看他，突然觉得这浑小子，今天特别有男人味，她感觉自己在刚才那一瞬间，好像心动了。

“宋姨，我爸又娶的老婆。”唐休镇定下来介绍。

“你是唐休的男朋友？”宋姨不敢相信。

“对啊。”

“你们家是做什么的？”

“我父母都是公务员，我本人呢，是个演员。”

宋姨笑得很有深意：“你知道唐休在外面的名声吗？”

“那跟我喜欢她有什么关系？”裴思远反问，“何况，我相信她不是那种人。”

宋姨还想说什么，却突然尖叫了一声，见伯爵对着她抬起一条腿，“啦啦啦”欢快地撒了一泡尿……

“恶心恶心恶心死我了！”宋姨跺着脚：“你这贱狗死狗。”

她作势想要踢伯爵，却险些摔倒：“行啊，唐休，你的事情我回去就告诉你爸爸，到时候看他怎么说吧。”

说完，扭着屁股走人，她那车在小区外面停着呢，保安不让进。

“今天，谢谢你了。”唐休有点不自在。

“这就见外了，唐姐！”

听到唐姐这样的称呼时，唐休的眼神暗了暗，却很快就恢复了神采：“嘿，今天最大的功臣可是我们伯爵！”

她蹲下来揉了揉伯爵的脑袋，可把它高兴坏了，兴奋地总想扑倒唐休。

“唐姐，我上次在街头碰见你，你不开心也是因为她？”对话虽然不多，但他也将唐姐家的境况猜出个八分。

“反正也不是一回两回了，习惯就好。”唐休笑了笑，“好了，我们该上去了。”

看着唐休率先走向电梯的身影，裴思远感觉心里跟针刺一样的疼。明明是个可爱的女生，却总是被人非议，但又有几个人能接触到唐休不为人知的一面呢！

他想，他应该是幸运的。

抄袭事件又有新的进展了。洛神集团的起诉进展十分顺利，加上主流媒体发言正名，还有不少合作对象声援，形式上已经逆转。

“德音小说网的程老板今天来找我了。”庄景说。

“他来做什么？”王希之疑惑。

“总不会是寻求合作吧？”唐休反问。

“怕是他与林晟之间出了问题，说是求一条生路。”庄景道，德音应该是顶不住舆论压力了：“该怎么做，我与他定了约定。”

王希之点点头：“这个程老板关键时刻弃暗投明，我要给他点赞。”

唐休倒是若有所思：“这件事情星河集团的高层一定也参与了，否则林晟也掀不起这么大风浪。只是目前形势于他们不利，恐怕林晟也是自身难保。所以程老板此举也是合情合理。”

“不错，恐怕也就林晟还看不清形势。”庄景喝了口咖啡，拿起一旁的外套：“我下午有个会，先走了，希希，出去跟书粉交流的时候小心一些。”

“嗯，你放心。”

“你忙吧，有我看着呢。”唐休挤眼睛。

“就是有你在我才更不放心。”

“切。”唐休哼了一声。

王希之傻笑。

庄景忙到下午七点还没结束，倒是给王希之发了个信息让她先去吃东西，唐休便提议在公司对面的餐厅先吃晚饭。

“希之，你提供的资料我都看过了，林晟那些伪证不足为惧，我想大约只需要几天，我们就能全面反扑了。”唐休眯了双眼，看起来又迷人又危险。

“反扑加我一个，林晟他竟然还欺骗女生的感情，利用对方的真心，人渣都不如。”关键是那个叫雨沐春风的女孩，还真的以为林晟为她好。

“快，给我们讲讲唐休。”

这两人小声聊着天，却突然听到隔着屏风的那边有人提了唐休的名字，两人不由对看了一眼，安静了下来。

“周经理，你给我们说说，你到底是怎么把唐休拐上床的？”

“还用拐吗？咱们周经理勾勾手指头唐休自己就过来了。”

几个人哄笑。

“唐休肤白貌美，那身材前凸后翘，看着就让人想捏一把，我每天看她趾高气扬的样子就想把她按床上，周经理给我们讲讲那个女人到底是什么滋味？”

“那滋味啊，妙不可言。”

那周经理一脸陶醉的表情说着，哪知道帘子突然就被掀开了，进来的是个双眼冒火的小姑娘，她一副凶神恶煞的模样，手里还端着饮料呢，目光一扫就定到了他身上。

“你就是周经理？”

旁边倒是有人认出了小姑娘，惊愕：“你是，王希之？”

在座的都是洛神集团技术部的工作人员，下班聚在这儿喝着酒呢。

王希之哪顾得上其他人啊，就认准了那个周经理，看样子倒是人模人样，她二话不说，一杯饮料“啪”的一声泼他脸上了。

顿时，一桌人都站起来了：“你做什么？”

那周经理一脸的果汁，头发丝还“嗒嗒嗒”滴着，两手一抹眼镜，看见王希之转身就走。

王希之泼完就走，倒也不是打算撤退，她是想再弄一杯来继续泼，泼醒这个白日做梦的老淫棍。

周经理哪受过如此大辱，他反应也快，跟着王希之就冲出了包间，一把就抓向了她的手腕。

可他手还没碰到王希之呢，就被另一个人抓住了，抬眼一看，整个人吓得浑身一个激灵，舌头都打了结：“唐！唐休！”

其他人也叮叮咣咣跟着跑出来，原本是打算教训教训王希之，哪知道出来就看到了这一幕。由于唐休气场惊人，周围竟然没人敢说话，恐怕也是不知道说什么好了。就连餐厅的服务员都不敢过来，只在那儿用对讲机呼叫经理。

王希之被唐休护在身后，她想起刚才这周经理说的话就觉得恶心，这会儿胆气儿也正：“你也不撒泼尿照照自己的蠢样，母猪跟你上床都会吐，你刚才诬蔑唐姐的话我都录下来了，明天就起诉你，等着进去再教育吧你！”

“胡说八道，我打死你。”众目睽睽之下，周经理恼羞成怒，他一向好面子，今天被拆穿，他感觉自己不做点什么，就要颜面扫地了。这个时候，他深刻地感觉到拳头才是硬道理。

可他向王希之冲过去时，突然感觉脚下被一拌，整个人身不由己飞了出去。

“轰”一声，周经理撞到走廊的餐柜上，摔得七荤八素，上面的盘子杯子也跟着“噼里啪啦”地碎了一地，其中一个盘子砸到了他脑袋上，他晕晕乎乎的，浑身的骨头跟散架了似的，额头黏糊糊还有热流顺着鼻翼流下来。

伸手一抹拉："血！我流血了！"他吓坏了："我流血了，快叫救护车，我流血了！"

技术部那伙人呆若木鸡，谁能想到唐休简简单单一个转手，周经理就飞出去了。

"叫救护车。"

周围乱了。

庄景来的时候正好碰见那位周经理被救护车给抬出去，他歇斯底里凄惨地叫着："我要死了！我流血了！杀人了，我要报警！"

技术部的人看见庄景的时候，还赶紧打招呼。

大约是看热闹的人或者是服务员报的警，110过来的时候，技术部的人赶紧拦着："没事，都是误会，他自己磕的。"

"发生什么事了？"庄景问。

"没事，他喝多了，自己磕破了脑袋。"唐休耸肩。

倒是王希之，实在兴奋得不行，手舞足蹈比划刚才的事情。比画完之后庄景脸就阴沉下来了，直接把她拉到一边："你太冲动了。"

"欸？"这被训地有点莫名其妙了。

"要是对方其他人也一起动手，你和唐休两个人能打过一群人？"

王希之看着庄景那紧着眉一脸严肃的模样，突然笑了，她一把抱住庄景，憨笑："你在担心我！"

庄景本来想好好教训王希之的，可她这么抱着自己，反而让他的心跟着软了下来："下次看清形势再出手。"

"嗯，我知道的，不过唐姐真的很厉害，我觉得就刚才那些人一起上，唐姐也能全部打翻。"

"王希之！"

听到庄景这么严肃地叫自己的全名，王希之立马乖顺了："嗯，今后这种事情绝对不会发生的，我保证。"

"做事三思而后行。"庄景真的是谆谆教诲啊。

她撇头看向唐休，唐休冲她挤挤眼，说真的，王希之的举动，她惊讶，但更多的是感动，这傻姑娘，为朋友两肋插刀，傻得可爱，傻得难得。

难怪庄景天天把她带在身边，恐怕早有预谋了，怕自己一个不小心，她被别人拐跑吧？

还真深谋远虑。

裴思远听说后，也是气愤难当："这种人，就别跟他废话，直接打到他满地找牙，希之做得对。"

他说这话，自然收到了庄景阴沉的凝视。

倒是唐休淡淡地笑了，在认识他们之后，她一直都有一种暖烘烘的感觉。被人在乎，被人呵护的感觉真幸福，感觉自己身上每一个细胞都是愉悦的！

后续处理就简单多了，别看周经理被120拉走的时候叫得跟杀猪一样，实际上就是额头擦破点皮，到医院简单做个包扎就可以了。就是他本人不愿意，非要住院观察，庄景就告诉他，住到什么时候都可以，工作也不用担心，他不做自然有人赶着做。

这位周经理总算听明白了，屁没再放一个，灰溜溜就回来上班了。

只是这件事情闹腾得有点大，很快就传遍了集团。

"原来，那个技术部的周经理天天都是在吹牛。"

"那也太过分了，唐休是什么人，能看上他？"

"唐休还挺可怜的，长得漂亮就是个原罪，女人嫉妒，男人也嫉妒。"

"好像他们把唐休说得不堪自己就能高人一等一样。"

"女强人不好当啊。"

"是啊，漂亮的女强人就更不好当了。"

流言蜚语不会消失，但可能会换一种方式流传。

至少周经理过得苦不堪言，大家看他的眼神都是带着鄙夷的，甚至不愿意跟他多说一句话，再后来的考核中，这位周经理也因为不合格被降职了……

"乖宝宝，你告诉我，王希之怎么能在骂声中这么死皮赖脸地活跃着？还有庄景，怎么能不当成一回事？"林晟感到恼火，什么时候才能看到庄景倒台的一天。

雨沐春风也不知道如何回应，她每天都活在忧郁中，不敢上网，只要一想到那些恶毒谩骂都是她造成的，她就寝食难安。她也想承认错误，可这样做，不就是背叛林晟了吗？

"宝宝，你在想什么？"林晟摸了摸雨沐春风，他还要安抚她，他有些烦躁，这次没有一下子击垮对方，拖得时间太长了，长得让他感觉很焦躁。

"林主编。"外面响起了叩门声。

林晟坐回到自己的位置上："请进。"

“新一期《萌爱》杂志出来了。”来人是《STAR》的副主编，他一直不赞同林晟所谓的改版，但林晟很是独裁，他的反对根本没用。他不知道这个在国外获得不少殊荣的林主编到底是怎么想的，之前不切实际地改版，如今又把全部心思都扑在舆论上，反而《STAR》的事情很少过问。

“拿过来我看看。”林晟接过杂志哗哗就翻到了小说版面，一目十行地扫着，当他看到林日成三个字的时候，瞳孔都跟着缩了一下，这就像在学校编派他是猪脑子一样，林日成这三个字真是刺眼得不行！

“对方的销量呢？”林晟脸色难看极了。

“截至目前，这一期的销量已经突破六百万了。”副主编冷静地回复，他不明白，他们《STAR》为什么非要跟一本少女杂志争。

“不可能！”林晟夺过资料，《萌爱》的销量的确呈现了跳跃式的增长，他眼角跳了跳。

“主编，我们这一期的改版销量并没有达到预期，只是与上月持平而已。”。

“是小说不好看吗？”

雨沐春风听到林晟的问话，敏感地抬起头。

那位副主编直言不讳：“我们电子刊下面的留言上说，改版之后的《STAR》很LOW，选择的小说也很LOW。”

林晟的脸色铁青，但副主编的话还没完：“不知道主编看了今天的新闻没有。”

“什么新闻？”林晟打开网页——德音小说承认与《STAR》主编合作伪造合同。

“妈的，我就知道他靠不住。”

“主编，老总让你上去开会。”

林晟预感到不妙，果然在会上被骂得狗血淋头……

第二十六章 你可以换个房东

“哇，销量突破六百万了！还在往上涨。”

《萌爱》杂志社沸腾了，他们《萌爱》专区下面有很多人留言：

我们永远支持《萌爱》！

看到林日成的时候我都笑喷了，兔酱好可爱，用这种方式告诉大家她才是原创！

林日成真是可恶，他才是业内毒瘤，德音小说那边都承认和他一起诬陷兔酱了！

……

洛神集团自然借着东风开始大面积反扑，对方原本就是纸老虎，一击溃散，拼死挣扎的也只有雨沐春风的书粉了。

集团召开了记者会，这一次，是王希之作为《萌爱》的一线大神作者正式登台亮相。她的脸上带着标准的笑容，有两个酒窝，看着很甜，好像还会发光。

“大尾巴兔酱，之前的抄袭风波，如今真相大白，你有什么想说的么？”

“我非常感谢一直相信我，支持我的人，是他们给了我继续创作的勇气，是他们的不放弃，让我走得更坚定。我将来还会走得更远，也许会遇到比现在更恶劣的事情，但我不会退缩，我会像现在这样，做最真实的自己，写更好的故事，谢谢。”

“我也有一个问题，这一期《萌爱》里的林日成是指《STAR》的主编林晟吗？”

当然是了！

王希之心里想着，人却微笑着：“见仁见智吧，《战斗吧，谢恩》的创作灵感源于我的生活，里面很多形象在现实中都是有原型的。”

“那皇上的原型是谁？”

突然有记者来了这么一句，王希之欸了一声，呆在了当场，还不自觉地看向了庄景。

庄景看她傻乎乎的样子，心都化了，她怎么能这么呆萌呢？他接过话去：“不好意思，这不能剧透，想知道答案的不妨继续追更吧，相信作者会在后续小说剧情中给大家提供更多线索。”

庄景这话自然又是引发了一波追更书粉“你猜我猜，猜猜猜”的热潮，不停有人 @《萌爱》官博求验证。

裴思远：“当然是师兄了。”

唐休：“庄景吧，也没别人。”

“看了这么久，我一直脑补皇上就是庄神啊！”和慧慧露出了姨母般的微笑。

当然，原型风波中，最火的还是这一期新出的人物，林日成。

虽然王希之没有承认，但所有人都认定了林日成就是林晟，网上更是疯传，这个角色瞬间就登上了小说人物排行榜第一，皇上才排在三十二啊。

火了，火了，《战斗吧，谢恩》火了，《萌爱》的销量也跟着爆了。

消失许久的邱卿成也开始冒头了，前一段时间发生这么大的风暴时，他怕被舅舅骂，干脆跑出国去了。

这不得到消息说事态平息差不多了，就回来了，林日成这个梗把他笑得眼泪都快流出来了，说实话，他还没看过小说呢，这一看不得了，他成了王希之的迷弟……

“王希之！”

邱卿成出现在《萌爱》的时候，所有人习以为常地继续工作，他吆喝了这么一嗓子把王希之给叫出来了。

“庄主编不在。”

邱卿成不由轻咳了两声：“我不是来找庄景的。”

这下所有人都抬起头了，竟然不是找庄神的？

稀罕！

让所有人大跌眼镜的是，邱卿成拿出一本《萌爱》杂志来，神情高傲地甩到王希之手上：“给我签个名。”

“欸？”王希之愣了。

“另外。”邱卿成凑到王希之耳边：“能不能把我也写进去，最好是皇上他们组织的最高长官。”说完还冲着王希之眨眨眼挑挑眉。

王希之憨厚地笑了……

《萌爱》这边其乐融融，星河集团《STAR》杂志社却是风雨欲来。

记者没堵到林晟，却堵到了雨沐春风。

“有传言说这次抄袭事件是你和林晟联手的一次炒作陷害，你想说什么？”

周围没有别人，雨沐春风被记者团团围住，灯光、话筒，还有这些难以启齿答复的犀利逼问，她神思茫然，林晟呢？林晟去哪里了？为什么不接她的电话？为什么不回她的信息？

“走开。”雨沐春风躲着挤着：“我什么都不知道，你们都走开。”

“是你背叛了老东家又反咬一口吗？”

“走开啊，我不知道，你们不要问了，我什么都不知道。”

她只想离开这里，她原本也只是一个喜欢写小说的宅女而已。突然间就想起了以前还是小透明的时候，她第一次见庄景是期待又害怕的，庄景问她，想不想成为松果文学的白银大神？之后，她上了很多免费的培训班，终于一步一步成为了一线作者。而今她到底在做什么？！

雨沐春风神情呆愣，围着的记者也不敢说话了，看着好像不怎么对劲，大家开始有默契地往后退，可是雨沐春风突然开口：“我有话要说。”就见她面对镜头深深鞠了一躬：“庄主编，对不起。”

这是一声迟来的抱歉，却也变相地告诉大家这持续了将近十天的纷争结束了。

网上的人开始攻击雨沐春风，背叛者、白眼狼等，这些人大多是圣战参与者，以及雨沐春风自己的书粉，他们感觉自己被欺骗了，或者喜欢错了人……

“网络暴力可真可怕，一上网感觉就像进入末世一样，人没几个，其他全是丧尸。”前一段时间还骂她骂得狗血淋头，如今就把雨沐春风骂得体无完肤。

“大多数人还是很理智的。”庄景摸摸王希之的头发，伯爵在一旁抗议，庄景只好也摸摸它的脑袋。

这让王希之疑惑了：“我怎么觉得，你对我和对伯爵是一样的？”她知道庄景喜欢她，可别是对宠物的那种喜欢吧？

“这个问题你可以慢慢探索。”庄景凑近了王希之，声音也缓了下来：“我有一个问题想问你。”

“什么问题？”

“皇上的原型是谁？”

王希之嘿嘿一笑，开启了装傻模式：“你不是知道吗？”

“不，我不知道。”

“你知道。”

“我不知道。”

“咳。”

庄景和王希之同时回头，看见的是西装革履准备出门的裴思远：“那个，师兄，希之，我还在这儿，你们能不能控制一下你们自己的，嗯，情绪？”

“你可以换个房东。”庄景面无表情地回答。

每次和希希培养感情的时候，都会出现裴思远这个煞风景的，他觉得像他这么不知趣的人的确是该换个地方了。

“当我什么都没说。”

“小远哥，这会儿出门啊？”王希之好奇。

“嗯，有个饭局。”裴思远挤了下眼睛：“好好享受你们的二人世界吧。”

饭局设在五星级酒店，《大风起兮》的丁导说是有个新片筹备，让他跟着过去感受一下。

饭桌上，有制片人投资商编剧什么的，都跟丁导合作过，裴思远觉得自己特别荣幸。

大家伙聊得开心，一不小心就到了将近凌晨，裴思远喝了点酒，浑身热腾腾，在酒店门口谦逊地送走了大家后，就打算打车回去。

这时候酒店门口又停下了一辆跑车，目测得好几百万吧，服务生跑过去帮忙开门停车，车上下来一个五十岁左右的男人，戴着金丝边的眼镜，搂着一个穿着暴露浓妆艳抹的女子。那女人几乎挂在男人身上，男人也毫不客气地在她身上摸来摸去。

一直到擦身而过，裴思远才震惊地回头：“夏乙辰！”

夏乙辰回了头，她也喝了酒，刚才没在意，这会儿认出来是裴思远，心里头是有一瞬间的尴尬，不过很快就昂起了头：“你怎么在这儿？”

裴思远感到又悲凉又生气，他脑袋一热冲了过去，抓住夏乙辰的手腕：“跟我走。”

“放开！你放开！”夏乙辰猛然将裴思远的手甩开：“你有病吧。”

一旁的中年男人好像见怪不怪一样，挑衅一样看着裴思远，语气暧昧地凑到夏乙辰的耳朵边说：“我先上楼等你了，宝贝。”

“好，我打发了他，很快就去找你。”夏乙辰媚眼如丝，语气更是娇滴滴的，让人听了酥酥麻麻的。

那人转身去了电梯间，裴思远和夏乙辰来到了酒店花园的一个角落。

“说吧，又想做什么。”夏乙辰从随身的包包里拿出一根女士烟，“啪啪”两声点上了。

“你看看你，你现在都成什么样子了？你是不是被人包养了？刚才那个人？”裴思远是真不愿相信，可又由不得他不信。

夏乙辰哼哧一声笑了：“裴思远，我们都已经分手了，对方是我什么人，你管得着吗？”

“就算我们分手了，我也不想看见你自甘堕落。”

“裴思远，你自己被人当小白脸包养了，怎么，还跑来教训我？”

“你在胡说什么！”

“还在装？我还真以为你能坚持底线继续跑你的小龙套呢，怎么，搭上丁导不就是你当小白脸换来的吗？装什么装，我们都一样。”

夏乙辰的话气得裴思远眼都红了：“我根本听不懂你在说什么。”

夏乙辰瞥了他一眼：“听不懂就听不懂呗，反正大路朝天各走一边，你也别挡我的财路，我的金主跟你那位可不一样，我可是要拿女一号的人，你放心，等我红了，不会忘记你的啊。”

她说完，把烟拧灭，甩着包包扭着身子就要走人。

“你别走，把话说清楚。”

“你要真不明白，回去问问你的金主唐休。”

唐休忙完到家刚泡了个澡，裹了个大浴袍擦着头发呢，她在看武庚纪，最近很迷国漫，有生之年能看到国漫崛起，她也是激动得不行，其实特别想分享给朋友看，只不过这个点，大家估计都睡了。

“叮咚叮咚叮咚。”

门铃响了，还很急促。

唐休透过电子屏看到的是裴思远。

她打开门露出脑袋，裴思远身上有酒气，眼睛红红的，她从来没见过他这样的神情，盯着她，死死地盯着她：“《大风起兮》的男五号是不是你给我要的？”

裴思远的声音充满了疲惫和伤心。

唐休原本轻松的表情收得一干二净，她沉默了一下，肯定地回答：“是。”

裴思远狠狠地闭了下眼睛，原来夏乙辰说的都是真的，这个角色，他一直以为是自己去试镜，是自己的演技得到认可，是自己的努力得到认可才得来的，哪里知道，哈，哪里知道，竟然是通过唐休的关系。

笑话啊，他跑了这么多年龙套终于得到一个有分量的角色，却是这么让人难堪，简直是 TM 天大的笑话！

“你为什么要这么做？”裴思远低吼了出来，他从来没有像今天这样伤心过，不管在什么样的剧组跑龙套打杂，不管让他演什么样的角色，死人也好，树也好，石头也好，他都没有像今天这样难过。

“我只是想帮你得到一个机会。”唐休冷静地说着。

“我需要你帮我来得到这个机会吗？唐休！”他吼着，这不是一个机会，这是斩断他信仰的钢刀，让他真真正正看清楚，努力是没有回报的，演技再好也没有人在乎！

只有人脉关系人情钱权，在这个圈子里才是通行证。

“咔嚓”一声，王希之把门打开了，她还没有睡着，隐隐约约听到外面有人在吵架，声音还很熟，一看是裴思远和唐休在吵架，她非常惊愕：“你们怎么了？”

“不关你的事。”裴思远回吼。

“希之先回去睡，没事的。”唐休也说了这么一句。

王希之哪敢就这么睡，但她在这儿，两个人却又都不说话，就互相盯着对方，小远哥气势汹汹，唐休也不甘示弱，她只能把门轻轻合上，露出个门缝盯着他们，就怕有个万一。

“这个社会就是这么现实，你的才华需要认可，我只是帮你缩短了这个过程。”唐休知道裴思远在伤心什么，此时此刻，她感觉自己的心底也像裂开了一样，是凉的，也是疼的。

“我有说过让你帮我吗？我求你了吗？我现在只想求求你，不要站在高高的位置像上帝一样安排别人的人生！”裴思远嘶吼着。

唐休紧咬着下唇，狠狠地吸了一口气：“我知道了，很抱歉我的所作所为给你造成了困扰。”

“你这话是什么意思？”裴思远蹙眉了。

“我不会再参与你的人生，今后在你裴思远的人生里，我保证不会出现。”唐休说完，就要关门，她感觉自己的心都在淌血了，为什么会有这样的感觉，疼，疼得好像要喘不过气，疼得四肢百骸都在轻颤。

唐休的话让裴思远心里突然凉了一大片，他一手撑住门：“不会出现是什么意思？”

“让开。”唐休根本不再理会裴思远的问话。

“不让，你把话说清楚。”

“你不是说我安排了你的人生吗？今后，你就当没有认识过我，我也绝对不会再出现在你面前，我唐休说到做到，这样满意吗？”唐休觉得眼眶酸了，涩了，好像要流泪了一样。

这话让裴思远也慌了，他也不知道自己为什么会慌，他只能堵在门口：“不满意。”

“裴思远！”唐休已经气急恨急了，她抬头看向裴思远的时候，眼泪也终于滑落了下来。

看到唐休眼泪流下来时，裴思远突然感觉到无比心疼，脑袋里是一片空白了：“别哭，你别哭啊。”

他想哄她，可又不知从何入手，是脑袋里发热了，或者是酒精作祟了，他猛然俯下身，在唐休惊愕的眼神中，吻住了她。

唐休是震惊了，这个小男生，他的唇是霸道的，更是温柔的，作为女强人的她想反抗，却被裴思远察觉到了意图，他双手抱住了她，抱得紧紧的。

她是想反抗的吧，可她发现，自己好像也期待这样一个吻，所以，她挣扎了下，就安静了下来……

王希之眼睛瞪得铜铃一样大，双手还捂着嘴巴，老天爷，她都看到了什么。

她看到裴思远抱着唐姐狂啃，然后两个人跌跌撞撞往屋里去了，可是，房门还没关呢。

作为旁观者，她那个脸红心跳的啊！

她开了一道门缝蹑手蹑脚溜了出来，溜到了唐姐家的门前，妈妈咪呀，她看到裴思远在客厅壁咚着唐姐吻得不可开交。

于是，她捂着心口，踮着脚尖，非常非常善良地帮他们把门给带上了。

站在门口，她回想刚才那一幕，小远哥和唐姐哎，突然捧着脸，好甜啊，让她这个旁观者看着好害臊啊！

“你在做什么？”

庄景在背后突然出声，吓得王希之直接给蹦起来了，却又怕他们的动静影响屋里面的两位，于是她急吼吼地比着嘘嘘，拉着庄景回到了自家客厅，关上门之后，才敢吐出口气来。

“他们怎么了？”

王希之弯弯两个大拇指：“他们两个啊，相爱了！”

看着王希之双眼发亮的贼样，庄景若有所思：“也就是说，裴思远找到新房东了？”动作还挺快。

“欸？”这是什么逻辑？

“那今后这里就只有你和我了。”庄景脸上露出了满意的笑容。

王希之立马抱胸一脸警戒：“你想对我做什么？”

庄景忍不住捏了下她的鼻子：“当然是恋人之间该做的事，不如我们现在就开始吧。”

“开始什么？”

庄景突然把她给抱了起来，直接往二楼走去：“享受二人世界啊！”

“啊，不行不行，我家教特别严，我爸爸知道我未婚同居会打断我双腿的。”她害臊个不行，挣扎个不停。

却是被庄景放在了柔软的大床上，紧接着，他就躺了进来，抱住她：“笨蛋，明天还要上班呢，乖乖睡觉。”

她浑身僵直，感觉着他的一呼一吸，喷在她的发梢，她的耳边，痒痒的，心里的期待也痒痒的，王八蛋啊，她到底在期待什么呢？

等了一会儿，庄景真的没有下一步动作，她胆子大了：“我们就只是睡觉？”

庄景闻言睁开眼睛，声音带点沙哑地诱惑，听得她心底酥酥麻麻的：“嗯，不想要自己的双腿了？”

那，那不是她内心矛盾的体现吗？难道作为女孩子，不应该两分胆怯三分害羞五分矜持吗？

可，难以启齿啊，她在他怀里扭动了一下，心中羞涩，这是暗示了，好直白的暗示了。

庄景毫无反应，或者他就是故意的，闭上眼把她往怀里带了带，吻吻她的眉角："乖，很晚了，睡觉。"

这一个吻怎么可能满足的了她?

睡觉？谁要睡觉啊？这个时间段作为热恋的男女双方不应该是干柴巧逢烈焰天雷勾搭地火吗?

可很快，她就听到了庄景均匀的呼吸声，悠远绵长，让她怨念丛生。

难道庄景真的把她当宠物一样养?

第二十七章

我是一个百折不挠的冰锥

“已经有好几家出版社联系我了，想要出版《战斗吧，谢恩》。”和慧慧揽着王希之的肩膀：“等小说一完结就可以出版了，回头我给你列个清单，定哪个出版社咱们商量下。”

王希之打着哈欠，昨天晚上她在尤物身旁始终保持着欲火焚身的高水准中，一晚上都没睡好，早上还是庄景做好早餐，伯爵的吻把她弄醒的。

和慧慧看她哈欠连连心不在焉眼下靛青，心底暗笑，凑到她耳朵边暧昧无比：“昨儿晚上，你和庄神，嘿嘿嘿。”

看她一脸猥琐的笑容，王希之心里那个苦啊，一声长叹难以道尽内里心酸。

咖啡间里，和慧慧递给她一杯星巴克速溶咖啡：“希之，感情问题啊？”

昨天晚上的状态，她都不忍心再回想，简直咬牙切齿：庄景，你这个磨人的小妖精！

“我觉得，庄神对我，就跟对伯爵是一样的。”

“不会吧？”

“真的，他！”王希之难以启齿，可她经过一夜的苦思，只能垂头丧气地承认，他对她，跟对宠物没什么区别。

看她一副泄气的模样，和慧慧帮忙分析：“庄神可是禁欲系的男神啊！

你看他什么时候都一副冷淡的模样，希之，我觉得，你应该主动出击。”

“主动出击？”

“对啊，男追女隔座山，女追男隔层纱，据我目测，庄神这个人有点，闷骚。”

“闷骚？”王希之瞪大眼，不敢相信和慧慧如此形容庄景。

“哎呀，我这不是亵渎庄神，我是在和你分析庄神的性格。”和慧慧赶紧解释：“所以，你要用女人的魅力去把庄神内里的火热给勾引出来。”

“女人的魅力？”

词语解释中，魅力就是形容事物有很强的诱惑力、吸引力。

诱惑力，王希之对着洗手间的镜子眯着双眼，使眼神看着迷离魅惑，然后拿出西柚色的唇膏来抹了一圈，上下唇抿了几下，自我欣赏了一番，对着镜子用手势开了一枪：“希之，你好有魅力。”

裴思远倚在门边从头看到尾，憋笑都快憋成内伤了，终于忍不住假咳了几声。

猛然听到咳嗽声，王希之差点一脚滑倒在地上，手忙脚乱站稳就看到了裴思远，恼羞成怒：“你怎么回来了？”

裴思远却学着王希之的样子：“希之，你好有魅力。”

“啊啊啊！”晴天霹雳：“不许学我！”

两人在客厅里追跑打闹，伯爵也跟着疯，王希之叉着腰呼哧呼哧：“站着不许动。”

裴思远果然站住不动了。

伯爵坐那儿晃着尾巴。

王希之绕着裴思远转了一圈：“老实交代，你什么时候跟唐姐好上的？”

裴思远立正：“报告七十六号王处长。”嬉皮笑脸：“这是秘密。”

“严肃点！”裴思远与伯爵立马严肃起来。

王希之背着手老成持重地围着他俩来回转圈：“其实吧，我对你和唐姐在一起，那是乐见其成。”

“希希你跟师兄也是天作之和。”裴思远这马屁来得快啊。

这就说到她的痛处了，庄景对她到底是怎样的一种喜欢？不知道为什么她总有一种不真实的感觉，回想两人之间的相处，总感觉他跟伯爵也是这般……

裴思远准备走人了，这会儿回来就是收拾东西的，王希之边帮忙边感慨："你们进展太神速了。"

"爱情很多时候是转瞬即逝的，一旦错过可能就是一生的遗憾。"裴思远神情很认真："希希，认定了，就要勇敢地走下去。"

"那夏乙辰。"她就提个开头，因为今儿个的头条就是夏乙辰成为某剧女一号，什么新星冉冉升起，也有人深扒是某大佬一掷千金为红颜的结果。

"人总是会变的。"裴思远沉默了一下，嘴角微嘲："何况追求的东西不一样，真要说什么，那就是一别两宽各生欢喜，祝她越来越好吧。"

王希之暗暗咧嘴，这个夏乙辰她从第一次见面就不喜欢，正好，小说里的反派还没原型呢，那就她吧！

谢恩消失了，皇上急疯了，根据伯爵提供的信息，他把所有的线索理了一遍又一遍，一天一夜没合眼的他憔悴得双眼血红。

因担心谢恩而心生恐惧的皇上，深刻地意识到，他完了，彻底完了，他喜欢上这个伪装成普通少女、心地善良、性格倔强的谢恩了。

他不敢闭眼，他怕自己休息一秒钟，谢恩就多了一秒的危险。

裴少侠看不过眼了："我想有个人一定知道谢恩的下落。"

"我为什么要帮你们。"唐糖穿着大红色的风衣，似笑非笑。

"你没有别的选择。"皇上的手上多了一把小型的银色手枪顶在了唐糖的额头上。

而裴少侠手中也多了一把精致的军刀，寒光凛冽。

唐糖脸上的笑容凝结，声音淡淡："看来，是要陪你们走一趟了。"

"为什么潜入你们的基地要扮成女人？"裴少侠问了不止一次。

"因为我们基地女人多得数不清，男人却是有数的。"唐糖勾起红唇邪恶一笑。

裴少侠感觉唐糖是故意的，皇上却毫无异议，他现在只想救出谢恩，其他的都不做他想。

于是，他们两人扮成了清纯的学生妹。

上下打量裴少侠的扮相，唐糖莞尔一笑，顺手递给他两个橙子。

裴少侠无语："能小点吗？"

"或许你想用菠萝？"唐糖挑眉。

基地在一个海岛上，皇上暗地查过，地图上根本没有记载这么一个小岛，岛上应该有隐匿装置。

唐糖说得没错，岛上的女人很多，甚至大多是生活在岛上的普通人。

基地在岛中央的山上，在经历重重关卡之后，他们终于进入了内部，迎面却碰到了林日成。

皇上和裴少侠不约而同低头站在唐糖身后，努力降低存在感。

林日成过来用戴着手套的手指挑起裴少侠的下巴左看右看：“这个小美女一股子英气，很对我胃口呐。”

唐糖冷眼抱胸：“想动我的人？”

“我怎么敢！”林日成大笑：“创世神知道你回来了，她要见你。”

皇上与裴思远对看一眼，这个岛叫作新世界，岛的主人竟然自称创世神。

创世神皇上见过，就是掳走小女孩的那个黑衣女人。

她的模样很清纯，骨子里却透着妖艳，见到唐糖很开心：“唐姐姐，你回来了，在外面玩得还开心吗？”

唐糖反而十分冷淡：“开心啊，找我什么事？夏辰。”

裴思远搬家，明里暗里最开心地莫过于庄景了，只不过他的开心是不动声色的，却在回来的时候难得主动帮裴思远搬了两件东西。

“师兄，我早就看出你居心不良，师兄弟多年的感情啊，真是心寒。”他感慨万千。

“好走，不送。”庄景笑得耀眼，“祝幸福。”

说着，裴思远连同他的行李就被推出了门外，送他的门口从高到低依次站着庄景、王希之、伯爵……

按开对门，唐休一脸诧异：“我答应让你住进来了？”

“欸？”仨人愣神。

庄景立刻揽着王希之的肩膀：“希希回去了，没什么好看的。”

唐休蹙眉：“我得好好想想。”

“啪，啪”两声，两边都把门给关上了！

裴思远惊呆在当场，不是吧，开玩笑的吧，没人要他了？

“唐休，你开门！”

没反应。

“那个，我会做饭洗衣拖地擦玻璃，保证给你打扫得一尘不染！”裴思远喊着。

贴在门上的王希之蹙眉，这话听着好耳熟，却是被庄景给抱一边去了，让她听墙角，万一心软把裴思远给弄回来，那太不划算了……

“我不会白吃白住的！我交房租不行吗？我能歌善舞还会说学逗唱！”这都什么事儿啊！

唐休看着电子屏，她内心挣扎着，昨天发生的事情让她到现在都不平静，她怎么能跟一个小男生谈恋爱呢？她幼稚园毕业的时候，裴思远还是一颗受精卵呢！她上小学的时候，他还没断奶吧？她已经不小了，也要被爱情冲昏头脑吗？

“唐休，你先把门打开，我们谈一谈好吗？”裴思远真没辙了，前一秒她还像个小女人一样，迷迷糊糊表白说跟他在一起真好。他看到她笑着，眼泪却流了下来，他那会儿就下定决心了，要和她在一起，因为，他心疼她，他再也不想看到她流泪。

唐休让步了，两人站在客厅里对峙，唐休双手抱胸，这是一种暗示，暗示她戒心很重。

“其实你不用在意昨天晚上。”唐休率先开口，冷静疏离。

又回去了！怎么就又回去了呢？

“我就是在意呢？”

唐休哼哧笑了：“都什么年代了，上过一次床就要在一起是不是太老土了。”

裴思远心里那个气啊，他逼近唐休，一直到她退无可退靠着墙，他痞痞地笑了：“那要是一次不行的话，就多来几次。”

“哎哟！”裴思远捂着自己的左眼震惊：“你还真舍得下手啊，狠心的女人。”

唐休也不是故意的，出于直觉反应，现在看着裴思远忍痛的模样，她有点心疼又不好意思，于是她晃着胳膊假装看四周：“你想住就住吧，反正空房间多的是，你说的，房租你得交，家务活你包干。”

挨一拳就把这事儿搞定了，值！

不管唐休是怎么想的，裴思远就是认定她了，虽然不知道自己什么时候喜欢上她的，但王尔德说过，这个世界上好看的脸蛋有很多，有趣的灵魂却太少。

唐休两样占了个齐全，这是他发现的至宝，这辈子都不会弄丢的！

洗澡的时候，王希之终于想起来一件事情，那就是——勾引庄景。

于是，花洒喷在身上的时候，她脑中的计划终于成型了！

是的，她把换掉的衣服丢到一边，又把带来的浴袍塞到浴室储存柜里，然后酝酿了一下情绪，开始欢快地叫了："庄景！"

叫了一声，又觉得自己此刻应该是焦急害臊羞涩的，她收敛了一下，又喊了一声："庄景！"

隔着门，她听到庄景问："希希，怎么了？"

她用一种不好意思的口吻回："人家忘记带浴袍了。"

"我帮你拿。"

哼哼，一会儿庄景送浴袍来的时候，她就一不小心把身上裹着的浴巾解开……出其不意给对方视觉上的冲击，这就是她清纯妖冶的勾引大法！

敲门声响，她一只手抓着浴巾，暗暗计算着，一定要在开门的刹那松开。

心情满是兴奋期待，还有略微的羞涩，可她还是带着孤注一掷的心态猛然将门打开，手一松，贴身的浴巾自然滑落……

这是她最周密的计划了，天衣无缝的衔接，一气呵成到让她都想给自己鼓掌了！

可王希之却尖叫了。

因为门口，蹲着的是伯爵啊，这家伙头顶浴袍，冲着她哈哈地吐着舌头呢！

王希之关在自己房里生着闷气，她才不要陪睡。

庄景无奈，揉着伯爵的脑袋："你把希希吓到了。"

伯爵不明所以，欢快地汪了一声！

了无睡意，王希之感觉自己陷入怪圈里了，跟庄景一起睡委屈，自己一个人睡却更委屈。她也不知道怎么了，一直到了晚上十二点，她才偷偷开门，他为什么就不能多哄哄她，他为什么就能安心地睡着？

可恶！可恶！

站在偌大的客厅，王希之真有点想哭了，可就在这个时候，有人从后面抱住她，庄景那带点沙哑的声音在耳边响起："没你，我睡不着。"

一句话，王希之的心顿时融化了，好吧，她投降！

她这儿一计不成，就再生一计，假如庄景是座冰山，那她就是百折不挠的冰锥子！她要把他一点一点凿开！

蚊子在哼哼哼他们要走了。

这两天，王希之尽心尽力尽了地主之谊，带着她的小粉丝们，参观《萌爱》杂志社，受到大家的热情招待。

去参观摄影棚时碰到了何副总，王希之领着大家弯腰打招呼，何副总哼了一声，擦身而过的时候却说：“二号摄影棚李小白在。”

蚊子在哼哼哼他们高兴坏了，沾了王希之的光，他们与李小白还一起拍了照，拿了签名。

后来参观途中碰到了岳卿成。知道是书粉，他有种找到知已的感觉，形象都不顾了，竟然跟大家讨论起剧情来，还得意扬扬宣布他会出现在小说中，让众人羡慕不已。

倒是王希之在后面汗颜，她都把这茬事儿给忘了。

因为岳卿成要请知已们吃喝玩乐一条龙，于是，临别参观就变成玩遍全城了！

“兔酱，我们永远支持你！”送君千里终须一别。

王希之也圈着手放嘴边大喊：“我不会让你们失望的！”

在机场呢，这一幕自然让人侧目，庄景和王希之前一段时间霸占各种头条，自然有人认出了他们。

顿时就有人围观拍照。

有妹子对着手机镜头感慨：“庄主编真上镜，好帅！”

面对拍照群众，王希之干脆竖起个剪刀手，露出可爱的笑容，竟然还有词儿：“希望大家多多支持《萌爱》！”

“啊呀，我这里就有一本，能给我签个名吗？”那妹子从背包里拿出最新一期的《萌爱》，还有签字笔。

“当然可以。”王希之开心地拿过来。

那妹子一下子急了：“哎，我想请庄主编……”

大写的尴尬啊，王希之同学灰溜溜地把杂志和笔呈给庄景。

“哇，字也好帅！”于是，周围涌过来无数迷妹求签名，不知不觉把王希之给挤到了圈外……

被林晟折腾了一番，庄景竟然凭借外貌火了，还被封为史上最帅主编，时尚最有品位的主编等等，谁让这个世界上大多数都是颜控呢……

何况庄景在外可是不苟言笑的，这副冰山模样特别符合言情小说的男主形象，自然小迷妹是越来越多。

文件不知道签过多少个，签名真是头一回，不过庄景还是满足了这些机场主编粉们，只是签名的时候抬眼看了一眼王希之，那气鼓鼓肉包子的样子，让他不自觉地露出了淡淡的宠溺微笑。

“咔嚓。”

自然有人拍下这一幕，还在网上深刻分析并脑补了小剧场：

这是霸王龙对食草动物兔酱宠溺的爱。

霸王龙傲娇地说，我占了整片草原，允许你在这里生存。

兔酱担心自己吃得白白胖胖有一天会被吃掉。

可她不知道，霸王龙是因为太过喜欢它，才占了这片草原，只为它一只……

“哇，这故事谁编的，网上都出条漫了。”杂志社的众人围在电脑跟前浏览网页。

“这个故事又萌又可爱，要是能联系原作者，直接在我们《萌爱》上连载就好了。”

“欸？这个主意不错啊，聪明，你变聪明了！”和慧慧惊喜：“我想办法去联系这个作者！”

舆论彻底平息了，《STAR》的主编换了人选，签约作者雨沐春风也销声匿迹了，经过这么一番折腾，《STAR》想要成为国际一线杂志的野心宣告失败，反而让某时尚杂志钻了空子，与之形成了对立的状态。

而《萌爱》终于突破了瓶颈，成功进阶到了一线！

庆功宴自然是开了好几茬，汪总、王梅、何立也都参加了，汪总还当了一把和事佬，庄景、何立、王希之自然是碰了一杯，也算是一笑泯恩仇。

洛神集团内部进行了一次大规模的调整，步入正轨的《萌爱》主编由杨连担任，肖静静接手了松果文学部，而庄景，正式升任总编……

唐休绝对是故意的，她竟然把庄景提升总编的消息全媒体推送，什么你们最爱的庄主编不见咯，不过，可以送你们一个史上最帅的庄总编……

自然引起网络上的小迷妹迷弟们各种追捧，有迷弟接受采访说：总编大人是我的偶像，在我心目中他就是人生赢家！

随着《萌爱》踏入一线，杂志社收到了很多粉丝寄来的礼物，里面竟然有三分之一是给庄景的，剩下的三分之二才是《萌爱》和王希之的……

这日，《萌爱》大家庭正在讨论下个选题，前台告诉他们有人拜访。

那人穿得很简单，T 恤短裤，身形消瘦，戴着黑框眼镜，显得很斯文：“你们好，我叫王晓宇，我来拜访只有一个目的，我希望能将《战斗吧，谢恩》拍成电影。”

“希之，你怎么想？”和慧慧隔着窗户看王晓宇喝茶，元聪明在外面招呼着。

“原本可以电话联系，但他说为了表示他的诚意，所以专门跑了一趟。”莎莎转着笔。

“拍电影是好事。”杨连当然是举双手赞同。

“那就跟他谈谈，看看他的思路。”

“你大四？”众人看完影视项目策划案上个人介绍一栏，不由得面面相觑，这位不会是来闹着玩的吧。

“小朋友，你拍过电影吗？”

“我上的专业就是导演，如果你们同意我拍摄《战斗吧，谢恩》，那么这部作品就是我的毕业作品，也是我的电影处女作。”他慷慨激昂。

大家却是不淡定了，莫不是个傻子吧。

看大家不信任的眼神，王晓宇连忙拿出个优盘来：“这是我在学校自编自导的小作品，你们可以看一下。”

三个作品都很短，前后二十分钟，但却很吸引人，一个讲追凶，一个讲外星人，一个讲环境灾难，每部作品都极具特色，谜底每每在结局处才揭晓，发人深省。

只是几个视频，看完之后，王希之直接拍板了：“好，我同意。”

“哎，希之！”大家都喊了出来，这个决定太草率了！怎么说也要经过总编的同意吧。

王晓宇很激动，他从背包里拿出一份合同：“现在签约可以吗？”

“可以。”

啊啊啊，众人疯了，不过《战斗吧，谢恩》的版权本来就在王希之手中，杨连那边赶紧给庄景打电话。

只是庄景到的时候，合同已经签约完毕，正好看见王希之与王晓宇握在一起的手，还有那一声：“合作愉快。”

“你的拍摄团队都有什么人？”庄景翻看着合同。

“还在组建。”王晓宇看到庄景时，神情是微微兴奋的。

“演员呢？”

“还在找。”

“投资商呢？”

“正在拉。”

庄景把合同放在了桌上，双手交叉：“所以，你只是有一个想法。”

“是。”王晓宇点头：“但我一定能做到。”

“拿什么做到？热情？”庄景的话毫不留情。

王希之签合同的时候可没想那么多，就是觉得他很有诚意，而且，他的眼中闪着光，就跟她当初决心写好小说时是一样，那是梦想的光芒，她就想，这是一次梦想的合作。

“我不是个梦想家，我是行动派的。”

王晓宇身上有种初生牛犊不怕虎的劲头，庄景甚至在这一瞬间像是看到了当初的王希之，他心中一动，突然就明白了为什么希希会不带犹豫就签了合同。

“我给你一周的时间，如果你的剧组组建不成，那么这个合同作废处理，你同意吗？”

“可以。”王晓宇自信满满，直接看向了王希之：“你愿意做我剧组的编剧吗？”

“我？！”王希之惊讶地指着自己鼻子，这个王晓宇，果然是行动派的……

裴思远在拍戏，大龙套，是一个官兵，穿着厚重的铠甲跑了一上午，内里早就湿透了，不过，不管再累他在镜头面前都能瞬间焕发光彩。

让裴思远奇怪的是，围观的人很多，里面有个戴眼镜的男生一直盯着他看，这绝对不是错觉。

果然，到了收工的时候，他蹲在那儿正吃盒饭呢，那个男生就笑着走了过来：“裴思远。”

“你是？”他不认识这号人。

“我想请你拍戏，男一号。”

“欸？”

“我很早就注意到你了，你在《归来的神枪手》饰演汉奸，《战火中的春天》饰演老百姓，《烈火如歌》中饰演主角的哥哥，有两集戏份……”

这是知己啊！对方把他从出道到现在跑的龙套角色竟然毫无遗漏全部说对了，他这是真真正正认可自己的。

“合同呢？”

“在这里。”对方很激动，好像害怕裴思远会跑了一样。

裴思远简单扫了一眼，就刷刷签下大名：“祝我们合作愉快。”

对方连忙握了上去，裴思远这才发现他手心湿漉漉的：“我还不知道你叫什么名字。”

“我叫王晓宇。”

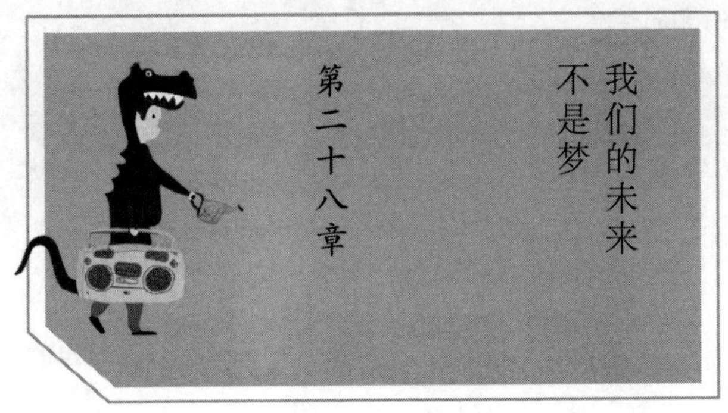

第二十八章 我们的未来不是梦

一周的时间很快就过去了。

王希之依然坚持不懈修炼着她的勾引大法，四处收罗“撩男三十六计”并身体力行，可收效甚微啊！

这一晚，她特地换上了新买的裸粉色V领真丝短睡裙，未施粉黛，只是在唇上轻轻一抹传说中的斩男色口红，整个人显得更加粉嫩可爱。她对着镜子练习了一番咬唇嘟嘴的表情，自觉如此形象应该妥妥地就可以激发庄景的直男保护欲了吧？

谁曾想，进入卧室，刚打了个照面，还来不及施展卖萌大法，庄景拿过被单就把她裹了个严实：“希希，你不冷吗？还有你嘴巴上是沾了什么？”边说边拿纸巾帮她擦掉了。

竟然擦掉了！我的阿玛尼500！！！

王希之欲哭无泪，羞愤交加，她背对着庄景，可还是被他给圈了回去，她悲哀地想，莫不是连宠物都不如，只是个软趴趴的抱枕？

一次又一次勾引失败后，她不禁悲怆仰天，吟道：出师未捷身先死，长使英雄泪满襟……

肖静静站在庄景面前就感觉特别熟悉，她是主编，他是总编，位置变了，关系不变，他依然是她的顶头上司。

庄景签完了文件，突然说了个题外话：“最近，希希有点喜怒无常。”

肖静静抿嘴笑了，她的另一个身份依然是庄神专属爱情顾问。

“会不会是亲戚要来了？”

庄景挑眉，然后点点头。

王希之决定了，她要霸王硬上弓！

在庄景洗干净半躺在床上看书的时候，她躲在门边暗中观察，微眯双眼打量了他半天，她要来一招饿虎扑兔！

平缓了一下呼吸，她突然就以百米冲刺的速度奔向了庄景，在他还没反应过来的瞬间一跃而上骑在庄景身上，双手抓住他想要挣扎的手腕，哼哼一笑：“你放弃吧，挣扎是没有用的。”

庄景觉得好笑，不知道她这又是搞哪一出：“我不挣扎，让我先把书放下来。”

“休想！”

王希之恶狠狠地回复，目光盯着庄景水润润的唇上，咕咚一声，咽了一口口水，然后闭上双眼就啃了下去，她就不信，庄景能把持得住！

她是生涩的，动作是笨拙的，人却是凶猛的。

庄景感受着王希之唇上凉凉的温度，很舒服，她的唇一直都是软软的，甚至还带着淡淡的甜。

庄景的回应让她心里激动得无以复加，太好了，今天一定能把冰山拿下！

可就在她准备扒光庄景时，突然感觉到下体流出一股熟悉的热流，顿时所有的动作都僵住了，她盯着庄景，庄景看着她，可她现在却是想哭啊，想哇哇大哭！

庄景拎着一包卫生巾进电梯的时候，正好碰到唐休与裴思远，唐休看了一眼袋子，神情暧昧，裴思远拎着两大兜的东西，赶紧问候：“师兄好。”

“庄景，你买的是什么？”唐休故意问。

庄景冷瞥一眼：“需要我送你一包吗？”

“你这个样子，我真的很想拍下来发网上，震惊！庄总编深夜外出竟然是为了！！！哈哈哈。”唐休笑得花枝乱颤。

“这个东西拿来糊嘴应该也可以。”

庄景的威胁唐休哪会当回事，倒是裴思远赶紧和稀泥：“啊，你们注意到没有，今晚的月色还是不错的。”

语毕，却换来唐休和庄景两记关爱智障的眼神，得，这年头好人难做啊！

王晓宇回来找庄景了。

作品:《战斗吧，谢恩》

导演：王晓宇

编剧：王希之

主演：裴思远

……

特效：电影学院风华电影特效社

后期：电影学院娃娃后期社

……

看到熟悉的人，庄景挑眉，看到后面一溜的学校社团，庄景把资料放到了一边：“投资商呢？”

“我们学校社团的水准高，成本低，出过很多优秀的作品，利用在校资源是我的优势。”王晓宇笑：“所以，这是一部低成本高产出的作品，庄总编愿意投资吗？”

拉投资拉到庄景头上，王希之情不自禁给王晓宇竖起了大拇指!

尽管如此，不管是王晓宇还是王希之，他们都抱着忐忑的心情。

庄景处理事情，一向是以客观为主，商人逐利是本性，庄景的成功就是因为他身上没有对事物的冲动，就是他的兴趣也是基于冷静分析上的。

王希之是个意外，也是庄景此生唯一的意外。

只是，庄景没料到，在有了王希之这个意外之后，他的想法开始改变了，此时此刻，他脑海里想的竟然是，为他人的梦想投资一次，也未尝不可。

没有计较得失，也没有去计算风险，庄景看着两双期待的眼睛，他点头了。

“耶！”王希之蹦起来跟王晓宇击掌，冲过去抱住庄景：“我爱你，我好爱你啊！”

庄景突然觉得，就冲着这三个字，这个投资也不亏!

庄景投资电影的事情一经传开，整个集团都在议论纷纷，说真的，庄神是不炒股，如果庄神炒股，他买哪一只被透露的话，一定是大批追随者。

这是庄景第一次做风险投资，汪总十分感兴趣，于是他也跟投了，何立认为跟着庄景投资一定会获益，所以她也参投了，还顺便支援了此剧的拍摄，摄影棚随便用。

然后王梅知道了，兴趣十足，她也投资了，还笑言为了不让血本无归，会说服李小白来个友情客串……

王晓宇喜极而泣，一个人的魅力到底有多大，使得所有人对他的信任几乎达到了信仰的地步呢？

先前投资拉都拉不来，现在是推都推不出去。

杨连决定以《萌爱》杂志社的名义赞助电影，免费提供宣传版面。

王希之狠狠心，把自个儿的存款都拿来投资了，还许诺免费当编剧。

这事儿唐休也知道了，挥手就是一大笔资金注入……

短短一周，这部剧就集资了三千万！

王希之已经开始没日没夜搞剧本创作了，她跟王晓宇就在《萌爱》杂志社扎根了，王晓宇的意思是这部剧可深挖，要拍成充满悬疑色彩的轻科幻喜剧。

“喜剧是最难拍的。”王晓宇说，“电影的表现力有限，让人哭有很多种办法，让人笑，却会一不小心尴尬。”还要雅俗共赏，笑点要简单通俗，但也要把握这个度，太俗，会让人感觉 LOW，太高雅，大家会觉得这逼装过了，接受不了。

所有的事情都是在紧锣密鼓进行中，王希之写出十几场剧本时，王晓宇已经集合了团队准备开拍了。

也就是裴思远第一天到达拍摄地时才知道，放眼望去，全是熟人……

庄景吃醋了。

自从王希之开始写剧本，就陷入神经质的状态中去了。

白天和王晓宇如胶似漆，晚上还要发信息打电话沟通。

也不像前一段时间总是对他做出奇怪的举动了，反而是一到睡觉，打个哈欠说声晚安，呼呼就睡着了！

猪都没这快的！

他理解她，但他却接受不了。

这把他完全忽视的感觉，难以忍受。

晚上王希之噼里啪啦窝在客厅码字时，庄景削了个苹果递到她面前：“希希，吃个苹果。”

“咔呲。”王希之啃了一口，依然聚精会神战斗中。

庄景觉得自己是得跟她好好谈一谈了，不过就在他准备开口时，王希之却突然欢呼一声：“这一场终于写完了。”

紧接着欢快地抱着庄景，还嘟个嘴来了个韦小宝名言：“大功告成亲个嘴！”

说完，她倒是踮着脚尖“吧唧”就亲了上去。

好嘛，她这个简单粗暴的吻，倒是让庄景的酸意瞬间消散了……

电影拍摄到一半的时候，《大风起兮》那边传来了劲爆的消息，带着作品参加威尼斯电影节的丁导啊，获奖了！

这部还未在国内上映的电影，一下子就抓住所有人的眼球了！

就连其中的男五号裴思远也有人做了详细的深扒，这一扒不得了啊，顿时，媒体那儿出了不少头条。

八一八裴思远与庄景的塑料兄弟情！

那些年，裴思远演过的龙套。

……

裴思远的经纪人孙哥是一天几个电话地打，还亲自跑剧组这边来，紧张得不行：“你才有点起色，我得亲自看着，接下来接戏得替你把把关，这个阶段很重要。”

一想到同意裴思远拍摄《战斗吧，谢恩》他还懊恼不已：“早知道你这会儿有起色了，就不该让你接这没啥名气的剧，耽误事儿！”

他这话就直接在剧组里一说，当时王希之就不乐意了，嘿，这什么意思啊这都是。

这不，王希之还没过来和孙哥掐架呢，那边王梅和何立来探班了。

孙哥一见到王梅整个人惊得半晌没找着北，缓过神之后简直如同一只哈巴狗：“啊，是梅姐，真的是梅姐吗？我的天啊，我看到什么了！梅姐！梅姐！我的神啊！”

是啊，当经纪人的，哪有不认识王梅的，哪有不把王梅当成偶像的呢！

知道王梅也参投了这部剧，孙哥顿时自信心爆棚：“思远，你可得努力，下一个李小白就是你了。不行，我得给你安排个助理，对了，还有保姆车，必须得有个保姆车。”

要安排的事情太多了，孙哥忙活着呢。

让孙哥觉得扬眉吐气的事情就是，《大风起兮》在国内也斩获了无数奖项，而裴思远竟然获得了一个极具分量的奖项，最佳新人奖！

孙哥激动地都哆嗦了：“我早就看出来你会红，要不也不会把你签下了，哈哈哈，果然不出我所料。”

裴思远把消息告诉唐休时，她穿着拖鞋刷着牙呢：“这次不是我，我就是给你开了个头，新人奖完全是你自己努力的结果。”

说得太铿锵，喷了裴思远一脸白沫。

孙哥那边铆足了劲要借着这股子东风把裴思远捧上前线，媒体那边没少打招呼，各种新闻都在全方位推送。

有意思的是，夹在这新闻中，还有一条某大佬换新欢的消息，而被抛弃的旧人也不甘心，为了夺回所爱狠心对自己这张脸动了刀子。

在大家看来这就是个十八线的小明星，不入流的，整了个蛇精脸，鼻子垫得太高，眼角开得太大，削了两边的下颌骨，下巴假体太长。

登时，这位小明星上了各种扒整容的帖子，参演的电视剧倒是也上映了，收视率不高，她本人更是没激起一星半点的水花。

唯一活跃的花边新闻就是某大佬包养过的小明星们，那些整容失败的明星们……

万众期待的《大风起兮》终于上映了。

《战斗吧，谢恩》剧组组团去看了这部电影。

庄景给王希之买最大号的冰激凌，裴思远给唐休买最大桶的爆米花。

舔着冰激凌，吃着爆米花的两个人都很满足，只是在进场时，碰到了一个人。

“思远。”

众人回头，看到的是穿着白色衣裙的夏乙辰。

说实话，第一眼大家都没认出来是夏乙辰，这整的，自己妈都认不出来了吧。

裴思远沉默了，夏乙辰今天的穿着打扮，跟当年他们第一次约会时一模一样，同样的长发飘飘，同样的白衣裙，只是那个时候，夏乙辰看起来清纯得像一朵可爱的小白花。

如今的她，却是沾染了一身的风尘，长发飘飘和白色衣裙也拯救不了她俗艳的气息，那开到山根的眼角让她的眼睛看起来像随时要掉出来一样。

“有事？”裴思远十分冷漠，今天的夏乙辰彻底让他的回忆死掉了。

“干吗这么疏远？”夏乙辰很热情，她两步过来想要像以前那样抱住裴思远的胳膊。

不过裴思远反应特别快，胳膊一缩，人往后退了一步，警戒地看着她：“夏乙辰你又在做什么？”

“她是夏乙辰！”

王希之后知后觉啊，她最近创作剧本搞得视力模糊，加上对方整容太过，她是真的没认出来。

不过，庄景却很配合她：“应该是吧。”

却是揽着王希之：“电影快开始了，我们先进去。”

“可是他们。”

“裴思远自己能解决。”

夏乙辰却没管那么多，她是没料到裴思远火了，她现在被甩了，受人撺掇去整容，却毁了一张花容月貌，她想裴思远对她是死心塌地的，否则当初也不会一而再，再而三地阻止她和大佬在一起了。

至于唐休，她根本没放在眼中，唐休不过是个人尽可夫的老女人，论干净，唐休还不如她呢！

只要她愿意回头，裴思远肯定会放弃唐休跟她在一起，她有信心。

“思远，我知道错了，为了你，我已经洗心革面了，我保证不会和对方再联系。今天是《大风起兮》的首映，我知道你肯定会来，我买了两张票，我们一起看？”

夏乙辰微笑着，再次去挽裴思远的胳膊。

唐休抱着爆米花桶，就在一旁看着，一言不发。

裴思远连忙躲开，一把抓起了唐休的手：“很抱歉，我已经有女朋友了。”

“我知道你在生气，跟我闹脾气，我发誓，从现在开始，我一定踏踏实实演戏，思远，你不要生气了好不好。”夏乙辰的声音娇滴滴的，撒起娇来很有一套。

裴思远却是紧紧握着唐休的手：“你爱怎样都行，还有事吗？没事我们要进去了，电影要开场了。”

“思远！”夏乙辰跺脚。

裴思远不理会，拉着唐休就走了。夏乙辰恨恨地看着他们的背影，她就不信了，裴思远会喜欢唐休，他看中的也不过是唐休手里的人脉而已，哼，她总会有办法让裴思远重新接纳她的。

《大风起兮》票房火爆，影片里最让人津津乐道的就是裴思远了，他饰演的人物戏份不多，在战死的时候，一句台词没有，却用视死如归的眼神震撼了所有人。

有评论家说，裴思远就是天生吃演员饭的人。

最开心的莫过于孙哥了，自己回家都哭了好几场，祖上显灵啊，让他的经纪人生涯中终于带出一个成就如此高的明星！

不论是广告还是片约，都接踵而至，孙哥非常慎重，裴思远不是他赚钱的工具，而是他梦想成功的桥梁，他的目标是把裴思远打造成巨星！

成功像是随机，像是巧合，但这概率却是拿努力换来的。

就在裴思远红得发紫时，媒体突然报道了夏乙辰的采访，采访中，她声泪俱下："我和裴思远恋爱六年，我们相濡以沫，发誓不管多艰难都坚持演戏。我整容都是为了他，可唐休却利用自己的人脉诬蔑我被人包养。她无所不用其极地打击我，就是为了抢走裴思远！用心险恶的老女人，圈子里都知道她跟不少人都不清不楚，我只希望裴思远早日认清唐休的真面目！她插足我们的感情没关系，但我不希望他被骗了！"

或许是裴思远红得太快了，总有人是看不惯的，莫名其妙的，网上全成了裴思远的黑料，而唐休之前那些八卦绯闻也跟着被翻出来，闹得沸沸扬扬。

裴思远特别内疚，他觉得这些冲着唐休而来的流言蜚语，都是因为他！他不知道该怎么宽慰唐休，而他也明显感觉她在躲着他，同住一个屋檐下，竟然找不到说话的机会。

直到那天他去洛神集团的摄影棚拍戏，就在大厅里，无数人在围观，一个中年男人怒不可遏地一巴掌甩在了唐休的脸上，"啪"的一声。

"我的脸都让你给丢尽了！"

没人知道这个中年男人是谁，窃窃私语中有人甚至不怀好意地推测那人就是包养唐休的金主。

裴思远说不清自己在听到这些时，心里是什么滋味，他拉着唐休到了无人的角落，他轻轻抚上唐休脸上那个巴掌印，心中疼到窒息："他是谁？"

这一句话，让唐休侧头避开了他的触摸，他突然意识到说错话了："不是，我不是那个意思。"

唐休却很冷淡："我该去工作了。"

他想，晚上回去再解释也是可以的。

他一天魂不守舍，一个简单的镜头却拍了二十回，王晓宇脸都黑了，是的，看起来很明朗的他，当起导演来气场吓人。

裴思远是回去了，但他等了一夜却没等到唐休。

唐休，失踪了。

在唐糖的帮助下，他们终于救出了谢恩。

谢恩很虚弱，唐糖说，她的超能力被夏辰取走了一部分，需要很长一段时间才能恢复。

他们一路往外逃，打败了苏曼丽，打败了林日成……

却在准备逃出小岛时，碰到了浮在高空俯视着他们的夏辰。

“唐糖，背叛者的下场是什么你知道吗？”夏辰残忍地笑着，她拿起一个针筒，里面的液体是莹绿色的，岛上的居民都恐惧地看着：“作为神，我能创造世界，也能毁了这个世界。”

她把针筒狠狠地扎进了胳膊，莹绿色的液体顺着她的血液流遍了全身，绿色的血液像蜘蛛网一样爬满她白皙的肌肤，她狞笑着，双手缓缓上抬：“我要淹没这个小岛！”

“看好谢恩。”唐糖说完人就飞跃了出去，为了岛上的居民她才被迫给夏辰当打手，如今夏辰要毁了这一切，她必须阻止。

对战很激烈，岛上的居民恐惧地望着上空，所有人都在为唐糖祈祷，谢恩稍稍恢复了精神，皇上心疼无比：“你还好吧？”

突然，空中的唐糖被夏辰打伤，摔滚到地上，裴少侠第一时间跑了过去：“你没事吧。”

这个时候唐糖还有心情开玩笑，她妩媚一笑：“担心我啊？怎么，爱上我了？”

“嗯。”

裴少侠的回答让唐糖心中掀起了惊涛骇浪。

“我也不敢相信，但我就是爱上你了，唐糖。”

空中的夏辰越发暴躁，她才是创世神，这些愚蠢的人，她要毁了他们！

裴少侠伸出手：“唐糖，我们一起。”

皇上抱着谢恩，也伸出一只手：“我们一起。”

两只手同时放在等待许久的两只手心中。

四个人第一次联合作战，谢恩和唐糖利用超能力跟夏辰对战。

裴少侠扛着火箭筒，皇上扔着飞镖在地面上支援。

一时之间斗得天昏地暗难解难分。

在空中与夏辰纠缠的二人突然发现她诡异地一笑，同时惊呼：“小心！”

晚了，只见裴少侠身后的空间一阵模糊，夏辰的身影突然出现，直接向裴少侠的后心拍去。

“不要！”

电光火石之间，唐糖不知道用了什么办法挡在了裴少侠面前，夏辰那一掌正拍在唐糖的胸前上。

“唐糖！”裴少侠怒吼。

谢恩锁定夏辰，皇上的飞刀银弹纷纷向着夏辰飞去，她躲开了这一切，却没躲过裴少侠的火箭筒。

“轰”一声，世界重归平静。

裴少侠哭了，唐糖却笑了，咳了很多血：“我想死在飘雪的日子，那样一定很凄美。”

谢恩脸上苍白，却是用超能力制造了风和雪。

风是温柔的，雪是美丽的。

唐糖在满足中闭上了双眼……

电影《战斗吧，谢恩》的拍摄终于接近尾声了。

裴思远拍摄很认真，基本上都是一条过，王晓宇对他不知道有多满意。

只是私下，裴思远除了与人讨论剧本，其他时间都是一言不发。

是的，唐休失踪了，失踪一个月了。

王希之决定请裴思远吃饭，就在集团附近，上次和唐休一起吃饭的地方。

“唐姐，可能是害怕。”

“害怕，她有什么好害怕的？就这样一走了之？她玩转了这么久的公关，怎么临到自己了只会退缩？”

裴思远对唐休是有怨气的，她就这么躲着他，再也找不到她，他想她，疯狂地想她，可她呢，怎么可以这么毫不在意。

“我觉得，唐姐是怕拖累你吧，孙哥说，你是新人，弄不好就毁了。”

“毁就毁了，事业可以重来，唐休只有一个。”

王希之听了觉得很感动，只是情绪还没酝酿出来，又听到隔壁有人提唐休。

“你们都亲眼瞧见了吧，唐休跟那个老家伙有一腿。”

“她就是爱装清高，实际上都是个什么玩意儿！”

王希之听出来了，这 TM 还是上次那个技术部的周人渣！她脸色不好看，端起杯子就往外走。

那周经理还在那里跟几个哥们儿大吐苦水，强调自己跟唐休真的有一腿时，帘子突然就被掀开了。

快、狠、准、“啪”的一声，登时，周经理“嗷嗷”发出了杀猪般的叫声。

上次是饮料，这次是热茶……

王希之泼完就撤，可周经理也有经验啊，反应也快。

“想跑！”周经理忍着疼一把抓住王希之，“我打死你个贱人！”

然而，他耀武扬威的拳头被人抓在了手里，抬眼一看，还不知死活的开口：“呦呵，你不就是唐休包养的那个小白脸吗？”

裴思远二话不说，一拳头就把周经理打飞了出去，这飞出去的角度都跟当初一模一样，“嘭”一声，撞走廊餐柜上了。

服务生也吸取了教训，这次餐柜上没放碗碟。

服务生有经验啊，经理都快速叫来了。

裴思远想到这家伙意淫唐休那龌龊模样，气就不打一处来，都是这些人，都是这些傻逼，把唐休逼得离开了！

他一拳头接一拳头地打下去，打得周经理连连讨饶。

裴思远现在毕竟是公众人物，在警察来之前，庄景第一时间让经理把围观群众先疏散了，孙哥则是给经理塞了红包。

警察来了，在场的人一致说是周副经理先动的手，饭店经理也说过道的摄像头坏了，今个儿刚坏。

有庄景在，跟周副经理一起吃饭的人都撇清了关系，表示什么也没看见。

“你有事没有？”警察问王希之，王希之摸着手腕摇头。

“你呢？”警察问裴思远，裴思远摇头。

好嘛，周副经理算是故意挑事打架，鉴于没给当事人造成伤害，拘留七天去接受警察叔叔的教育了。

裴思远看上去很伤心，好像随时随地都能哭出来。

庄景拍着裴思远的肩膀：“走吧。”

“去哪？”

“一醉解千愁。”

王希之是第一个喝多的，她抱着庄景不撒手：“我不管，你是我的，谁都别想跟我抢。”

裴思远也喝多了，歪歪扭扭往外跑。

庄景呢，外套穿在王希之身上，他背着勒着他脖子胡言乱语的她，跟在摇摇晃晃的裴思远身后。

“庄景是我的！”王希之霸道宣布主权。

“唐休！你真狠心！”裴思远在前面骂街。

“师兄，你看，上次她就在这儿哭，我陪她去抓娃娃。”裴思远哼哼，“走，咱们现在也去抓娃娃。”

走了两步，腿一软，躺地上了。

幸好这儿人少，要不，他们仨这模样被人认出来，那可又是大新闻了。

肖静静开着车帮忙把这帮人送回去，裴思远躺在客厅的地毯上，搂着伯爵喊：“唐休，你去哪了，你回来呀，你快回来！”

伯爵挣扎却被裴思远抱得更紧，它求救地看向了背着王希之正要上楼的庄景，庄景却回了它一个爱莫能助的眼神。

伯爵呜咽了一声，想必它也想唐休回来了……

第二十九章 嗨~余生请多多指教

这一段时间发生了很多事情，裴思远拍广告的时候，有记者过来采访他和夏乙辰的关系，裴思远郑重声明，他跟现在的夏乙辰没有任何关系，希望大家好聚好散。

夏乙辰自然是不依不饶，她觉得最大的障碍就是唐休，现在唐休不见了，裴思远就应该回到她身边来，她不断地在媒体面前作妖，痛哭流涕地指责，声泪俱下说自己与裴思远是真爱……

花边新闻谁不爱看啊，没人关心真相是什么，反正谁有理就站谁喽。

王希之翻着手机，她今天是出来为《萌爱》下一个主题做市场问卷调查的，看到今天的新闻推送，夏乙辰又是爆料又是哭肿了双眼惹人怜爱什么的，她就想说一句：真是日了狗了！

“你好，可以做个《萌爱》的调查问卷吗？做完之后有小礼物送哦！”

王希之在闹市区微笑着递出问卷，一对情侣正在认真地作答，就这会儿，她抬眼看到一抹熟悉的身影，那高挑的身材，傲然的气息，不是唐休还能是谁！

“谢谢你们做答卷，这是你们的礼物，谢谢！”

王希之二话不说收回了答卷，就怕一回身唐休就不见了。

“唐姐！”王希之神情焦急地拦在了唐休面前，“这些天你去哪了？”

“希之。”

王希之扫了一眼唐休拉着的行李箱："是刚回来吗？"

"不是。"唐休笑了笑，妆容依然精致，人却没有之前精神："我打算出国。"

"出国？"王希之心里一惊，不会是不回来了吧，她也不敢问，就想着得拖延时间："唐姐，你现在有时间吗？我们一起吃个午饭怎么样？"

唐休看了一眼腕表："好啊。"

Yes! 小远哥，坐标定位都发给你了，你可要赶紧地追过来啊！

裴思远原本正在和广告商谈合约，代理费价位让孙哥乐得嘴都抽筋了，正要签合同时，裴思远看了一眼刚收到的信息，顿时整个人"哗"地站了起来。

"我有急事，出去趟，你的车借我用一下。"

"小远，先签合同啊！"孙哥愣了下，那个急啊，什么事儿能大过上百万的生意！

为了把战线拉长，王希之磨磨蹭蹭点了半天的菜。

"希之，我们两个人吃不了这么多。"

"可以的，可以的，我请客，吃不完就打包，家里还有庄景，再不济还有伯爵呢不是？"

唐休抿嘴笑了，露出了这段日子以来少见的笑容，离开已经快两个月了，快乐的过往好像就在昨天，恍然如梦，不知道这段时间他过得怎样？她黯然神伤，思念是疼的。

蒸的肯定是最慢的，嗯，时间越长越好，王希之一边研究菜单一边点。

王希之跟唐休讲着拍电影的趣事儿，她故意绕开了裴思远的话题，就怕刺激到她。

唐休安静地听着，谁知道不大一会儿菜就上了大半，王希之那个急啊，她蹙眉："你们上菜的速度都是这样的？"

服务生微笑："小姐，从您下单到上菜，我们保证不超过三十分钟，超过的话为您免单。"

我了个去，她不是这个意思，她的意思是拖啊，越慢越好啊！

于是，用饭时，她也是蜗牛一般的速度，眼看着唐休已经放下了筷子，她又叫来服务生点了两个甜品，等甜品吃完了，她又赶紧叫来服务生，点了两杯利口茶……

唐休又不是傻，点甜品的时候她就意识到了。

等利口茶上来，她看了下腕表：“希之，我的飞机是下午三点一刻，我们就在这里告别吧。”

“别啊！唐姐，先把茶喝了吧。”小远哥啊，你怎么还不来啊！

“不了。”唐休笑了笑，戴上了墨镜，拉着行李箱：“希之，你不用再拖延时间了，还有，谢谢你。”

“唐姐！”王希之还想拦着唐休，唐休却停在了那儿。

是的，裴思远终于到了。

知道唐休要出国，裴思远完全慌了神，如今她就在眼前，两个月没见，她还是那个样子，骄傲得一塌糊涂，可唐休，你骄傲什么？其实你脆弱得只会逃避！

终于赶上了！王希之差点喜极而泣，却看裴思远大步流星走过来，赫然抓住唐休的手腕，一张脸黑臭黑臭的：“跟我走！”

“放开。”

“不放，我这辈子都不会放手。”

周围用餐的人已经有人认出裴思远了，甚至好几个人都拿出手机来录像。

“裴思远，你想想你的前途，放手。”

“不放，前途什么我没想过，但我未来的人生一定要有你！”

周围已经有人开始吹口哨了。

小远哥霸气啊，老夫的少女心！

唐休没辙，她不想和裴思远在这儿闹大，只能跟着他出去，上了他的车。

一路上，裴思远一句话都没说，唐休将头撇向一边，看窗外景物飞逝。

到了碧空阁，裴思远牵着唐休，始终不肯放手，他害怕啊，害怕自己一个不小心，唐休就丢了。

“把你的身份证、户口本拿出来。”

唐休狐疑，不明白什么意思：“给你，你要这些做什么？”

裴思远看了一眼证件，确认是唐休的，他牵着她又急吼吼地上了车。

“裴思远，你到底要做什么？”

“我要和你结婚。”

“什么？”唐休震惊，他知道自己在说什么吗？一个刚刚有了点名气，正处在上升期的演员，裴思远知道自己都说了什么吗？

“我说，我要和你，唐休，结婚，现在！”

唐休依然不敢相信，可等她回过神，就被裴思远牵着进了民政局。

拍照的时候，还是裴思远提醒她："笑一笑。"

于是，她那还有点没回过神，嘴角微微上扬的表情却永远定格在了红本本上。

裴思远很得意，拿着红本本异常满足："唐休，你现在是我的人了！"

唐休仰头看裴思远，他的样子很开心，还小心翼翼将红本本放在了口袋里："唐休，哦，不，是老婆。"

老婆?

唐休突然感觉这个称呼，很甜蜜，今天的阳光很灿烂，午后的天很蓝，飘浮着几朵懒散的闲云，她有种恍若梦中的感觉，不真实，可手中红本本却提醒着她，这一切都是真的。

她试探了叫了一声："老公？"

裴思远惊喜："你叫我什么？"

唐休顿时羞赧，不愿意再开口，裴思远却突然把她横抱了起来："我听到了，你刚才叫我老公。"

唐休啐了一口，裴思远哈哈大笑。

人生就应该是这样吧，不想错过，就勇敢下手吧!

"结婚了？"王希之一口白开水"噗"一声全喷了出去。

"恭喜。"庄景式冷静祝福，不过，他若有所思啊，结婚，的确是个不错的选择。

裴思远与唐休十指相扣，晃着红本本，嘚瑟无比："看见没，师兄，持证上岗。"

王希之心里堵啊，看了庄景一眼，突然重重地哼了一声。

裴思远做得特别狠，第二天两人就环球度蜜月去了，这速度，非常人所及。

走之前，他高调宣布：我结婚了，和唐休!

这让见惯了场面的娱乐媒体集体蒙圈：作为上升期的明星，黑料风口浪尖宣布结婚，难道不怕断送前途吗?或者，真要结婚选择隐婚也不错啊!

裴思远回应：

1. 我没有潜规则上位，信我也好不信也罢，我会用我的演技证明自己。

2. 隐婚?我爱的女人我恨不得让全世界都知道!

抛下两条解释，人就出国潇洒了，管他国内媒体是鸡飞还是狗跳呢!

看着人家秀恩爱，再看看自己，王希之郁闷上了。刚好，《战斗吧，谢恩》已经出版，出版社邀请她签名售书，她就当着庄景的面昂首挺胸走人了。

爱情顾问肖静静自然又接到了庄景的咨询。

“谈恋爱有点小矛盾，这很正常啊，女孩子嘛都会患得患失，总编要多给她一些关心。”肖静静态度突然暧昧：“总编，你们打算什么时候要小宝宝，不会是打算先上车后补票吧？”

这话题很尴尬啊：“希希家教严格，我会在任何方面都尊重她。”虽然每次都忍得很辛苦，每天抱着希希，他真的要弃械投降了，看来必须早点结婚了，他打算下个月歇了年假，先带希希见自己的父母去。

这样啊，莫不是？肖静静突然就明白为什么总编口中的王希之脾气忽大忽小了，该不会是欲求不满吧：“总编，我觉得吧，这孤男寡女，郎情妾意，这事儿水到渠成会更好。”不得不说，肖静静又一次真相了。“总编你的骨子里太礼教了。”

“是吗？”庄景蹙眉了，两个人相爱、相知，决定在一起时，才能将身体毫无保留地交给对方，他是想让希希，没有这方面的担忧，他突然觉得，先领了红本本，也不错。

人生如果处处冷静自持，又该错过多少美景风流。

王希之在波波市遇到了蚊子在哼哼哼，他果然来支持自己的签售会，她对他挤眉弄眼，他对她竖起个大拇指。

“《战斗吧，谢恩》是我的处女作，灵感来源于我的一个梦……谢恩像一个英雄，却在生活中并不成功；她有超能力，却改变不了现实。她就像我们当中的每一个人，过着平凡的生活，直到有一天，她遇到了皇上，一个默默地保护她的人。我一直觉得爱情是很神奇的东西，我们看不见也摸不着，可它却真真实实地存在，操控着我们的喜怒哀乐，拥有爱情的人，我祝你幸福，还没等到爱情的人，我祝你天天开心！”

她是一个人来的，毕竟最近大家都很忙，签名售书出版社全程接待，其实也不用她多费心思。

华灯初上的时候，王希之就想逛逛这个城市。

只是一个人走在滨海大道时，突然有一辆车用远光灯闪了她的双眼，对方更是一踩油门冲了过来，她缓过神时，就看到了车里的人，不由惊呼：“林晟！”

“波波市滨海大道发生了一起严重车祸，一辆正在行驶的大巴突然起火，同时造成了五辆轿车相撞，目前，救援人员正在紧急营救中，伤亡不明。”

“波波市？”庄景下班途中听到电台播报，他连忙将车停在路边，开始给王希之打电话，一连打了三个都没有人接。

庄景心里突然就慌了，他打到酒店服务台，对方告诉他，王希之小姐应该在滨海大道散步欣赏夜景。

希希在滨海大道？滨海大道发生了连环车祸？还有一辆大巴自燃？

庄景突然就不敢再往下想了，冷静如他也慌了神，发动两次，车竟然都没动，一看是手刹没放。

“导航开始，目的地，波波市滨海大道。”

希希，你一定不要有事，不能有事！

从这里到波波市走高速需要三个小时，庄景到达时，已经是晚上十点，电台上持续通报这起严重车祸已经导致七人死亡多人受伤。

血液都在倒流，指尖忍不住颤抖，车行在滨海大道上，远远地都能听到消防公安救护车的响声。

前方已被戒严，庄景把车停在路边，人像疯了一样冲着现场狂奔而去。

“希希？”他不顾一切冲了进去：“希希。”

没人回应他，现场一片混乱，旅游大巴的火早已被扑灭，里面的人员也都被抬出去急救，工作人员正在紧急处理现场。

“希希？”庄景喊着，他这一路一直在不停拨打王希之的电话，但都没接通，他害怕极了，他这辈子都没有像今天这样害怕过。

“王希之！”他吼着。

“先生，请让一让。”庄景看着医护人员抬着一具白布盖着的尸体，露出的手已经烧成了扭曲的焦黑状。

他突然疯了一样，把每个盖着白布的尸体都掀开看了一眼，每个受伤的人都查看了一遍，有人要拦他，也有人阻止：“肯定是家人在这场车祸里。”

庄景疯了一样地寻找着王希之，他要找到她，他不能失去她！

希希？你在哪里？希希，你千万不要有事。

庄景将在场伤亡的人都搜寻了一遍，却没找到王希之的身影。

那一刻，他感到心口发凉，慢慢地开始闷痛，紧接着就是绞痛，在他感觉自己就要崩溃时，转身看到一辆救护车里还躺着一个人，那人的衣服他认得，是希希！

他冲了进去，躺着的人果然是王希之，她满脸乌黑，静静地躺在那儿，像睡着了一样。

庄景不敢说话，他蹲了下来，摸着她的脸，她的皮肤还有余温，他握着她的手，她的手很凉，他对着她的手哈了口气，轻轻地叫了声："希希？"

没人回应他，那个活泼大胆花样百出的王希之就这么毫无预兆地躺在了这里，昨天的时候，她还在跟他赌气，他从来不当成一回事，因为希希总是喜欢自己生闷气，说不定第二天她自己就忘了生闷气的理由。

"希希。"庄景紧紧握着她的手，他突然就意识到自己失去了爱的人，他疼了，心疼了，指尖疼了，流淌在血液的都是一阵阵的疼痛，他哽咽了，吻在她的手背上，眼泪滑落下来："不要丢下我，我爱你的，希希，不要丢下我。"

"嗨，你是庄总编吗？"

庄景茫然地抬头，原来车里还有一名小护士，他方才竟然完全没有注意到，对方却很兴奋，指着王希之："那她就是大尾巴兔酱了？"

她说着，熟练地拍拍王希之的手背，扎了针，将吊针给她挂上："她没事的，就是刚才呛烟昏过去了。"

"太好了。"庄景回神，失而复得的心情难以言喻，他摸着王希之的头发，喃喃地重复："太好了。"

"她很勇敢哦，一直在帮忙救援。"

庄景嗯了一声，当得知她没事的那一刻，他所有的不安都消失了。他想，他这辈子是离不开王希之了。

小护士看着庄景双眼眨也不眨地盯着王希之，偷偷笑了笑，就从救护车上跳了下来。她是庄景的迷妹哦，刚才的情景她全部都录下来了，庄总编的大乌龙哎，竟然出乎意料地感人！要不是她知道王希之没事，刚才说不定都会跟着哭出来了！

王希之醒了，第一眼看到的是庄景，脑袋还有点晕："这是哪？你怎么在这儿？"

"没事了，希希。"庄景忍不住吻住了王希之，迫切地想要感受她的存在，她的温度。

可这一吻过于绵长，等庄景发现不对劲时，王希之因为缺氧，又晕过去了。

"护士！护士啊！"

等王希之再次醒来，就在酒店里了，庄景心疼地抱着她："今后不管你去哪儿，我都陪你去。"

“你想陪就陪啊？”王希之还哼哼上了，她没脾气啊！

王希之自然是不知道庄景的内心到底是经历了怎样的磨难呢，她这儿还生着气呢。

庄景揉着她的头发：“昨天到底发生什么了？”

王希之这才想起来：“哎呀，是林晟，他想开车撞我来着！”

是的，昨天林晟在见到王希之时，心中涌出一股冲动，他想一脚油门把这个女人送上西天，可他最后还是刹住了车。

看着她花容失色，他只觉得痛快。

可紧接着，他就从后视镜看到一辆着火的大巴冲了过来，当时，他的脑子里一片空白，等反应过来，自己已经拉着王希之躲在了一旁。

而他那辆车被着火的大巴给撞了出去。

“林晟没事儿，我们还帮忙救援来着，我觉得，其实他也不是那么坏。”

庄景抱住了王希之，心情还是难以平复，如果林晟没有停车，如果……此刻他恨不得二十四小时把她紧紧地抱在自己的怀里。

“希希。”

“嗯？”

“我们结婚吧。”

“这就算求婚了？”王希之瞪大了眼，不行，一点都不浪漫，“难道不应该用一个鸽子蛋大的钻石戒指，在朝阳蹦出一刹那的海边，我穿着蓬蓬公主裙，你穿着泡泡袖王子服，半跪下来向我求婚吗？”

“还要大喊三声我爱你。”王希之哼哼。

庄景眯了双眼，那模样让她觉得十分危险，他缓缓向她靠近，声音低沉沙哑：“那我们，也可以先做人。”

“做人，做什么人？”她做人还不够好吗？

庄景笑了，这笑容在她看来竟然十分邪恶：“不懂吗？那我教你好了。”

欸？

哦！

啊！

……

王希之火了，她帮忙救援的照片被人拍到传网上去了，这般正能量的形象自然获得了无数赞誉。

网上还有组织给她颁发了巾帼英雄勋章，哈哈哈。

还有那张脸熏得跟大花猫似的，竟然还有人把这张照片当头像给用了。

庄总编也火了，总编流泪现场感人告白的视频在网上疯传。

莎莎抽泣了："我太感动了，我从来没有看到过庄神这个样子！"

集团内部不知道多少妹子都回家抱被子哭了，她们心目中的庄神，彻底名草有主了！

"庄景。"王希之从后面抱着他的脖子："你把视频里的话再说一遍。"

"什么视频？什么话？"庄景装傻。

"哎呀，就是那段话。"

"到底哪段？"

"就是我爱你那段！"

"嗯，我也爱你。"

"啊啊啊！你耍赖！"

"我爱你。"

"欸，什么？"

"我爱你。"

"……"王希之傻笑，她有点不好意思，却又鼓起勇气粗鲁地来了一句方言："额也爱你。"

后续到了！

裴思远的真性情反被认为是演艺圈的清流，清流好啊，连带着将缠身唐休多年的流言蜚语也冲洗得一干二净。

因为裴思远，唐休渐渐活回了真实的自己。

裴思远微博：

"媳妇在熬夜排队买限量手办"配图，唐休的黑眼圈……

"做饭界的杀手"配图，唐休做的菜，昏迷不醒的伯爵……

"你爸爸永远是你爸爸"配图，唐休的怀孕化验单……

裴妈裴爸还在评论里回复：把媳妇带回来，好好操办一场婚事，如不听劝，后果自负。

洛神集团内部：

总编早，总编你好，总编早上好。

庄景点头，并回以淡笑。

"啪！"茶杯碎了。

"嘭！"文件夹掉地上了。

"嘣！"某大胸妹一个倒吸气，衬衣扣子崩开了……

可，总编在笑哎！

不是吧，永远冷静的像南极万年不化冰山的总编大人，笑了！

会不会有大事发生？

集团内部有个能掐会算的家伙一掐指茅塞顿开：大家放心，总编的好事儿近了。

当然是好事了，还是双喜临门呢！

哈哈哈，王希之有小宝宝了！

这个，爸妈上门了，公公婆婆也上门了，一大家子其乐融融啊。

庄爸爸问：老弟，你看我这盆景怎样？

王爸爸答：这东西，能做菜不？

众人笑成一团。

人与人之间啊，能不能沟通果然不重要，愿不愿沟通才是难题。

对了，介绍一位熟客，苏小曼。

王希之本来对苏小曼会不会跑来兴师问罪思虑了许久，谁知道她在英国交了个男朋友，还打电话来教育她：景哥哥是好人，你敢背叛他，我第一个饶不了你！

ヽ(一_一)ノ……

真正的后续！

王希之和唐休先后生下一男一女，一个叫庄之，一个叫裴袭；一个小名叫庄生，一个小名叫皮球。

《战斗吧，谢恩》电影上映了，票房火爆，一路飙升，评论叫好的声音不断，有人说导演是鬼才，演员是天才，编剧是人才，特效后期是变态。

当然也有反对的声音，王晓宇虚心受教，不骄傲不气馁，只是微笑：我会拍更好的作品给大家。

裴思远转发：我会演更多优秀的作品给大家。

王希之转发：我会写更多质量上乘的小说给大家。

庄景转发：我帮你们监督他们仨。

唐休转发：呵呵哒。

无论如何，电影成功了，新锐导演王晓宇，演技爆炸裴思远，鬼马作家王希之，大家一举成名。最热情沸腾的，当然还有《萌爱》的粉丝，总觉得电子版小说结局意犹未尽，甚至有点凄凉。

王希之想了想，也是，咱们都这阳光，这灿烂，这美好的生活，哪能给小说留下遗憾。

于是，便有了让《萌爱》又一次突破历史销量的番外篇：

唐糖没事儿，就是享受了一下杀死比尔的场景。

享受完之后，她就睁眼了。

裴少侠扑了过去，带着唐糖走了，说世界和平他们就环球旅行去了。

谢恩利用时间回溯救了小女孩并送到了她爸爸身边。

有人说，人心就是正义，人心即是邪恶。

创世神消失了，连带着X组织也解散了。

谢恩见过一次林日成和苏曼丽，他们说，想去做一些自己喜欢的事情，可能是很远的地方，不知道什么时候才回来。

谢恩转过头，皇上依旧是她的同桌，午后的阳光是金色的，星星点点洒在他身上。

看见她的眼神，他笑了，是温暖的，灿烂的，让她幸福的……

〈全书完〉